DER MORGENKRISTALL[3]

FINLEY MOUNTAIN

Das Buch

Waylon ist dem Untergang des Stützpunktes auf Uridräo in letzter
Sekunde entkommen. Zurück auf der Erde wird ihm schon bald
klar, dass sein Plan nicht ausführbar ist. Zudem taucht Mr Dako auf,
der ein Geheimnis mit sich trägt, das so einiges auf den Kopf stellen
wird. Nachdem Waylon in sein altes Schema zurück fällt, fühlt sich
Karoline von Unbekannten bedroht. Hilfesuchend wendet sie sich
an Waylon. Vor einem geplanten Abendessen, zu dem auch Elionor
und Sophie eingeladen sind, macht Waylon eine unglaubliche Entdeckung. Was seine neuerlichen Visionen, ein altes Foto und uralte
Legenden damit zu tun haben, wird im dritten Band des Morgen-
kristalls erzählt.

Der Autor

FINLEY MOUNTAIN wird 1965 geboren. Seine Liebe zu Büchern
findet er in alten Klassikern, darunter auch Kurt Laßwitz und Jules
Verne. Durch einen Comic kommt er zum Schreiben. Zeichnet er
anfangs noch seine Charaktere, stellt er jedoch bald fest, dass ihm
das Wort besser liegt. So entstehen erste, zaghafte Versuche. Unter
Pseudonym veröffentlicht er im Internet Anfang 2000 zahlreiche
Texte. Mit dem Morgenkristall legte er 2014 sein Debüt in der Fan-
tasy-Literatur vor, die mit dem vorliegenden dritten Teil nun seine
Fortsetzung findet.

FINLEY MOUNTAIN

DER MORGEN KRISTALL

~ VISIONEN ~

FANTASY

BOOKS ON DEMAND GMBH

Bibliografische Information Der Deutschen Bibliothek
Die Deutsche Bibliothek verzeichnet diese Publikation in der Deut-
schen Nationalbibliografie; detaillierte bibliografische Daten sind im
Internet über http://dnb.ddb.de abrufbar.

Covergestaltung: Finley Mountain
Lektorat: Ingrid Schaar
Herstellung: BoD - Books on Demand, Norderstedt
Printed in Germany

ISBN 978-3-7347-6455-4

Eins

In der Nähe des Piers schleicht seit einiger Zeit ein älterer, seltsam gekleideter Mann herum. Anscheinend erwartet er jemanden. Er macht nichts außer still herumzustehen. Seinen Kopf ziert ein ebenso alter Hut mit weicher Krempe. Von Wind und Wetter verfilzt, bietet er gerade Mal ausreichenden Schutz vor der Sonne. Er trägt einen langen, durchlöcherten Mantel und abgetretene Schuhe. Nur das Oberhemd und die Hose sind von besserer Qualität, die sich nur die obere Schicht leisten kann. Sorgsam scheint er darauf bedacht zu sein, die Kleidung durch den Mantel bedeckt zu halten. Der Fremde raucht, zündet sich zu jeder vollen Stunde eine Zigarette an. Sein linkes Armgelenk ziert ein unbekannter Band aus unbekannten Materialien. Bevor eine Zigarette entzündet wird, schaut der mysteriöse Fremde darauf, als würde er die Uhrzeit ablesen. Dafür gibt es allerdings Taschenuhren. Nur einem aufmerksamen Beobachter würde es auffallen, dass er *anders* ist. Da sich aber in diesem Teil des Hafens so manches übles Gesindel herumtreibt, fällt er nur durch seine Erscheinung auf.

Ein Einspänner rast rappelnd heran. Der Kutscher reißt die Zügel an und es bremst abrupt ab, sodass die Hufe Staub aufwirbeln. Das Pferd schnaubt heftig, wirft dabei den Kopf auf und ab. Mit einem Sprung landet der Kutscher neben dem Wagen, führt das Pferd zur Tränke.

Der Fremde behält den Ankömmling im Auge, bis dieser in einer Tür verschwindet. Gelassenen Schrittes geht er zu dem Pferd, das ausgiebig säuft. Es muss eine anstrengende Wegstrecke im Galopp zurückgelegt haben, so sehr transpiriert es. Der Fremde streicht dem Tier sanft über den Hals. Es ist ein wohlgenährter Hengst, höchstens zwei Jahre alt. Mit diesem Prachtexemplar von einem Pferd, könnte man einiges anstellen.

»Hey Fremder, lass deine dreckigen Pfoten von dem Gaul,

klar?!«

Der Angesprochene ignoriert ungerührt die drohende Ansprache.

»Ich sagte, Pfoten weg!«

Langsam wendet der Fremde nun doch seinen Kopf.

»Sprichst du mit mir, Boy?«

Jetzt wird der Kutscher noch böser.

»Ja – du dreckiger, stinkender Kojote!«

»Man darf doch sicher ein so wunderschönes Tier bewundern, oder etwa nicht, Boy?«

»Aber klar doch! Nur nicht anfassen, das kostet …«

»Wieviel?«

Sichtlich irritiert blinzelt der Kutscher den Fremden an. Dessen unverfrorene Frechheiten nerven und imponieren zugleich.

»Suchst du Arbeit …«

»Ich warte.«

»Auf was? Den morgigen Tag? Oder das ein reicher Kaufmann vorbeikommt?«

»Nichts von alledem, Boy.«

»Du gefällst mir, Fremder. Zeigst Mut, lässt dich nicht einschüchtern. Wo kommst du her?«

»Von weither, Boy.«

»Gesprächig bist du nicht gerade, Mister. Gefällt mir.«

Der eiserne Blick des Fremden haftet auf ihn.

»Also gut, darfst den Hengst berühren. Kostet dich keinen Penny, Mister. Dafür passt du aber gut auf ihn auf, während ich meinen Geschäften nachgehe …«

»Was zahlst du?«

»Mann, du verlierst wohl nie die Fassung! Six Pence?«

»Okay.«

»Abgemacht!«

Ein prüfender Blick und der Kutscher betritt erneut das Lager. Als er eine Dreiviertel Stunde später wieder herauskommt, findet er nur noch den Wagen vor. Sein Pferd und der Fremde waren verschwunden …

Mitten im Wald, nur wenige Minuten von der Straße entfernt, hat der Fremde Posten bezogen. Wer sich immer dem Pier nähert, muss unweigerlich an dieser Stelle vorbei. Es dürfte ihm niemand entgehen!

Die betreffende Person, auf der er seit mehr als zwei Wochen wartet, sollte bald auftauchen. Oder hat er sich so sehr in der Zeitangabe geirrt? Seit Mitte August beobachtet er diesen Landstrich nun. Nicht leicht, wenn Land und Menschen unbekannt sind und auch die Mentalität von der Seinen stark abweicht.

Doch er hat keine andere Wahl! Er muss es tun! Vieles hängt davon ab. Nein, überlegt er. Alles hängt davon ab! Der Auftraggeber scheint vielwissend und sehr weise zu sein. Als dieser auftauchte erschrak er nicht wenig. Bereits die Kleidung jagte ihm Angst ein. Nicht der Mode entsprechend, wirkte sie – wenn auch leger und locker – nicht bisherigen Gepflogenheiten zugehörig. Stoff und Schnitt schienen nicht von dieser Welt!

Ebenso die Sprache, in denen einige Ausdrücke ihm vollkommen unbekannt waren!

Der Fremde stellte sich ihm als Aylon vor. Er saß am Strand, auf dem Findling, und genoss neben der Ruhe auch den fantastischen Sonnenuntergang. Seit Monaten ging das so. Auf diese Weise entfloh er dem trägen Trott und entzog sich dem längst eingeschliffenen nichtsnutzigen Alltagsleben.

Vier Monate vor dem Aufeinandertreffen beider, trennte sich seine Jugendliebe von ihm. Verheiratet waren beide nicht, lebten mehr oder weniger in ›Wilder Ehe‹. Sie beharrte darauf, wie er anfangs auch, auf eine offene Beziehung. Bald merkte er, wie sehr er darunter litt. Und irgendwann, nach vielen Jahren stummen Ertragens, zog nicht er, sondern sie die Reißleine. Ende der Siebziger Jahre des einundzwanzigsten Jahrhunderts, genoss man das Leben in vielfältigerer Form, als noch zehn Jahre früher.

Nach der *Flower-Power-Zeit* herrschte in weiten Teilen der Gesellschaft Aufbruchsstimmung. Jobs fühlten sich sicherer an, neue Technologien verhießen eine rosige Zukunft, die Wirtschaft boomte. Für Politik hatte er keinen Nerv. Die Atomgegner empfand er als lästig, Wahlkämpfe gingen ihm sonstige vorbei und die Russen sollten doch machen was sie wollten! Vielmehr interessanter war die Lebensweise, die durch harte Arbeit bezahlbar geworden ist. Keine Luxusgüter oder ähnliches Gedöns – nein, sein Lebensgefühl fand Anerkennung in den unzähligen, aus den Boden sprießenden Unterhaltungsräumlichkeiten, mit modernem Pop, Beat oder den ersten Zuckungen des Technos.

Dort fühlte er sich richtig wohl. Lernte die tollsten Weiber und die schrägsten Typen kennen. Den ersten Schuss erhielt er hier genauso, wie seinen ersten Quickie. Beides Ausnahmeerscheinungen, die keiner Wiederholung bedurften. Es folgte zwar später ein Blind-Date, doch die Phase des Erwachens versetzte ihn einen Knacks fürs Leben! Wochenlang danach noch hatte er Alpträume.

Gefangen im Strudel selbstgewählter Gefälligkeiten, geriet er immer weiter in dessen Sumpf anstatt aus eigener Kraft herauszukommen. Fehlte ihm etwa der Mut? Eher der Antrieb hierzu! Und der Typ Mann ist er auch nicht – noch nie gewesen! –, der eigene Analysen anstellt und sie von allen Seiten her beleuchtet. Dafür ist ihm seine Lebenszeit zu kostbar.

Darum war der Fremde eine willkommene Abwechslung. Darum ließ er sich ein auf dieses mysteriös geheimnisvolle Angebot. Was hätte das Leben auch sonst bieten können? Weitere Sinnlosigkeiten, die nur Geld und Zeit kosten, aber ansonsten nichts wirklich Wichtiges?

Von nun an trafen sie sich jeden Tag, an dem der Fremde über Dinge sprach, die aus einem Georg-Lucas-Film hätten stammen können. Gebannt hörte er zu, sog alles auf. Wissbegierig wie ein zehnjähriger Junge lauschte er den Geschichten.

Und was das für Geschichten sind! Utopisch im Klang, erzählte Aylon mit einer Leichtigkeit und Selbstverständlichkeit, dass alles in Wahrheit genauso sein kann. Nur der Verstand wehrte sich. Als moderner Mensch aufgeklärt und durch Wissenschaft und Technik im Handeln geführt, konnte er dem Fremden ideell und geistig folgen. Dennoch – ein Hauch von *Science Fiction* blieb.

Jeweils am Ende ihrer Treffen ging Aylon ohne einen Gruß. Nicht einmal eine Verabredung für den nächsten Tag wurde getroffen. Und doch trafen sie aufeinander, gleiche Zeit, gleiche Stelle. Zufall konnte dies keiner mehr sein; spätestens nach dem dritten Tage. Denkt er jetzt zurück, dann kommt es ihm eher vor, als habe der Fremde ihn auserkoren. Nur für was?

Aylon kam ihn als ›normal‹ rüber. Er schätzte den Fremden auf Ende fünfzig. So genau kann er es nicht sagen. Austrainiert und fit machte der einen passablen Eindruck. Ob er sich selbst ebenso in diesem Alter fühlen wird?

Am siebten Tag wartete er vergebens auf den Fremden. Auch nachdem die Sterne den Himmel erobert hatten, tauchte er nicht mehr auf. Die Geschichtenstunden waren zur Gewohnheit geworden, und er ein neugieriger, aufmerksamer Zuhörer. Ihm fehlte etwas. Er schlief schlecht, wälzte sich von einer auf die andere Seite. Verkatert und unausgeschlafen begann der neue Tag dann auch noch verregnet.

Es war genau so ein Tag, an dem man lieber die Zudecke über den Kopf zieht und liegen bleibt. Morgens schnitt er sich beim rasieren und das Blut floss seiner Meinung nach in Strömen. Beim Zähneputzen verschluckte er noch eine Borste, die sich weder heraus würgen noch schlucken ließ. Der Toast verbrannte, verräucherte Küche und Flur mit versengtem Teiggestank. Ein Knopf vom Hemd sprang widerstrebend irgendwo hin, der Schnürsenkel riss. – Das Essen fiel aus, ein Poloshirt tat's auch und in Sandalen verließ er das Haus. Ein fast normaler Tag also.

Eigentlich hätte er nicht gehen brauchen, doch ein Tag Fehlzeit wollte er sich nicht leisten. Schließlich brauchte er das Geld. Hatte einiges vor in diesem Jahr. Was genau kann er jedoch noch immer nicht in Worte fassen.

Nach den ersten Metern hatte er bereits klitschnasse Füße, getränkt vom Regen und rücksichtslos fahrenden Autos. Die schienen geradewegs durch Wasserläufe und Pfützen zu steuern, wie ein fanatischer Jäger Enten abknallt. Ein hinkender Vergleich, doch ihm war danach.

Optimistisch nach vorn schauen gelang ihm gar nicht. Das Einzige, was heute auf Anhieb klappte, war nass zu werden. Und um die Mittagszeit fühlte er sich so schlapp und müde, dass er doch wieder nachhause ging.

Kopf und Glieder schmerzten. Sich der nassen Klamotten entledigend, sprang er unter die Dusche, rutschte fast noch aus. Genervt schalt er sich einen Tölpel.

Im Bademantel schlief er auf der Couch sitzend, den Kopf schräg Bach hinten abgeknickt, ein. Vom eigenen Schnarchen aufgeweckt, verhinderte eine unendliche Schläfrigkeit den dementsprechenden Stellungswechsel. Im Schlaf fantasierte sein Hirn, gaukelte ihm imaginäre Feinde vor, zwang ihn in den freien Fall. Haltlos ging's bergab. Die Welt geriet ins Wanken, fiel um, riss ihn mit. Schweißüberströmt röchelte er im umnachteten Zustand vor sich hin; noch immer den Kopf abgeknickt.

Abrupt endete der freie Fall, jedoch nicht schlagartig und schmerzhaft, wie man vermuten könnte. Auch landete er nicht. Stattdessen eröffnete sich ihm ein ganz anderes Bild, auf dem er ging. Diesmal wusste er sofort, wo er sich befand und wo es hin ging – in die Schule!

Lachend betrat er das alte Gebäude, ging zielstrebig in den Klassenraum, nahm Platz. ›Die Sonne blendet heute besonders stark‹, dachte er bei sich. Blinzelnd holte er aus dem abgenutzten Ranzen Buch, Heft und Stift-Mappe heraus. Der Schein der Sonne störte. Schützend mit der Hand die Augen abschirmend, blätterte im Schulheft und war sichtlich stolz, die Hausaufgaben gelöst zu haben. Kam nicht oft vor!

›Diese doofe Sonne!‹

Extreme Helligkeit überforderte seine Augen. Der hohe Kontrast machte es schwer, Einzelheiten oder Gesichter zu erkennen. Er bekam Kopfweh, rieb sich ständig über die Augen. Und plötzlich konnte er nichts anderes mehr sehen, außer allem verschlingenden, gleißenden Lichts …

Er riss die Augen weit auf. Oh, wie der Nacken schmerzte! Jede Bewegung ließ es knirschen. Wie spät mochte es sein? Vor Müdigkeit bekam er kaum die Augen auf. Obwohl die Augen geschlossen sind, wird er noch immer geblendet. Komisch, erst Dauerregen und dann Sonne!

Er hustete den sich angesammelten Schleim im Rachen in die geschlossene Mundhöhle und schluckte den Klumpen kurzerhand hinunter. Was blieb war der berühmte »Frosch im Hals«. Er musste unbedingt trinken! Ausgedörrt wie ein altes, abgehangenes Stück Fleisch, gierte der Körper nach Flüssigkeit. Außerdem wollte er unbedingt diesen schrecklichen Geschmack im Mund loswerden.

Noch einmal unternahm er den Versuch, die Lider mit Gewalt zu öffnen, was allerdings erneut misslang, da die Sonne ihm direkt in die Augen scheinen musste. Mit einem Ruck kam er in eine normale Sitzposition, was einen stechenden Schmerz im Rücken zur Folge hatte, der den Geschundenen nach Luft ringen ließ.

Gefühlt dauerte diese Prozedur Stunden! Nur war dies noch nicht alles. Ärgerlich die Zähne zusammen beißend, vergräbt er das Gesicht in die stützenden Hände. Nicht lang, denn durch das Gewicht des Kopfes bohrten sich die Ellenbogen unangenehm punktuell in die Oberschenkel.

Egal was er auch anstellte, er wurde permanent geblendet. Einbildung? Schlief er etwa noch? Spielte ihm seine Wahrnehmung einen derben Streich?

Unwahrscheinlich war dies nicht!

›Vielleicht habe ich auch nur hohes Fieber!‹

Ja, die Stirn war heiß. Sehr heiß sogar. Angestrengt blinzelt er durch einen winzigen Spalt zwischen den Fingern. Die Helligkeit war weg und die Einrichtung des Wohnzimmers klar erkennbar. Darüber erleichtert, machte er Anstalten aufzustehen. Doch etwas hinderte ihn …

Ein unheimliches Gefühl, nicht allein zu sein, bemächtigte sich seiner. Vorsichtig sah er sich um, wendete zögernd den Kopf. Und dann glaubte er nicht, was er sah. Im Sessel saß der Fremde!

»Hallo Riley. Zeit zum reden?«

* * *

So war das damals. Riley Mortimer Scott schmunzelt. *Damals* ist noch keine zwei Monate her. Diese sechzig Tage haben sein Leben umgestülpt. Alles was Riley zu wissen glaubte, wurde über den Haufen geschmissen. Voller Abenteuerlust willigte er ein. Aylon hat etwas an sich, das Vertrauen erweckt. Seine Worte sind schlüssig und nachvollziehbar. Er strahlt Ruhe aus und vor allem Verständnis. Riley kommt es vor, der Fremde weiß wovon er spricht. Kaum verwunderlich, dass er jetzt hier ist.

Pferdegetrappel kommt näher. Aus den Gedanken gerissen geht er hinter einem leicht ansteigenden Hügel in Deckung. Zwischen Grashalmen und einer wild wachsenden Hecke hindurch hat er gute Sicht auf den Weg. Noch war von Pferd und Reiter nichts zu sehen. Um bloß nicht entdeckt zu werden, drückt er sich noch tiefer auf die Erde.

Eine Gefährdung von Aylons Unterfangen, hätte auch für

Riley schwerwiegende Folgen. Was er damit zu tun haben soll, will nicht in seinen Kopf gehen. Weder Aylon noch die erwartete Person sind ihm bekannt. Von letzterer weiß er nur den Vornamen.

»Scheint nicht gerade gemütlich zu sein!«, erschallt eine Frauenstimme hinter ihn. Als er den Kopf drehen will, schnalzt sie nur mit der Zunge.

»Probier's Kleiner, dann bist für schneller Futter für die Maden, als dir lieb ist!«

»Darf ich aufstehen …«

»Gib mir erst deine Waffe, Kleiner!«

»Ich habe keine, Lady …«

Über ihn lachte es.

»Du nennst mich Lady?«

»Ihrer Stimme nach zu urteilen, sind sie eine, Miss.«

Die Frau pfiff leise.

»Gib mir deine Waffe!«

»Ich … ich habe keine …«

»Was denkst du, wer dir das glaubt?«

Schuldbewusst zuckt er mit der Schulter.

»Sie, Mrs Lady?«

Anhand der zurückweichenden Schritte nimmt er an, er könne nun aufstehen, was er auch langsam macht.

Die Lady hindert ihn nicht im Geringsten, sie lässt ihn im sicheren Abstand gewähren.

Ihre Blicke treffen sich. Riley ist wie vom Donner gerührt! Das sind die Augen, die er stets in seinen Träumen erblickt. In denen er versinkt. Aber wie kann das sein?

»Was schaust du mich so seltsam an? Noch nie eine Dame in Hosen gesehen?«

Über alle Zweifel erhaben, ist Riley gerade unfähig, etwas zu sagen. Die Frau hält seinem Blick stand. Fast scheint es, sie empfindet ebenso wie er.

»Hallo!«

Riley ist der Wirklichkeit um einiges entrückt und vergisst alles. Im Strudel ihres Blickes eingesogen, kann er nichts dagegen tun, wenn er denn wollte. Und er will nicht. Es ist wie ein Sechser im Lotto! Dies geschieht einem nur einmal im Leben! Das Schicksal führte Riley hierher und er trifft die Frau seiner Träume! Wahnsinn!

Er kann sich zwar nicht an das dazugehörende Gesicht erinnern, dies ist nur ein verwaschener Fleck, aus dem ebendiese wunderschönen, alles erzählende Augen ihn anschauen.

»Hey, Kleiner! Aufwachen!«

Keine Chance!

»Träumst du?«

Die Dame mit Hut und Hose wird es allmählich zu bunt. Der Blick des Mannes ist ein anderer, als von vielen Männern vorher, die sie meistens gierig verschlangen. Der hier könnte ihr sogar gefallen, wenn sie nichts Wichtigeres zu tun hätte. Und ein Abenteuer kommt sowieso nicht infrage!

Mit dem Gewehr auf ihn zielend steht sie da und überlegt. Wenn sie jetzt einfach wieder verschwinden würde, fiele es diesen Kerl vermutlich nicht auf. Der schaut sie immer noch an. Frauen spüren, wenn Männer etwas von ihnen wollen. Nur Männer vergessen eines (oder merken es einfach nicht), dass sich die Frauen selbst den potentiellen Partner aussuchen.

Hingerissen von der Tiefe, in der ihre Augen Riley ziehen, vergisst er alles andere. Ihre Aura hält ihn gefangen im Bann zärtlich aufkommender Gefühle, die ähnlich eines Keimes in der Wüste zaghaft sich vortasten. Seine innere Stimme schreit nach ihr, der Verstand murmelt wie unerreichbar sie doch ist.

So stehen beide stumm und den anderen musternd gegenüber. Keiner wagt in dieser Situation etwas zu sagen, etwa was ihm im Moment durch den Kopf geht. Hat er sich unsterblich in diese wundervollen Augen Hals über Kopf verliebt, will sie ihn dagegen schnellstmöglich loswerden. Zwei Welten prallen gegeneinander, die unterschiedlicher nicht sein können!

Die verzwickte Situation wird recht ungalant Weise gelöst. Von beiden unbemerkt, oder wenigstens zu spät, um noch rechtzeitig reagieren zu können, tauchen plötzlich mehrere vermummte Gestalten auf. Klickende Gewehre werden auf sie gerichtet.

»Leg die Knarre weg, Puppe!«, ertönt eine raubeinige Stimme, die wohl dem Anführer gehört.

Ihr bleibt nichts anderes übrig, als brav zu gehorchen, will sie nicht mehr riskieren, als ihr lieb ist. Vorsichtig folgt die Lady der rabiaten Aufforderung.

»Schaut euch das Bübchen an«, grölt ein anderer. »Der is ja völlig weggetreten!«

»Manche Weibsbilder sind wie Schlangen«, erwidert der Nächste. »Schaust du ihr in die Augen, findest du dich schnell in deren Magen wieder.«

Tatsächlich begreift Riley die Lage ziemlich spät.

»Ist das überhaupt ein Frauenzimmer?«

»Wegen den Hosen, Ben? Vielleicht versteckt die darunter ja ihre Strapse!«

Das Hohngelächter über diesen vermeintlich gut gelungenen Witz erfüllt die Luft. Ein wirklich kleiner der Vermummten, drückt sich breitbeinig mit erhobenen Händen an die Lady in Hose. Die anderen Lachen noch lautstarker.

»Na los, Jack! Schau nach!«

Mit einem Mal vollführt die Lady eine Wendung um einhundertachtzig Grad und stößt das blitzschnell angewinkelte Knie dem aufdringlichen Kerl geradewegs ins Allerheiligste. Brüllend geht der zu Boden. Schlagartig verhallt das Lachen.

Einen besseren Augenblick als diesen wird es sobald nicht mehr geben. Die Lady nutzt die Gunst der Stunde. Mit einer unbändigen Bewegung wirbelt sie um die eigene Achse, dabei drei der Banditen mit sich reisend, die mit schmerzverzerrtem Gesicht wie gefällte Bäume umfallen. In der darauffolgenden Schrecksekunde, die die Männer über der Schlagkraft des vermeintlich schwachen Geschlechts staunen, bekommen zwei weitere einen kräftig ausgeführten Faustschlag ins Gesicht. Taumelnd wenden diese sich ab. Bleiben noch ein hagerer Bandit sowie der Anführer.

»Hast du ... hast du das ... gesehen?«

Der Hagere hat eine Fistelstimme, die dazu noch vor Unglauben eine Oktave höher springt.

Riley schaut dem Szenario als unbeteiligter Beobachter zu. Ob er überhaupt irgendetwas vom Geschehenen mitbekommen hat, ist äußerst fraglich. Jedenfalls schaut er mit weit aufgerissenen Augen zwischen den beiden Männern und der Lady hin und her. Sichtlich geht eine heftige Zuckung durch seinen Körper, als die Lady ausholt.

Sie hat ihr Gewehr in der Hand, den Lauf fest umschlungen. Ohne erbarmen und mit vollem Schwung trifft der Kolben den Hageren an der Schläfe.

Das Gewehr wirbelt kurz in ihren Händen herum.

»Das wagst du nicht, du dreckige Hu ...«

Die Antwort ist das Spannen des Hahns. Blankes Entsetzen zuckt in den Augen des Banditen auf. Blässe übertüncht seinen ansonsten dunklen Teint.

»Lass es darauf ankommen ...«, zischt sie.

Betont langsam wirft der Ganove sein Gewehr auf die Seite, hebt ebenso langsam beide Arme.

»Fessle ihn, Kleiner!«

Riley, mit der Situation überfordert, sucht nach passendem Material.

»Nimm das hier«, sagt die Lady, dabei auf ihr Pferd deutend. An der Satteltasche sieht Riley das Seil hängen.

»Ihr kommt nicht weit«, meint der Anführer in einem abschätzenden Ton. »Wir werden euch überall finden, merk dir das.«

In den Augen des Banditen erkennt die Lady blanken Hass. Diesen Typen hat vermutlich noch niemand in die Schranken gesetzt. Und ausgerechnet eine Frau tat dies eben!

»Du solltest dich immer umschauen, ob nicht ich oder einer meiner Männer ...« Er verstummt und beendet seine Drohung nicht.

Die Lady bleibt ruhig und schweigt. Solche Menschen sind ihr zuwider. In der Regel ignoriert sie derartige Anfeindungen, was jedoch nicht immer funktioniert.

Riley beginnt den Banditen umständlich zu fesseln. In diesen Dingen ungeübt, muss er mehrmals ansetzen. Dadurch entsteht eine gewisse Unruhe und Unübersichtlichkeit.

»Und du solltest ...«, setzt sie entgegen, wird aber durch ein Knack-Geräusch seitlich von ihr unterbrochen und abgelenkt. Von ihr unbemerkt hat sich einer der Banditen erheben können und ist klar genug im Kopf, ein Ablenkungsmanöver zu starten. Dieses reicht aus, ihr für eine Sekunde die Oberhand zu rauben. Wie ein wildes Tier und archaisch schreiend rennt er auf die Lady zu. Ihr bleibt nichts anderes übrig: Krachend löst sich der Schuss. Dumpf schlägt der Getroffene auf der Erde auf.

Der Banditenanführer macht eine barsche Bewegung und bekommt Riley von hinten zu fassen. Ein Messer plötzlich in der Hand, das er den verdatterten Riley an die Kehle hält, bekommt der Ganove die Situation wieder unter Kontrolle.

»Waffe weg! Sonst stirbt der hier ...«

»Der gehört nicht zu mir, ich kenn den nicht mal!«

»Gut. Dann kann ich ihn ja abstechen ...«

»Mach das und du bist tot!«

»Oh, will die Süße ihren *Kleinen* rächen?«

Trotz Mundtuch glaubt sie sein süffisantes Lächeln zu erkennen. Der Kleine macht einen völlig verweichlichten, nichts verstehenden Eindruck. Eigentlich ist er ihr ja egal. Aber in seinem Blick lag vorhin so viel Zärtlichkeit, dass sie sich jetzt fragt, ob es vielleicht doch einen tieferen Sinn gibt, dass die ihn traf! Um dies herauszubekommen sollte ich schnellstens etwas einfallen. Einige der Niedergeschlagenen räkeln sich bereits wieder …

»Was ist nun!«

Er ist in der Offensive, und er weiß es auch. An Rileys Hals zeichnet sich ein dünner roter Streifen ab. Blut! Sie muss handeln!

»Lass ihn gehen. Dies ist eine Sache zwischen uns. Wir werden kämpfen.«

»Ich soll mit einem Frauenzimmer mich schlagen?«

Er ist darüber belustigt, lacht aber nicht laut.

»Du wirst doch nicht etwa Angst vor mir haben?«

Mit einer knappen Kopfbewegung zu seinen Kumpanen hinüber, sagt er: »Das da war Glück. Mit mir hast du nicht so ein leichtes Spiel.«

»Dann kann dir ja auch nichts passieren …«

Sekunden vergehen, in denen nichts weiter geschieht, als ein intensiver Blickwechsel.

»Es sei. Also weg mit dem Gewehr!«

Noch zögert sie. Läge sie die Waffe jetzt weg, verzichtet sie auf einen Vorteil, der durch so schnell nicht wieder aufholbar wäre. Den Kleinen könnte es allerdings mehr kosten, als notwendig. Dieses *Greenhorn* kann einem nur Leid tun! Jedoch ist das eigene Leben nicht mehr wert?

Diese Gedanken schossen der Lady innerhalb weniger Sekundenbruchteile durch den Kopf.

»Nimm das Messer weg!«

Für einen Augenblick sieht es so aus, der Bandit wolle nachgeben …

Zwei

Waylon schaltet enttäuscht den *Zukunftsschau-Modus* ab. Was er sieht gefällt ihm überhaupt nicht! Was hat er übersehen? Langsam wird er nervös. Bereits mehrere Tage verbringt er damit, mit unterschiedlichsten Daten einen möglichst vielversprechenden Ausgang berechnen zu lassen. Der Modus des Zeittransmitters, in der Anleitung gefunden, sah anfangs recht vielversprechend aus. Man muss nur die Ausgangsposition eingeben und schon kann visuell verfolgt werden, was sein *kann*.

Seine Fantasie erlebt ungeahnte Höhenflüge. Leider waren die Ideen nicht umsetzbar, weil stets einer von beiden – Rebecca und Riley – auf der Strecke blieb. Gerade war es Riley, der in dieser Situation den Kürzeren zog und, wäre es real gewesen, es ihn nicht mehr geben würde. Einmal endete die Ausgangsposition sogar mit seinem Ableben.

Waylon schaltet den Transmitter aus. Wenigsten hat er einen passenden Standort gefunden, der ihn unbehelligt bleiben läßt. Ein kleiner Lichtblick, der ihn im Moment aber auch nicht weiterhilft.

›Ich brauche Input!‹, denkt Waylon. Festgefahren im Denken, wird er auf diese Weise wohl nie ans Ziel gelangen.

Ohne jemanden zu gefährden scheint die Aufgabe unlösbar. Schade nur, dass keiner da ist, mit dem Waylon sich austauschen kann.

Der Mohrenmaki *flippert*.

»Wenn du mich nur verstehen würdest«, sagt er zärtlich.

Das Weibchen hat sich schnell erholt. Nur eine dunkle Linie im Fell zeugt noch von der Verletzung. Sie ist zwar noch etwas langsam und bedächtig in ihren Bewegungen, ansonsten erfreut sie auch Waylon mit ihren aufgeweckten Gehabe.

Der Maki sitzt, wie gewohnt fest angeschmiegt, auf seiner Schulter.

»Weißt du, ich brauche neue Ideen – Eingebungen wären noch besser.«

Das Äffchen löst sich von seinem Hals und sieht ihn an. Ein Außenstehender könnte meinen, es denke nach. In Wirklichkeit fühlt es Waylons Gemütsverfassung über seine Ausstrahlung. Um ihn zu beruhigen, fängt es an, mit den kleinen Händchen durch Waylons Haar zu streichen.

Diese Berührungen haben tatsächlich eine entspannende Wirkung. In Halsnähe gibt es eine Stelle, die Waylon durch und durch geht. Genüsslich schließt er die Augen. Die winzigen Finger des Makis fühlen sich an, wie ein weicher Kamm, der ohne Kraftaufwand eingesetzt wird. Diese streichelnde Minimassage versetzt ihn in einen ruhenden Zustand. Von seinem Problem gedanklich regelrecht verfolgt und gemartert, *entschleunigt* er für einige Minuten.

Eigentlich hat er ja auch *alle Zeit der Welt*! Durch den Paläo-Transmitter, der ehrlich gesagt moderner nicht sein kann, braucht nichts überstürzt zu werden. Die Station muss in dieser Zeitebene keinen Angriff befürchten. Der gegenwärtige Gewahrer erfüllt mit Bravour und besonnen seine Berufung.

Dennoch nagt in Waylon das schlechte Gewissen. Während er sich den Annehmlichkeiten des Lebens getrost hingeben kann, gibt es die Freunde vielleicht nicht mehr! Allein dieses Wissen macht ihn unruhig und zappelig. Dabei wollte er doch *endlich* den neuen Lebensabschnitt einfach nur genießen …

›Weshalb beklage ich mich überhaupt? Der Kristall hat doch mein Leben bereichert!‹

War seine Existenz davor von depressiven Anfällen bis zur Selbstkasteiung bestimmt, hat er jetzt einen gewissen Halt und Sinn gefunden. Damals abgeschoben und aufs Abstellgleis verbannt, wird er heute mehr denn je gebraucht! Was für eine Wendung! Es hat eben jede Herausforderung positive wie auch negative Seiten. Von jetzt auf gleich wieder Vollgas geben, kann auch in die Hose gehen. Überfordert vom Erfolgsdruck fahren die Gefühle Achterbahn. Kaum oben angelangt geht es brachial wieder nach unten.

Doch warum beklagt er sich? Nur weil es kein Do-it-your-Self-Buch für derartige Situationen gibt, nach denen man sich richten und gegebenenfalls die Schuld darauf schieben kann, wenn es misslingt? Für alles gibt es Anleitungen, Ratgeber oder wie sie alle heißen mögen! Schrecklich, wie Waylon findet. Wo bleibt da der eigene Gedanke? Oder der eigene Wille Dinge anzugehen? Alles hat sein Für und Wider.

Derweilen streicht und zupft und zupft und streicht der Maki, in unermüdlicher Ausdauer, durch Waylons Haar. Manchmal ziept es, wenn überschüssige Hautpartikel entfernt werden. Trotz allem geht das Äffchen rücksichtsvoll, ja beinahe zärtlich vor. So kann der Gedanken geplagte Waylon sich weiter diesen uneingeschränkt widmen.

›Ach *unci*, wärst du doch da …‹

Das Bild der Großmutter entsteht vor seinem geistigen Auge. Sanftmütig lächelt sie. *Unci* verstand ihn immer. Ebenso wie sein Daddy. Beide standen sich diesbezüglich in nichts nach. Mit sensiblem Einfühlungsvermögen fanden beide stets die richtige Lösung.

Wehmut kommt auf, bemächtigt sich Waylon ohne Unterlass. Es kommt ihm wie ein Tuch vor, das sich über ihn legt und mit jedem weiteren Atemzug schwerer wird. Betrübt öffnet er die Augen.

Plötzlich hört er Elionors Stimme in seinem Kopf, klar und deutlich. *»Einer von ihnen hat hier vor mehr als hundert Jahren ein Artefakt begraben. Du solltest es finden, denn er kannte dich.«* Das sind genau die Worte, die sie Waylon auf der Bank unter dem Baum sagte. Besonders der letzte Satz bereitet ihm Kopfzerbrechen. *»Du solltest es finden, denn er kannte dich.«*

Woher sollte er Waylon kennen? Darauf fallen ihn nur die *Morgenreisen* ein. Vermutlich wußte der Dakota, dass seine Wahl, Rebecca zum Gewahrer zu berufen, eine Fehlentscheidung war! Doch warum änderte er nicht einfach seine Meinung? Hatte er etwa keine Zeit mehr? Oder steckt mehr dahinter?

»Man müsste mit diesem alten Herrn reden können«, redet er vor sich hin. Der Maki ist an Waylons Selbstgespräche gewöhnt, deshalb streicht und zupft er geduldig weiter.

»Was bin ich doch für ein Esel!«

Seine linke Hand klatscht ihm gegen die Stirn. Das ist es! Der Maki zuckt zusammen, sind doch solcherart von Einfällen nichts für seine zarte Natur; wenigstens was die äußeren Eindrücke betrifft. Verunsichert springt er von Waylon hinab, nimmt genau vor ihm auf dem Boden Platz.

»Kleine, ich glaube ich weiß wie wir vorgehen«, beginnt er eifrig. Mangels vorhandener Gesprächspartner beginnt er immer öfters seine Monologe an den Maki zu richten. Dies gibt Waylon den Eindruck eines verstehenden Zuhörers. »Was hältst du von einen Ausflug nach Kanada?«

Das Maki-Weibchen *flippert* in gewohnter Weise, allerdings klingt es nicht zustimmend.

»Was wir dort wollen? Einen alten Dakota suchen und mit ihm reden, dass wollen wir dort!«

Die Augen des Makis sind skeptisch auf Waylon gerichtet.

»Ist ungefährlich und notwendig.«

Ein kurzes Fauchen wird laut.

»Du hast was dagegen?«

Flippern.

Nun ist es Waylon, der skeptisch dreinschaut. Hat der Affe vielleicht doch Recht? Zweifel befallen ihn. Voreiliges Handeln ist sehr töricht und schädlich! Er scheltet und beschimpft sich in Gedanken, verzieht nach außen hin keine Miene.

»Keine Angst, Kleine. Mir wird schon noch was einfallen.«

In den Tiefen des über Hunderte von Meilen sich hinziehenden Regenwaldes, herrscht reges Treiben. Es ist die Zeit der Dämmerung. Tagschwärmer gehen zur Ruhe, Nachtschwärmer erwachen. Ganz in der Nähe sitzt ein Sprenkelkauz und beobachtet blinzelnd die Umgebung. Das nachtaktive Tier macht sich bereit für die Jagd.

Vögel flattern auf der Suche nach einem geeigneten Schlafplatz umher. In den dichten Baumkronen werden sie fündig. Unter einigen von ihnen bricht Streit aus. Außer einigen Federn und lautstarkes Geschrei geht dieses Gerangel harmlos aus.

Auch auf dem Boden im Unterholz geht es hoch her. Unsichtbar fleucht es dort, wird gejagt und gefressen, verdaut und kompostiert. Im ewigen Kreislauf vergeht und entsteht.

Am Rande dieses Regenwaldes, hat Waylon sein Lager aufgeschlagen. Unweit von hier, gibt es eine alte Blockhütte, in der ein Baum wächst. Bald wird es die Hütte nicht mehr geben, denn die Natur hat sie längst in Beschlag genommen. Ein uraltes, verrostetes Bettgestell bietet ein notdürftiges Nachtlager. Wenigstens kann er sich ausstrecken und liegen.

Direkt vor der Tür, steht der Transmitter; gut getarnt durch wildwuchernde Pflanzen.

Das, was einmal ein Kamin war, nutzt Waylon zum Feuer machen. Darüber liegen mehrere Eisenstangen, die als Rost fungieren. Während der Maki mühelos kleine Insekten fängt – ein wirkliches Schlaraffenland für das Äffchen – muss Waylon abwägen, was er zu Essen bekommt.

Über eine Woche ist er bereits hier. Am dritten Tage war der Hunger so übermächtig, dass er eine mittelgroße Schlange fing, ihr den Kopf einschlug und ihr Fleisch vorsichtig briet. Der erste Happen schmeckte vorzüglich, der Zweite eher ekelhaft und nach dem Dritten erbrach er alles. Der Geschmack erinnerte ihn ein wenig an Hühnchen und Aal, wobei Letzteres wohl am nächsten kam.

Waylon blieb nichts anderes übrig, als sich mit Konserven einzudecken. Dafür machte er am vierten Tag einen »Ausflug«, der ihn in seine Zeit, an einem ihn bekannten Ort, wo er einen

Großeinkauf tätigte. Als »Landeplatz« wählte er seinen Garten; ringsherum sprießt seit eh und je eine sich wohlfühlende Hecke, die einen natürlichen Schutz von außerhalb bietet.

Es war Nacht und nebelig. Das erste Mal, dass er sich darüber freute! Durch den Hintereingang kam er ins Haus. Vermied es Licht zu machen, damit keiner der Nachbarn auf die Idee kam, es seien Einbrecher zu Gange.

Er fand das Haus leer und genauso wieder, wie er es verlassen hat. Karoline war also nicht mehr da gewesen. Auf einer Art tat es ihm in der Seele weh. Doch darüber zu sinnieren brachte nichts. Es widmete sich voll konzentriert seiner Sache.

Weit nach neun verließ er in dunkler Kleidung und einen tief ins Gesicht gezogenen Hut die Reihenhaus-Siedlung. Das gerufene Taxi wartete bereits zwei Straßen weiter. Im Supermarkt waren nur wenig Menschen, so konnte er eine halbe Stunde später mit vollen Taschen den Laden wieder verlassen. Der Taxifahrer stellte auch keine nervigen Fragen. Dies belohnte Waylon mit einem großzügigen Trinkgeld.

Schnellen Schrittes erreichte er unbehelligt sein Haus. Drinnen atmete er tief durch. Auf ein Zusammentreffen mit Elionor oder gar Sophie hatte er keine Lust. Die hätten ihn nur tausende Fragen gestellt, die er hätte nicht beantworten können. Oder wollen? Egal! War ja gut gegangen.

Nachdem er alles parat gestellt hat, begibt er sich ins Bad. Auch hier alles wie gehabt. Doch halt! Etwas war nicht so wie immer …

Es dauerte einige Zeit bis er sah, was er nicht mehr sah beziehungsweise was nicht mehr da war. Karolines Schminkkasten sowie ihre Zahnbürste! Also war sie doch noch einmal im Haus gewesen!

Kurz entschlossen musste er nachsehen, ging zwei Stufen nehmend hinauf ins Gästezimmer. Alles picobello auf den ersten Blick. Doch der Schrank war leer.

Ein Stich durchdringt ihn bei der Erkenntnis, Karoline nun

doch verloren zu haben. Schwang bisher noch stille Hoffnung mit, im Gedankendschungel, war er in diesen Augenblick sehr zerknirscht.

Im Dunklen duschte Waylon ausgiebig. Schweiß, Schmutz und anderes nahm das Wasser mit. Erfrischt und neu eingekleidet packte er die gekauften Sachen in den Transmitter. Dann kehrte er in den wirklichen Dschungel zurück …

Die auf dem Rost stehende Konservenbüchse verbreitet köchelnd einen appetitlichen Geruch. Wie häufig bei Fertigprodukten schmeckt das Gulasch ein wenig versalzt. Doch allemal besser als zu hungern. Mit dem Brot dazu dennoch eine ausgezeichnete Mahlzeit.

Bald bricht die Dunkelheit herein. Waylon schaltet zusätzlich den Schutzschirm der Glaskabine ein. Ein kaum vernehm- und spürbares, vibrierendes Summen begleitet den Vorgang. Vor seinen Augen verblasst der Transmitter und wird eins mit der Umgebung.

Die Rufe der Wildnis können beängstigend sein. Besonders für Stadtmenschen, denen die Natur fremd ist. Es soll ja einige Leute geben, die alles *Grünzeug* für Verschwendung halten, und es mit allen Mitteln bekämpfen. Nun ja, nicht alles kommt eben ursprünglich aus dem Supermarkt oder der Tiefkühltruhe.

Das Maki-Weibchen kommt angerannt, setzt im Lauf zum Sprung an und nimmt seinen Platz auf Waylon ein.

»Gehen wir rein, Kleine. Morgen ist auch noch ein Tag.«

Noch einen prüfenden Blick um sich werfend betritt er müde das Blockhaus. Die verwitterte Tür von innen abstützend, damit wenigsten ein Hauch von Privatsphäre entsteht, legt er sich auf das quietschende Bett. Das Äffchen kuschelt sich an ihn. Während des Einschlafens merkt Waylon, wie das Tier kurz herumfährt und dann genüsslich auf etwas kaut. Waylon schmunzelt – er hat seinen eigenen Beschützer.

Drei

Am folgenden Tag geht Waylon auf einen ausgiebigen Streifzug. Um den Kopf freizubekommen tankt er den vielfältigen Duft des Regenwaldes. Er muss aufpassen, wohin er tritt oder auch auf Laute achten, die potentielle Jäger ankündigen können. Einen Jaguar zum Beispiel in freier Wildbahn zu begegnen, ist vielleicht prickelnd aber nicht amüsant.

Im sicheren Abstand zur undurchlässiger Pflanzenwelt durchstreift er nachdenklich das Land. Seine treue Begleiterin verschwindet oft im Dschungel, kehrt jedoch nach einer angemessenen Zeit wieder zu ihm zurück. Einmal hat das Maki-Weibchen eine exotische Frucht dabei, die sie stolz Waylon reicht. Ein Zeichen von inniger Zuneigung.

Unvermittelt trompetet ein Elefantenbulle. Nach einer nur sekundendauernden, ungewöhnlichen Stille ist daraufhin alles in Aufruhr. Überall kreischt, flattert es. Der Maki legt das Fell an und verharrt mitten in der Bewegung. Waylon bekommt Gänsehaut, seine Nackenhaare stellen sich auf. Kurzatmig hält auch er inne.

Von irgendwoher, jedoch nicht allzu weit weg, ist ein Knurren zu hören. Es klingt tief und gefährlich. An einem Zirkusbesuch kann er sich noch ganz genau erinnern, wie die Tiger, die durch den Käfig-Gang in die Manege trotteten, ebenso knurrten. Diesmal fehlen allerdings die Gitterstäbe!

Gehetzt schaut er sich um. Panik breitet sich aus. Nicht weit von Waylon bricht Holz. Der Elefant stampft, trompetet erneut – diesmal lauter und nachdrücklicher. Unweigerlich geht Waylon geduckt weiter, dabei den Kopf unentwegt nach allen Seiten drehend. Bis zur Blockhütte ist es fast eine Meile; zu weit für einen Spurt!

Weiteres Geäst bricht unter stampfenden Tritten. Jetzt dringt ein langgezogenes Fauchen an Waylons Ohr. In einer sehr gefährlichen Lage befinden sie sich gerade! Von überall her kann das Raubtier den Dschungel durchbrechen und *ihn* reißen! Der blanke Horror!

Anhand der stampfenden Geräusche hofft Waylon, ungeschoren davon zu kommen. Er macht auf dem Absatz kehrt und geht, weit ausschreitend, Richtung Blockhütte. Kaum kommt sie zwischen dem Grün zum Vorschein, ertönt ein sich näherndes Getrampel. Anscheinend konnte der Elefantenbulle den Angreifer nicht verjagen oder die Herde hat die Panik ereilt. Wenn Waylon richtig hört, dann kommt die Herde genau auf ihn zu!

Nun rennt auch er! Immer schneller. Dreht sich um, strauchelt. Rennt weiter. Die Lungen schreien nach Sauerstoff. Er mag fünfzig Schritte gerannt sein, stellen sich erste Anzeichen von Überbeanspruchung und Erschöpfung ein. Beide Lungenflügel schmerzen. Das Herz pumpt spürbar. In den Ohren rauscht das Blut. Und die Elefanten kommen bedrohlich näher.

Auf halben Weg bekommt er Atemnot und Seitenstechen. Wie er schon befürchtet hatte: Für einen Spurt ist er untrainiert und vor allem zu *alt*! Waylon hat das Gefühl, seine Lunge hängt ihm zehn Meter hinterher …

Doch es hilft alles nichts. Will er nicht zertrampelt werden, muss er durchhalten! Also gibt er Gas. Beißt die Zähne und drückt die Po-Backen zusammen. Nach dem zehntausendsten Blick über die Schulter, erkennt er zwei der Giganten die durchs Gebüsch rasen. Es ist genau seine Richtung, die die Herde eingeschlagen hat – genau auf die Blockhütte zu!

›Unter den Gewicht wird die Hütte nicht halten‹, durchschießt es Waylon. Einen anderen Unterschlupf gibt es aber nicht!

Eine Wade durchfährt ein stechender Schmerz. Kaum, dass er sich noch auf den Füßen halten kann. Humpelnd und stöhnend kämpft er weiter.

Erneut durchblitzt ihn ein Geistesblitz. Der Transmitter! Der steht neben der Hütte! Wenn Waylon es nicht gelingt, die

Glaskabine wegzubringen, dann ist er verloren!

»Shit!«, presst er wütend heraus. »Shit! Shit! Shiiiiit!«

Noch etwa einhundertfünfzig Meter!

Er spurtet was das Zeug hält. Ignoriert sein pfeifendes Atmen, das Stechen in der Brust, den Krampf im Bein.

›Ich muss es schaffen! Ich muss!‹, hämmert es in ihm. Nicht auszudenken, wenn …

Nein! Darüber nachdenken wäre tödlich!

Gehetzt und voller Panik sprintet Waylon weiter. Freigesetztes Adrenalin sowie Entschlossenheit lassen ihn zur Höchstleistung auflaufen.

Die Dickhäuter holen auf. Sein Vorsprung schmilzt dahin, wie im März der Schnee. Jetzt hat Waylon den richtigen Takt gefunden. Umdrehen lohnt sich nicht mehr, denn die Erde bebt deutlich unter dem Gewicht aufstampfender Elefantenfüße.

Zäh schrumpft auf der Zielgeraden die Entfernung. Ein weiteres Problem offenbart sich Waylon: Die Fernbedienung für die Glaskabine! Die benötigt er dringend, um den Schutzschirm auszuschalten. Krampfhaft überlegt er, wo er sie hat. Es war eine flache feuerzeuggroße Karte, aus einem glasähnlichen Material.

Die Seitentasche des Hemdes?

Im Takt des Rennstiles – also wenn das linke Bein und der rechte Arm nach vorn gehen – klopft er kurz die Tasche ab. Nichts! *Kann doch nicht sein!* Nochmal!

Jeder weitere Versuch bleibt ergebnislos!

Noch hundert Meter. Und in seiner Einbildung glaubt er, den *Atem* der Herde zu spüren …

Unterdessen wirbeln die Gedanken in seinem Hirn. Wo ist das verfluchte Ding? Bei Gott, er kann sich nicht erinnern, wohin er die Fernbedienung gesteckt hat! Wenn sie im Hemd war, dann hatte er sie unwiederbringlich verloren. An die Konsequenzen will er erst gar nicht denken. Sein Kopf ist leer.

Achtzig Meter.

›Hatte ich das Ding in der Hütte in der Hand?‹

Nicht wirklich.

Vage tauchen Fetzen von Erinnerungen auf. Unzusammenhängend, undeutlich, unüberschaubar! Im Rennen schüttelt er den Kopf. Die Lungen schmerzen beängstigend, die Luft wird immer knapper. ›Nein, ich war draußen. – Hosentasche?!‹

Ein markerschreckendes Brüllen zerreißt die bereits vom Stampfen erfüllte Luft. Nun kann er nicht anders und wirft einen kurzen Blick zurück. Unaufhörlich wälzt sich eine Fleischwand Elefanten heran. Die Distanz zwischen Waylon und Herde ist nicht abschätzbar; zu unruhig das Bild.

Durch den Anblick noch mehr in Panik versetzt, stolpert Waylon gefährlich und verliert dementsprechend an Geschwindigkeit. Es kostet ihn große Anstrengung, nicht ganz aus dem Takt zu kommen.

Siebzig Meter.

In der linken Hosentasche wird er fündig. Ein riesiger Granitstein fällt Waylon vom Herzen. Unzählige Rennschritte und Verrenkungen später, hält er die Fernbedienung überglücklich in Händen. Wenigstens eine Sorge weniger!

Im wagemutigen Lauf die richtige Taste zu erwischen, ist eine Kunst für sich. Auch weiß er nicht, auf welche Entfernung der Schirm deaktiviert werden kann. Die Tatsache, das Gerät gedanklich zu steuern, will Waylon partout im Moment nicht in den Sinn kommen. Vermutlich reichte auch seine Konzentration dafür nicht aus. Fakt ist, dass er noch etwa dreißig Meter vom Transmitter entfernt ist, als dieser sich aus der Unsichtbarkeit herausschält.

Davon angespornt, erhöht er nochmals unter Aufbringung aller Kraft- und Energiereserven das Tempo. Beinahe schwebt er über den Boden. Den letzten Meter springt er beherzt in die Kabine. Während Waylon Platz nimmt, erscheint die virtuelle Tastatur. Geübt gibt er die Kombination ein, die ihn von hier wegbringt. Gerade als die Vibration den Beginn der Reise ankündigt, springt ein Schatten auf ihn zu. Erschrocken hält Waylon beide Arme abwehrend vor den Körper. War er zu langsam und das Raubtier gar hinter ihm her?

Doch statt eines Geparden oder Jaguars huscht der Maki zwischen seinen Beinen hindurch. Auch er abgekämpft und atemlos.

Die Fleischlawine rollt heran.

»Komm schon, komm schon«, knurrt Waylon mit zusammengepressten Zähnen.

Wenn etwas nicht schnell genug gehen kann, dauert es umso länger! Eine verhängnisvolle, nervenbelastende Lage!

Zudem ist es unmöglich, von innen das Verschwinden zu bemerken; es geschieht übergangslos.

Ein Elefant trompetet tierisch laut und trampelt direkt auf Waylon zu …

Vier

Sie findet keine Ruhe. Seit Tagen schläft sie kaum bis überhaupt nicht. Sorgen macht ihr besonders Mum. Ihr Zustand hat sich innerhalb von zweiundsiebzig Stunden extrem verschlechtert. Seit dem Abschied von Waylon baut Elionor Pepper rapide ab. Weiß nicht, wo sie sich befindet, erkennt nicht einmal mehr sie – Sophie. Die Adoptivtochter ist am Boden zerstört. Sie verlor bereits Waylon, ihre langgehegte, heimliche Liebe und jetzt Mum, bereits zum zweiten Mal.

Es ist vier Uhr am Nachmittag. Mrs Pepper schläft auf dem Chaiselongue. Sophie sitzt in ihrer Nähe. ›Mum wirkt klein und zerbrechlich‹, denkt sie traurig. Eine einsame Träne rinnt ihr über die Wange. Sophie hat sich geschworen nicht zu weinen. Doch Emotionen sind nicht steuerbar.

Elionor hat ein erfülltes Leben gehabt. Waren auch die letzten Jahre von Vergessen geprägt, erreichte sie dennoch ihren Lebenstraum. Wer kann das schon von sich behaupten? Konsequent verfolgte sie ihr Ziel; es war wie ein roter Faden, der sich durch all die Jahrzehnte zog. Und mit dreiundneunzig schließt sich der Kreis.

Wenn doch Waylon da wäre! Und wenn nicht hier, bei ihr in diesen Zimmer, dann doch wenigstens nebenan in seinem Haus. Er könnte ihr dann beistehen. Mit ihr reden, trösten. Wie mag es ihm wohl gehen? Ob er schon etwas erreicht hat? War vielleicht alles nur ein Hirngespinst und er …

Mum stammelt im Schlaf. Speichel läuft ihr dabei aus dem Mundwinkel. Fürsorglich wischt Sophie diesen weg, das ist das Mindeste, was sie tun kann. Elionor atmet tief ein. Dann formen ihre Lippen erneut unverständliche Worte. Sophie stutzt. Seltsam. Hat sie richtig gehört?

ahbleza?

Ihre Aufmerksamkeit ist geweckt. Gespannt den Atem anhaltend, lauscht sie Elionors Gestammel. Doch bei allem Einfallsreichtum gelingt es nicht, auch nur annähernd etwas zu verstehen. Ein bisschen enttäuscht ist Sophie schon.

In der Küche macht sie sich einen Kaffee. Mum liebt richtigen, kolumbianischen Kaffee. Und genauso einen will jetzt auch Sophie!

Das alte Modell von Kaffeemaschine dampft und zischt. Ein Wunder, dass sie überhaupt noch geht. Wie lang mag sie Mum wohl haben? Es werden an die zwanzig Jahre sein. *Oh Gott, zwanzig Jahre!* Dafür schmeckt der Kaffee aber kräftig und wie frisch gebrüht.

Normalerweise trinkt Sophie Tee, wie die meisten Engländer. Nur bei Mum nimmt sie den kräftigen Bohnentrank zu sich. Elionor schwört auf den würzigen Geschmack und die belebende Wirkung. Früher kokettierte sie immer damit, das regelmäßiger Konsum des Gebräus auch etwas mit dem zu erreichenden Alter zu tun hat. Bewiesen werden konnte dies jedoch nie.

Aber etwas anderes wurde in Langzeitstudien herausgefunden, nämlich dass zwei Tassen Kaffee pro Tag Demenz zwar nicht verhindern, aber deutlich verzögern kann. Sophie hat Schwierigkeiten damit, es zu glauben. Sie kann es nur hinnehmen. Mum ist das Beispiel dafür, dass selbst modernste Wissenschaftler irren. Leider! Was würde sie nicht alles geben, wenn …

Aus dem Wohnzimmer kommt ein seltsames Gepolter, so als Fälle ein Stuhl mehrmals um. Hastig springt sie auf. Das Schlimmste erwartend, stürzt Sophie zu ihrer Mum. Im Kopf alles erwartend, bleibt sie erstaunt auf der Türschwelle stehen. Mum liegt noch genau so schlafend da wie eben. Komisch. Sind ihre Nerven dermaßen angespannt, dass ihr Halluzinationen was vormachen?

Verwirrt den Kopf schüttelnd, geht Sophie wieder in die Küche. Draußen ist es dunkel geworden. Ein Mann in einem langen Mantel und Hut geht, den Kopf einziehend, hastig vorbei. Für einen Moment denkt Sophie an Waylon. Statur und Größe könnten im schummrigen Licht passen, doch dies ist unmöglich. Sich den einstürzenden Gedanken voll hingebend, vergräbt sie das Gesicht in ihren Händen. In Momenten wie diesen *will* sie nichts sehen!

* * *

An dem Tag, an den ihre Eltern starben, kann sie sich nicht mehr erinnern. Aber an die Tante, die immer mit ihr spielte, wenn Mama und Papa nicht da waren. Abends las sie ihr immer vor. Es waren Märchen, in denen das Mädchen meistens in die Rolle der Prinzessin schlüpfte und in der Nacht davon träumte.

Überhaupt war das Leben der kleinen Familie perfekt, jedenfalls für das Kind. Es gab nie Streit, auch wenn sie nicht alles durfte. Mama kümmerte sich rührend um Papa, wenn der manchmal erst spät abends heim kam. Dann trug sie ihm das aufgewärmte Essen auf, das er voller Genuss aß. Die Kleine schlief dann meistens, außer Samstags; dann durfte sie auf bleiben und spielen oder Mama erzählte ihr fantasiereiche Geschichten.

Harmonischer konnte es für ein Kind gar nicht sein. Von dem Mädchen wurden alle Probleme ferngehalten. Wenn es denn welche gegeben haben sollte. Die gab es mit Sicherheit, aber bestimmt kann sie dich nicht daran erinnern.

Eines frühen morgens beschlossen Mama und Papa einen Ausflug zu machen. Allein. Für die Kleine kein Grund, Rabatz zu machen. Schließlich kam dann die Tante runter, um auf sie aufzupassen. Und das war immer lustig. So sollte es auch diesmal geschehen.

Die Tante wohnte im selben Haus, war um einiges älter als Mama, aber genauso lieb und nett. Oft brachte sie ihr etwas mit. Den kleinen Plüschhasen zum Beispiel, es war das aller-

erste Geschenk, gab es immer noch. Zwar hatte er einen Arm verloren und er war ziemlich verdreckt, doch das Mädchen liebte ihn. Zum kuscheln zu klein, dafür passte er allerdings in jede Tasche.

Leider weiß sie den Namen der Tante nicht mehr. Die Frau hatte ein freundliches Gedicht und eine einnehmende Ausstrahlung. Man musste einfach Vertrauen zu ihr fassen, ganz gleich wie lang man sie schon kannte. Mama besprach sich lächelnd mit ihr, während Papa gutgelaunt eine große Tasche hinunter in den Wagen brachte. Zum Abschied gab es ganz dicke Umarmungen, Küsschen und den Hinweis, ja auf die Tante zu hören. Die Kleine lächelte Mama und Papa nach, winkte mit einem Schnupftuch, bis der Wagen aus den Sichtfeld entschwand.

* * *

Sophie lächelt bei diesen aufkommenden Bildern, aus denen sie benötigte Kraft sammelt. Damals war die Welt noch in Ordnung. Alles ging seinen geregelten Weg. Ihr Zuhause war ein gehegter, behüteter Hort.

Sophie lauscht nach nebenan. Mum schläft ruhig. Sie nimmt einen Schluck Kaffee und gibt sich den Erinnerungen hin.

* * *

Mama und Papa kamen nie wieder. Die Tante versorgte sie für einige Tage. Dann kam eine sehr gestreng aussehende Dame, die mit der Tante lange sprach. Die Kleine hockte auf dem Sofa. Beobachtete verstohlen die zwei Frauen. Wovon sie redeten verstand sie kein Wort. Dafür reichte ihr Wortschatz noch nicht aus. Doch sie spürte, dass es um Mama und Papa und auch um sie selbst ging.

Tapfer hielt sie durch. Nur des Nachts im Bett, wenn die Tante schlief und sie nicht gehört werden konnte, weinte die Kleine still und leise. Sie vermisste ihre Eltern, verstand nicht, warum sie nicht wiederkamen. Unendliche Trauer erfüllte die Zeit der Dunkelheit mit unterdrückten Schluchzen und heimlich geweinten Tränen.

Tagsüber lachte sie nur selten. Doch manchmal schaffte es die Tante ihr ein Lächeln aufs Gesicht zu zaubern. Dies waren Momente, in denen das Mädchen für einige Minuten den un-endlichen Schmerz vergaß.

Die gestreng ausschauende Dame warf prüfende Blicke auf das kleine Mädchen. Eine Sekunde der Unachtsamkeit hatte es zur Vollwaise gemacht. Nichts würde mehr so sein wie es war. Mama und Papa sind nicht mehr. Die vertraute Umgebung bot nicht mehr den mit Liebe erfüllten Hort.

Und das Mädchen fühlte, dass große Veränderungen auf sie zukommen. Und dann wendete sich erneut das Blatt …

* * *

Draußen kommt Bewegung auf die Straße. Einige Autos fahren vorbei. Mittlerweile ist es richtig dunkel geworden. Eigentlich müsste Sophie Licht machen, doch der Schrein der Straßenla-terne genügt ihr im Moment. Außerdem sitzt sie nicht so gern im Rampenlicht. Passanten können bequem hereinschauen, wenn Licht wäre. Darauf hat die keine Lust. Zum anderen schärft dieses Zwielicht die Sinne.

Sie nimmt einen Schluck Kaffee. Lauwarm hat er eindeutig an Würze verloren! Aber was soll's. Sophie ist auch mit weni-ger zufrieden. Anschließend geht sie noch einmal nach Mum sehen. Keine Veränderung; die alte Dame schläft tief und fest. Zurück in der Küche bemerkt sie wieder diesen Herrn im Man-tel und Hut. Zweifellos ähnelt der Waylon. Interessiert tritt sie nah ans Fenster und beobachtet ihn. Sein Gang, wie er die zweit Taschen dabei hält, ist frappierend identisch mit den Eigenschaften von Waylon. Sophie hat ihn des Öfteren heimlich nachgesehen, seitdem sie sich eingestanden hatte, verliebt zu sein.

Der Hutmann geht zügig weiter. Er hat den Kopf eingezogen, schaut weder nach links oder rechts. Um ihn weiter sehen zu können, öffnet Sophie leise das Fenster und schiebt den Kopf gerade soweit vor, bis die Augen den Mann erfassen.

Auf der Höhe von Waylon Haus verlangsamen sich seine Schritte. Kurz sieht er sich um. Sophie zieht klopfenden Herzens den Kopf zurück. Als sie Sekunden später wieder hinüberblickt, ist der Hutmann verschwunden.

Alle Vorsicht zum Trotz, beugt die sich weit zum Fenster hinaus. Der Typ ist verschwunden! Wie vom Erdboden verschluckt! War es vielleicht doch Waylon?

Verwirrt darüber schließt Sophie das Fenster. Ihr Herz pumpt noch immer heftig. Was, wenn er es war? Weshalb kam er nicht vorbei? Warum ist er dann überhaupt hier? Ist die Mission gelungen, oder gar gescheitert?

›Ich geh rüber‹, überlegt sie. ›Ich muss ihn sehen!‹

Entschlossen macht sie an der Fensterbank kehrt. Sie fühlt, Eile ist geboten. Jederzeit kann er mit dem Transmitter wieder verschwinden! Im Augenwinkel gewahrt sie eine Person im Flur. Wie vom Blitz getroffen regt sich Sophie nicht. Es war nichts zu hören gewesen!

Ist es Waylon? Oder ein – Einbrecher?

Die Silhouette verrät eine kleinere Person. Und diese Person verhält sich genauso still wie sie.

Ein Auto fährt wieder vorbei. Die aufgeblendeten Scheinwerfer erhellen grell Küche und einen Trilogie des Flures. Sophie blickt in die weit aufgerissenen Augen ihrer Mum.

Fünf

Es ist ein junger Elefantenbulle. Im Sitzen wirkt er monströs und gewaltig! Schweißperlen bilden sich auf seine Stirn. Der Bulle ist dermaßen in Rage, dass alles unter seinen Füßen zermalmt wird. Deutlich erzittert die Erde unter seinem stampfenden Gewicht. Gigantische Stoßzähne kommen bedrohlich nah! Wenn nicht gleich ein Wunder geschieht, dann war's das wohl!

Panisch wirft er einen Blick auf die virtuelle Tastatur. Soweit alles in Ordnung. Jederzeit sollte das Bild sich ändern! Warum dauert das so lange?

Einige Meter hinter dem Bullen springen mindestens zwei Jaguare auf ein Elefantenbaby. Das Jungtier wird durch die Wucht der Angreifer mitgerissen und stürzt seitlich zu Boden. Erneut ertönt ein wildes, angsterfülltes Elefantentrompete.

Waylon schaut in die blutunterlaufenen Augen des Jungbullen. Plötzlich bäumt sich das Fleischkoloss auf. Seine runden Vorderfüße schweben für einen Sekundenbruchteil über der Glaskabine. Gleich würden Tonnen von rasenden Fleisches herabsausen, ihn zermalmen wie alles andere auch, das sich im Wege befindet. Waylon schließt mit der Welt ab, so gut es unter diesen Umständen möglich ist.

Alles spielt sich in Zeitlupe ab. Liegt es am Potential derartiger Stresssituationen?

Und während er das Ende erwartet, entmaterialisiert die Umgebung …

Die Zielparameter sind Waylon unbekannt. Was er in all der Hektik eingegeben hat, entzieht sich seiner Kenntnis. Benommen und von den erlebten Eindrücken aufgeputscht, nimmt er außerhalb seines Geistes nichts wahr.

In diesem Tunnelblick gefangen, entgeht ihm der fantastische Anblick beim Eintauchen in die nichtmaterielle Zeitebene. Prächtige Farben, verwoben zu einem im steten wechselnden

Muster, stellen bisher gesehenes schlichtweg in den Schatten. Verzückt beobachtet das Mohrenmaki-Weibchen das wundervolle Lichtspektakel, in dessen dunklen Augen der flammende Lichterglanz sich widerspiegelt.

Erst nachdem das Ziel erreicht ist, findet Waylon langsam in die Realität zurück. Noch verängstigt und mit rasenden Puls, bleibt er noch eine ganze Weile regungslos sitzen.

Ohne sein Zutun bleibt der Transmitter verschlossen. Allmählich fasst Waylon Mut, die schützende Kabine zu verlassen. Es nützt ja alles nichts! Einmal muss er ja raus, und sei es wegen der Notdurft.

Es weht ein mäßiger, kalter Wind. Vor ihm erstreckt sich ein weites, hügeliges Land mit nur wenig Vegetation. Vor wilden Tieren sind sie wenigstens sicher! Und übersichtlich ist es auch. Beruhigt entsteigt er mit weichen Knien der Kabine. Unnötigerweise kontrolliert er die Außenhaut, ob eventuelle Schäden sichtbar sind. Nicht ein einziger Kratzer!

Waylon bläst die Wangen auf und atmet langsam aus. Seine Kleidung ist total durchnässt von Schweiß und – ›NICHT SCHON WIEDER!‹

Ein Feuer muss her! Doch nirgends gibts es einen Baum, ein Gebüsch oder Ähnliches, mit dem man ein Feuer entzünden kann. Bei dem Wind sowieso fraglich, ob es sich entfachen ließe!

Frustriert stemmt er die Hände in den Seiten und lässt den Kopf hängen. Er ist geschlagen. Müde. Hungrig. Und wütend. Auf sich. Der Welt. Auf alles. Hätte er was im Magen, würde er *kotzen*. Nicht einmal dies ist ihm vergönnt.

Das Maki-Weibchen indes springt quietschvergnügt ins Freie. Auf *Uridräo* gibt es auch nicht nur Bäume. In gewisser Hinsicht fühlt das Tier sich rasch heimisch. Es springt und schnüffelt und ist bald aus Waylons Blickfeld entschwunden.

Allein auf weiter Flur, öffnen sich die Gedankenschleusen. Ihn ereilen sämtliche Ereignisse, nebst emotionalen Gefühlen, auf einmal. Er ist froh noch zu sitzen. Eine Nebenwirkung dieses Anfalles ist ein unangenehmes Schwindelgefühl mit scheinbarem auf und ab des Körpers. Dabei dreht sich nicht die Welt um einen herum, sondern man selbst rotiert und hat das Gefühl, eine Macht zerre am Körper, die ebenfalls von innen heraus dies steuert.

Einige Minuten hält der Zustand an. Für Waylon währt es wohl um einiges länger. Erschöpft lehnt er sich an. Mit geschlossenen Augen fällt er sofort in einen bleiernen Schlaf.

Kleine, feingliedrige Hände berühren emsig sein Gesicht. Er will sie mit heftigen, abwehrenden Kopfbewegungen abschütteln. Nur kurz gelingt es ihm. Dann waren diese seltsamen Hände wieder da. Waylon stöhnt genervt. Er will doch nur schlafen! Wie ein kleines Kind, das in seiner Ruhe gestört wird, wehrt er sich. Unwirsch wirft er den Kopf auf die andere Seite. Der Nacken wird dabei überspannt. Eine mehr als ungemütliche Position.

Dem Anschein nach hilft dies und er hat endlich Ruhe vor den Händen. Die passen sowieso nicht in seinen Traum, der dazu noch nicht zu Ende geträumt war. Ansatzlos findet er den Anschluß.

Vor Waylon erscheint eine Tür. Sie ist alt und reich verziert. Unerwartet mühelos lässt diese sich lautlos öffnen. Dahinter kommt ein ebenso alter wie auch verdreckter Raum zum Vorschein. Durch das einfallende Sonnenlicht wird feiner, aufgewirbelter Staub in der Luft sichtbar.

Eine der Sonnenpyramiden erleuchtet tief im Inneren des Raumes eine regenbogenfarbene, spiegelnde Fläche. Er kennt den Gegenstand. Genau deswegen ist er hergekommen. Endlich am Ziel angekommen, betritt er den Raum. Unter seinen Tritten knarren die Dielenbretter. Wäre jemand anwesend, hätte er es längst bemerkt. Doch auch das hatte er vorher gewusst.

Etwas allerdings stört. Er kann sich nur recht schwer diesen Gegenstand nähern! Bis in die Mitte des Raumes ist kein Problem; aber dann umso mehr. Die alten Geschichten haben also nicht gelogen. Darin ist die Rede von einem »kraftvollen Feld«, welches unüberwindbar sei. Die Schriften haben also nicht übertrieben.

Wieder fühlt Waylon diese aufdringlichen Hände. Diesmal lassen die sich nicht so einfach abschütteln. In Gedanken schreit er »Nein!«, was natürlich ungehört verhallt. Inzwischen werden die Hände immer frecher und zutraulicher. Da er wild den Kopf wegzieht, bekommen ihn die Hände nur schwer zu fassen. Es ist also nicht verwunderlich, dass er ein paar Kratzer davonträgt.

Hinzu gesellen sich tierische Laute. Auch die passen nicht hierher!

›Lasst mich doch endlich in Ruhe!‹

Nichts hilft. Die Belästigung wird nerviger, bis Waylon wütend wird.

›Na wartet! Jetzt knallt's!‹

Er reißt beherzt die Augen auf und schaut in die dunkelbraunen, kreisrunden Augen des Makis.

Begriffsstutzig braucht Waylon geraume Zeit, bis er kapiert, wo er ist und weshalb. Ihm ist kalt. Vermutlich mangels Schlaf, aber auch wegen des kühlen Windes. Da das Mohrenmaki-Weibchen bei ihm ist, schließt Waylon die Glaskabine. Somit bleibt wenigsten die Kälte außen vor.

Ihm geht es nicht gut. Körperlich schlaff und ausgepowert, geistig dünnhäutig und planlos. Wie geht es weiter? Überfordert ihn die Aufgabe? Ist er dem vielleicht gar nicht gewachsen?

Seine Idee wird immer mehr zum Alptraum. Hilfe wäre in diesem Fall angebracht. Doch woher nehmen, beziehungsweise wo danach suchen? Als einzig logische Antwort fällt Waylon nur der Dakota ein. Laut Rebeccas Tagebuch starb der 1898.

Also müsste er den indianischen Gewahrer vor ihren kennenlernen aufsuchen! Nur ist dies nicht ausführbar, denn – wo sollte er suchen?

Verzwickte Angelegenheit! Ohne eine weitere Meinung unlösbar! Mit wem also reden? Diese ständigen Monologe bringen ihn nicht weiter. Und er muss etwas unternehmen!

* * *

»Mum?«

Sophie ist geschockt. Die alte Dame sieht schrecklich blass und abgemagert aus, und ihr Blick wirkt leer und weit in die Ferne gerichtet.

»Er wird kommen!«

Mums Stimme klingt seltsam anders, irgendwie verstellt.

»Wer wird kommen?«

»Du musst ihn begleiten.«

»Wem? Mum? Wem soll ich begleiten?«

Mums Anblick lässt Sophie schaudern. Elionors Erscheinung erinnert an einen ferngesteuerten Zombie!

»Geh mit ihm, mein Kind!«, fährt Mum derweil unbeirrt fort.

Sophie kämpft mit den Tränen. Sie versteht nicht! Aufgewühlt vom urplötzlichen Auftauchen ihrer Mutter und dann ihre befremdlichen Worte. Mum ist nicht Herr ihrer Sinne!

»In zwei Tagen um Mitternacht werdet ihr euch treffen. Geh mit ihm! Hörst du?!«

Sechs

Die ganze Nacht in der Glaskabine zu verbringen ist hart und unbequem. Schnell schmerzt alles. Frustriert versucht Waylon die Beine so anzuziehen, dass er in eine halb liegenden Stellung kommt. Beine, Füße und Kopf sind unnatürlich angewinkelt. An Schlaf ist auch jetzt nicht zu denken.

Es ist eine Stunde vor Mitternacht. Waylon geht einpaar Schritte und macht Dehnübungen. Verschlafen schaut ihm der Mohrenmaki dabei neugierig zu. Er mag denken, wie komisch Menschen doch eigentlich sind. Erst drängeln sie wie verrückt, dann geben sie fluchende Grunzgeräusche von sich, um anschließend mit komisch wirkenden Verrenkungen herumzuhüpfen. Fürwahr – eine seltsame Spezies!

Angenehm diese Frische! Waylon kommt die Luft außergewöhnlich dünn vor, dennoch hat sie eine belebende Wirkung. Innere Unruhe mag ebenfalls dafür verantwortlich sein, dass er keinen Schlaf finden kann. Natürlich bräuchte er ihn, wie jeder normale Mensch. Man kann es sich's aber nicht immer aussuchen. Wäre vermutlich zu einfach.

Ja – warum eigentlich nicht?

Mitten in der Bewegung hält Waylon inne. Ein Bein anziehend und eine Hand zieht es, am Fußgelenk gepackt, nach oben. Das Gleichgewicht wird leicht federnd mit dem anderen Bein ausbalanciert.

Er sehnt sich nach einem weichen Bett! Im Grunde genommen eine einfache Sache. Schließlich hat er die Möglichkeit dazu …

Die Muskeln melden sich in Form eines ziehenden Schmerzes. Vorsichtig setzt er das Bein ab. Ein Wadenkrampf setzt ein. Aufstöhnend hinkt Waylon in die Kabine zurück.

So wird das nichts!

Sei's drum!

Zwanzig Minuten vor dem von Elionor prophezeiten Zeitpunkt trifft Waylon im Garten seines Hauses ein. Alles ist ruhig. Es regnet. War ja auch nicht anders zu erwarten. So leise wie möglich geht Waylon ins Haus. Zwar glaubt er nicht daran, gesehen oder beobachtet zu werden, doch »Vorsicht ist die Mutter der Porzelankiste«!

Im Haus geht er schnurstracks ins Bad. Während Waylon seinen Körper unter warmem Wasser räkelt, geht das Morenmaki-Weibchen auf Wanderschaft. Seine Augen sind an Dunkelheit gewöhnt, jedoch nicht an zivilen Einrichtungen. Im Wohnzimmer huscht es durch die nur angelehnte Tür, versetzt diese einen derben Stoß, sodass sie gegen die Wand schlägt und die Glasscheibe darin klappert. Durch das resultierende Geräusch aufgeschreckt, will das Weibchen rein instinktiv nach oben flüchten. Im Sprung bemerkt es seinen Irrtum. Dies ist kein Baum, sondern ein Schrank mit diversen aufgestellten Krimskrams. An einem offenen Fach findet es nur mit Mühe Halt, wobei die Hinterfüße in die Luft vergeblich danach suchen. So kommt, wie es kommen muss: Auf den glattem Holz abrutschend, gehts wieder rücklings retour. Zwar kommt der Maki in einer geschickten Drehung auf den Beinen auf, erwischt dabei allerdings einige der Zierfiguren. Knallend fallen die zu Boden. Endgültig panisch und überfordert, huscht er in Fluchtmanier aus dem Zimmer und reißt eine sinnlos im Weg stehende Vase um.

Von all dem bekommt Waylon nicht viel mit. Das plätschernde Wasser rauscht ihn über den Kopf. Endlich kann er all den Dreck und Staub abspülen und sich wieder als *Mensch* fühlen! Die Dusche hat wahre Wunder bewirkt. Gutgelaunt und vor allem sauber geht er in die Küche. Irgendwie rebelliert der Magen lautstark. Natürlich ist der Kühlschrank so gut wie leer. In einer Ecke findet er noch eine Packung schottische Schinkens, der nicht unbedingt appetitlich ausschaut. Sei's drum! Der Hunger will gestillt werden.

Etliche Tage über dem Haltbarkeitsdatum, riecht der auch dementsprechend. Ein scharfes Messer schneidet sanft handliche Stücke. In der Pfanne brutzelt bereits das Öl. Fünf Minuten später ist der Schinken wohlschmeckend im Magen gelandet.

Gesättigt wird es langsam Zeit fürs Bett. Andächtig geht Waylon nach oben. Es tut wirklich gut, eigene vier Wände sein Eigen zu nennen, in denen man jederzeit heimkehren kann. Zufrieden legt er sich ins Bett. Keine Minute vergeht und er liegt erschöpft in Morpheus' Armen.

Zehn Minuten voller Stille und friedlicher Harmonie vergehen. Das Maki-Weibchen hat ebenfalls einen Ruheplatz gefunden, nämlich im Bett neben dem schnarchenden Waylon.

Draußen vor dem Haus kommt langsam und etwas unschlüssig eine junge Frau näher. Schüchtern schaut sie sich um. Es ist Sophie, die Elionors Worten folgt. Die alte Dame liegt, seit ihrem Auftritt vorgestern, im Hospital. Dort steht ihr rund um die Uhr medizinisches Personal zur Seite. Dass Sophie für einige Stunden nachhause gegangen ist, wird Mum nicht mitbekommen haben.

Sie schüttelt diese Erkenntnis ab. Ein schlechtes Gewissen braucht sie jetzt nicht, und außerdem war es Mums eigener Wunsch!

Die Worte der alten Dame hallen in Sophies Ohren: *»In zwei Tagen um Mitternacht werdet ihr euch treffen. Geh mit ihm!«* Um *ihn* kann es ihrer Meinung nach sich nur um Waylon handeln. Sonst kommt keiner infrage. Also ist sie jetzt hier.

Alle Fenster sind geschlossen, nirgends brennt Licht. Im Schein der Straßenlaterne erkennt sie auf ihrer Uhr die Zeit; es ist kurz vor Zwölf. Unentschlossen tritt Sophie von dem einen auf das andere Bein. Vielleicht kommt er ja gar nicht? Zweifel befallen die junge Frau. Woher will Mum überhaupt wissen, was passieren würde? Ein törichtes Gefühl bemächtigt sich Sophie. Sie ist doch keine siebzehn mehr!

Sie senkt den Kopf. Eine dumme Idee, mitten in der Nacht

zu Waylon zu gehen! Wenn die Nachbarn das sehen gibt es wieder wochenlang Gesprächsstoff! Zögernd macht sie kehrt.

Plötzlich ist die Nachtluft mit einem seltsamen Geruch geschwängert. Was ist das? Auf einmal glaubt Sophie eine Schwingung zu spüren. Nicht stark, dennoch gibt es sie. Sofort sind alle vorherigen Gedanken ausgelöscht. Mindestens diese Luftvibrationen erinnern sie an etwas, was ihr bekannt ist. *Er ist gekommen!*

Sophie geht nun kurz entschlossen ans Gartentor. Eigentlich ist es immer verschlossen. Verwunderlich, dass es jetzt nicht der Fall ist. Schnellen Schritts steht sie vor der Haustür. Sie ist furchtbar aufgeregt, ihr Herz schlägt in einer stark angespannten Frequenz. Den *Frosch* im Hals kriegt sie auch nicht runter. Weiche Knie und zittrige Hände runden die Wiedersehensfreude ab. So sehr sie es sich auch gewünscht hat – in ihren Träumen stand sie oft Waylon gegenüber, umarmte ihn sehnsüchtig und küsste seine Lippen innig –, bekommt sie jetzt doch ein wenig Angst.

›Wird schon gut gehen‹, denkt sie leicht fiebrig. Inständig hofft Sophie nur, nicht in Ohnmacht zu fallen!

Die Tür ist verriegelt.

›Oh nein!‹

Auf halben Weg zurück denkt sie noch über ihre *Dämlichkeit* nach, schilt sich ein kleines, dummes Mädchen, als gut vernehmbar aufgeschlossen wird. Sie hält inne und ohne nachzudenken gehts mit Herzrasen zurück!

Diesmal geht die Tür auf. Komisch nur, dass Waylon nirgends zu sehen ist!

»Waylon?«

Sophies Stimme ist viel zu dünn und ängstlich als normal. Umständlich hustet sie. Der *Frosch* ärgert sie immer noch.

»Waylon?«

Diesmal klappt's schon besser! *Geht doch!*

Im Haus riecht es ein bisschen nach Duschgel.

›Er ist da!‹

Doch nirgends brennt ein Licht! *Er ist bestimmt oben!*

Moment! Niemand öffnet die Tür und geht dann anschließend einfach so wo hin! Es sei denn, er weiß wer kommt. Sie schüttelt den Kopf. Nein! Dies passt gar nicht zu ihn!

Plötzlich kommt sie sich fehl am Platz vor. Eine innere Stimme warnt eindringlich, das Haus sofort zu verlassen! Diesen Drang will sie auch folgen.

»Du musst Sophie Pepper sein, mein Kind.«

Wie von der Tarantel gestochen fährt sie herum. Im Halbdunkel ist eine Person erkennbar. Das ist nicht Waylon!

»Hab keine Furcht, Sophie Pepper. Ich bin *ahbleza,* der Gewahrer.«

Ihr Puls beschleunigt auf gefährlich werdende Weise. Die Lungen schreien nach Sauerstoff. Und Sophie empfängt eine tiefschwarze Dunkelheit …

* * *

Er schreckt auf. Was war das? Klang wie ein sirrender Ton! Waylon sitzt kerzengerade im Bett. Die ganze Geschichte hat ihm einen leichten Schlaf beschert. Bei jeden kleinsten Geräusch zuckt er auf. Und es dauert eine Weile, bis er sich zurecht findet und weiß, wo er ist …

Die Straßenlaterne draußen flackert. Zusätzlich verwundert Waylon ein eigenartiger Geruch, der nach Elektrizität riecht. Nimmt man zwei abisolierte, stromführende Kabelnden und hält sie aneinander, entstehen Blitze. Genau dieser resultierende Geruch hat er in der Nase.

Schlaftaumelnd steht er auf. Bleibt aber kurz zur Stabilisierung des Kreislaufes am Bettrand sitzen. Schnaufend kommt er auf die Beine. *Soviel Knochen auf einmal können normalerweise gar nicht schmerzen!* Ein Ding der Unmöglichkeit! Doch wie heißt es so schön? »Spürst du Schmerzen, dann weißt du, dass du lebst!«

Gut, er lebt also noch! *Ist doch schon mal was!*

Von irgendwoher aus der Dunkelheit ertönt ein metallenes Klacken. Die Sinne sind geschärft. Die obligatorische Frage »Was ist das?« unterlässt er, denn Waylon kennt es auswendig. Sämtliche inneren Alarmglocken *klingeln* ihn hellwach. Nur in Shorts springt er federgleich auf. Stürzt die Treppe hinunter. Bleibt vom Donner gerührt stehen.

Einen ersten Gedanken gibt es nicht. Auch keinen zweiten und dritten. Unfähig dazu starrt er einfach nur auf Sophie und einen mit prächtigen Federschmuck ausgestatteten Indianer.

Sprachlos schaut er zwischen ihr und den Indianer hin und her. Während Sophie ebenfalls fassungs- und hilflos den unverhofft aufgetauchten Waylon ansieht, verzieht der Dakota keine Miene. Dennoch verraten seine Augen eine verhaltene Wiedersehensfreude.

Momente schweigender Leere vergehen. Die Zeit verstreicht ohne einen Anhaltspunkt, dass sich dies ändert.

»Du bist groß geworden, Waylon«, beginnt der Alte. Seine Stimme ist tief und rein, dass Englisch perfekt.

Verdutzter denn je starrt Waylon fast irr. Er hört, begreift jedoch überhaupt nichts!

»Du erinnerst dich nicht, nicht wahr? Damals warst du vier Jahre alt. Du wolltest alles wissen. Fragtest ständig mir Löcher in den Bauch.«

In Waylons Kopf beginnt es zu rattern. Sonst kramt er aus seinem Erinneringsschatz stets problemlos einzelne Sequenzen und Ereignisse hervor, sogar mit Datum und Uhrzeit versehen. Doch jetzt will es ihm nicht gelingen.

»Auch meine Sprache machte dir wahre Freude. Du lerntest emsig. *wakanya hibu yelo.*«

»Auf geheimnisvolle Weise komme ich«, übersetzt Waylon in einem Anflug von Wissen. Der Dakota nickt bedächtig.

»*wakicunsa.*«

»Der Entscheider.«

»Wolltest du nicht immer *wakicunsa* sein?«

Waylons Blick durchdringt alle Materie. Und erschaut geistigen Auges längst vergessene Tage …

An seinem vierten Geburtstag betritt ein Mann sein Leben, den er von Anfang an ins Herz schließt. Frei von Vorurteilen geht der junge Waylon auf den Mann in herzerfrischender Weise zu. Vertrauen ist ein hohes Gut, welches jeden Tag aufs Neue zu erringen gilt. Der Indianer erlangt es innerhalb kürzester Zeit. Seine Art des zwischenmenschlichen Umganges miteinander, zieht den Jungen in seinem Bann. Der Indianer strahlt eine faszinierende Liebenswürdigkeit aus, die seinesgleichen sucht in der alten Welt. Er hat die Gabe mit Ruhe und Weisheit den Jungen Waylon die Welt zu erklären, dass auch ein Vierjähriger sie verstehen kann. Von nun an ist eine Welt geöffnet, die alle Möglichkeiten dem Kleinen sich zukünftig bietet.

Seit diesen Tag vergeht kein weiterer, den Waylon nicht mit diesem Manne verbringt. Warum und weshalb dieser so plötzlich auftauchte, versteht er bis heute nicht. Großmutter schwieg zeitlebens darüber, und was auch die wahren Gründe sein mögen – der Indianer ist ein Zugewinn aller!«

Der junge Waylon ist ein wissbegieriges Kind. Er lernt schnell und erfasst für sein Alter komplexe Dinge spielerisch. Klug assoziiert und kombiniert er, wo Erwachsene mit ihren komplizierteren Gedanken umständlicher und nicht gerade von Erfahrungen unbeeinflusst an der Sache herangehen, große Probleme haben. Meist scheitern sie jedoch verzweifelt.

In einem halben Jahr kann das Kind gut mithalten, versteht im großen und ganzen was der Indianer in seiner Muttersprache sagt. Erlernte Begriffe finden Einzug in des Jungen Alltag. Stolz benannte er Gegenstände, Tiere und auch Menschen in der Sprache der Lakota. Ein Kind mit überdurchschnittlichen IQ.

Was dann geschieht, entzieht sich Waylon. Über Nacht verschwindet der Indianer. Anfängliche Fragen tat Großmutter mit einer Reise ab, später ignorierte sie diese ganz. Es gibt nichts, was an den Indianer im Haushalt erinnert. Und so verliert sich auch die Sprache im Nebel des Vergessens.

Sie stehen am gleichen Platz. Sophie beobachtet besorgt Waylons Mimik. Das er nur in Shorts vor ihr steht, fällt ihr gar nicht auf. Seitdem sie aufeinander trafen sind nur einige Minuten vergangen; Minuten, die sich länger anfühlen. Es scheint, die Zeit bleibe stehen.

»Du bist *wapiya*, der Heilige Mann.«

»Ja, das bin ich«, antwortet der Dakota. »Schön, dass du wieder da bist.«

Waylon weiß sofort, wie der Alte es meint und nickt.

»*maka kin le, mitawa ca*«, sagt der Dakota, jedes Wort betonend.

»Mir gehört die Erde! – Ist das wirklich so? Ich habe nie daran geglaubt, *wapiya.*«

»Nur der Glaube wird dir die Wahrheit offenbaren.«

All diese Worte und Weisheiten kennt Waylon. Das Leben nahm und nimmt schon seltsame Verläufe. Da stellt sich schnell die Frage: »*uwe miye he* – Wer bin ich?«.

»Höre auf *wanagi.*«

»Wie kann das ›geistige Selbst‹ mir dabei helfen?«

Es ist das erste Mal, dass der Dakota so etwas wie eine Gefühlsregung zeigt.

»Hör auf deine Instinkte. Euer Leben hier hat sie begraben, *micinksi.*«

»So hast du mich früher immer genannt – *micinksi* …«

»Das habe ich, mein Sohn.«

Minuten des Denkens setzen ein. Das Karussell in Waylons Kopf nimmt rasant an Fahrt auf. Das Schicksal eröffnet neue Wege – wieder einmal. Nur diesmal ganz offensichtlich und klar erkennbar.

Hatte er vor Stunden noch überlegt, was er tun könne, wie er die Mission fortsetzen könne, taucht zufällig der Mann auf, der damals eine Fehlentscheidung traf! Zufall? Waylon glaubt auch nicht an Zufälle! Alles hat eine gewisse Bewandtnis, getreu dem Motto: *Pack das Übel an der Wurzel, bekämpfe nicht nur die Symptome!*

Auf der Treppe huscht ein Schatten an Waylon vorbei. Quietschvergnügt springt der Mohrenmaki dem Dakota entgegen.

»Da bist du ja«, ruft freudig der Indianer aus. »Hast du gut auf Waylon, unseren *wakicunsa*, aufgepasst?«

Das altbekannte *Flippern* will nicht enden. Es scheint, das Äffchen erzählt die gemeinsamen Erlebnisse und lässt dabei keine Kleinigkeit aus. Irgendwie schießt Waylon Farbe ins Gesicht.

Um davon abzulenken, stellt er eine Frage, dessen Antwort er bereits kennt.

»Du hast ihn auf *Uridräo* gebracht?«

»Ich brauchte fort einen Verbündeten. Und seine Augen! Durch sie war ich immer auf den Laufendem. Obwohl sie die einzige ihrer Art war, fiel sie nicht auf. Und wenn, dann hätte das Weibchen auch Rebecca mitbringen können.«

Die ganze Zeit über hielt sich Sophie vor Staunen, Faszination und Respekt im Hintergrund. Jetzt, als der Name Rebecca ausgesprochen wurde, konnte sie nicht einfach stumm bleiben.

»Sie müssen uns helfen, Sir! Rebecca darf nicht …«, sie sucht nach dem richtigen Ausdruck, der ihr partout nicht einfallen will. »Sie wissen schon. Bitte!«

»Mach dir keine Sorgen, Sophie. Deswegen bin ich hier.«

Verstört hält sie den Atem an. Kurz flammt an ihren Zukunft-Horizont Morgenröte auf.

»Was können wir tun?«

»Wir? Du kannst es, Waylon. Nur du allein! Mir sind die

Hände gebunden.«

»Aber …«

In Sophie bröckelt die Hoffnung.

»Keine Furcht, Sophie«, spricht der Dakota weiter. »Ich teile mit euch alles was ich weiß. Dafür muss ich euch jedoch eine Geschichte erzählen …«

Sieben

Im Wohnzimmer sitzen sie gemütlich beisammen. Sophie sitzt mit verschränkten Armen neben Waylon, der schnell sich etwas überstreifte, auf der Couch, während der Dakota es vorzieht, im Schneidersitz auf dem Schemel zu sitzen.

Vor jeden steht ein Glas Wasser.

Der Tradition entsprechend hat der Dakota eine Pfeife mit einer speziellen Tabakmischung entzündet. Mit geschlossenen Augen zieht er an ihr, inhaliert lang und stößt den Rauch durch die Nase aus. Aus Ehrerbietung schweigen Sophie und Waylon. Gedankenverloren schauen beide auf tiefliegende Punkte.

»Dein Plan ist zum Scheitern verdammt, *wakicunsa*. Du darfst ihn nicht erwecken.«

»Ich sehe keinen anderen Weg, *wapiya*. Das Gefüge kann nur auf diese Weise wiederhergestellt werden.«

»*akita mani yo, wakicunsa!*« (Beobachte alles auf deinem Weg, Entscheider!)

Da ist wieder dieser Begriff, der Waylon mehr aufbürdet, als er tragen kann! Ihm wird heiß.

»Der Transmitter …«, beginnt Waylon, wird jedoch durch eine abrupte Geste des Dakota zum Schweigen aufgefordert.

»Höre, mein Sohn. Die Kapsel ist dafür gedacht, zukünftige

Ereignisse zu beobachten und auszuwerten. Keiner darf sie in umgekehrter Form benutzen. Die Versuchung ist zu groß, aktiv einzugreifen.«

Er zieht kräftig an der Pfeife.

»Der Erste Wächter tat dies«, fährt er fort. »Zugegeben in bester Absicht. Doch so einfach ist das eben nicht. Dafür musste er auch sterben.«

Sophie sieht Waylon fragenden Blickes an.

»Ihr kennt ihn, nicht wahr?«

Waylon schluckt hart.

»Ja. Wir haben … haben ihn unter der Glocke …«

»Unter der ›Glocke der Wächter‹ seine Mumie entdeckt«, vollendet der Dakota den Satz. »Dann *kennt* ihr auch Rebecca?«

Beide nicken nachdenklich.

»Gut. Haben wir dies schon mal gespart.«

Wieder nimmt er einen tiefen Zug.

»Der Erste Wächter hasste Gewalt. Gewalt erzeugt Gegengewalt und so weiter. Die Weißen haben die Gewalt auf der Erde überall hin getragen. Auch die ›Sternenbruderschaft‹ pflanzt in ihrer egoistischen Art diesen Frevel ins Universum. Zahllose Lebensformen sind ihnen zum Opfer gefallen. Niedere Individuen, deren Geist noch nicht soweit fortgeschritten war, dass sie logisch abwägen konnten, verschwanden einfach. Sie rotteten sich selbst aus. Die Saat geht nur manchmal auf.

Der Wächter hatte einen Weitblick, der für einen Menschen ungewöhnlich und äußerst selten ist. Damals sowieso. Er lehnte sich auf gegen diese wahnsinnige Tyrannei. Heimlich arbeitete er im Untergrund, denn er wußte was geschieht, wenn man ihn fassen würde. Zwei seiner besten Freunde vertraute er. Gemeinsam gelangen ihnen einige Erfolge. Es kostete unselige Mühe und Doppeltes an Kraft. Aber es war noch nicht mal ein Tropfen auf den heißen Stein.

Da er niemanden trauen konnte, wollte er den Anfang verändern. Die Kapsel befand sich im Besitz des Gewahrers. Mit List entwendete der Wächter das Gerät. Alles schien einfach. Den Tribun der aufsteigenden ›Sternenbruderschaft‹ auflauernd, begann eine weitere Spirale von Gewalt sich zu drehen. Es endete mit dem Tod des Tribuns und einigen mächtigen Männern. Ihm gelang die Flucht zurück in seine Zeit. Was er dort vorfand war noch viel schlimmer. Bis in die Reihen der Wächter herrschte das Misstrauen. Eine gegenseitige Überwachung wär die Regel. So kehrte er nochmals zum Ursprung zurück und hinderte sich selbst daran das zu tun, was er getan hatte. Dabei verlor sein erstes Ich die Existenz durch die einsetzende *Zeitirritation*. –

Nachdem er wieder zurück war, musste er feststellen, dass sich nichts geändert hatte. Bis auf die Tatsache, dass die ›Sternenbruderschaft‹ ihm auf die Schliche gekommen war. Der Grund war simpel: Bei einer *Morgenreise*, egal in welche Richtung sie führt, entstehen messbare Zeitturbulenzen im Raum. Somit war sein Schicksal besiegelt.«

Waylon ist es schlecht. Das hieße ja, jeder der über diese Technik verfügt, könne ihn aufspüren! In was für einen Schlamassel war er da nur hineingeraten …

»Mach dir keine Sorgen, Waylon. Die heutigen Vertreter der Bruderschaft wissen nichts von deiner und meiner Kapsel. Außerdem plagen sie andere Sorgen.«

»Welche Sorgen können schwerwiegender sein, als das Gefüge?«

»Dekadenz.«

»Aber die Soldaten und dieser Aiden?«

»Diese Erscheinung kann nicht einmal Aiden aufhalten. Nachdem er die Wächter auf dem Stützpunkt überwältigt hat, gibt es für ihn keine Aufgabe mehr. Die Befehle bleiben aus. Doch Aiden wäre nicht Aiden! Er versucht noch zu retten, was zu retten ist. Sollte er Erfolg haben, dann steht uns eine militärische Bruderschaft bevor!«

»Aber was kann ich dann schon ausrichten …«

»Wie du siehst, kann dein Plan nicht aufgehen, mein Sohn. Aber es gibt einen anderen Weg. Und dafür brauche ich euch beide.«

Sophie bekommt große Augen, Waylon dagegen schaut skeptisch.

»Die Pfade, die ein Mann im Leben einschlagen muss, sind manchmal unergründlich.«

»Ich habe von diesen Dingen absolut keine Ahnung! Außerdem bin mehr als zufällig an den Kristall gekommen …«

»Es war so bestimmt, *wakicunsa.* Ich selbst habe den Baum im Park auserwählt und den Kristall dorthin gebracht.«

»Aber es war Zufall, dass ich ihn gefunden habe!«

»Nein, es war bestimmt.«

Waylon hadert.

»Ich habe dich dein ganzes Leben über nicht aus den Augen gelassen. Den Kristall konntest nur finden, mein Sohn.«

Sie schweigen.

Der Dakota raucht unbeirrt.

»Weshalb ich?« Waylons Stimme ist rau und brüchig.

»Ein Gewahrer selbst kann nicht in die Geschicke eingreifen. Dies würde nicht nur gegen den Kodex verstoßen, sondern alles noch verschärfen. Du hingegen bist unvoreingenommen. Jedenfalls was die ›Sternenbruderschaft‹ betrifft. Und du bist ein logisch denkender Mensch, der die Zusammenhänge erfasst.«

»Das tun viele …«

»Möglich. Doch dein Verstand macht deutlich, dass du mit der Technologie der Alten umgehen kannst. Du hast es selbst herausgefunden!«

Waylon schüttelt heftig den Kopf. Er bekommt Angst. »Dem bin ich nicht gewachsen! Tut mir leid.« In einem Anflug von Wut und Verzweiflung springt er auf.

Sophie will ihm nach.

»Bleib. Er beruhigt sich gleich wieder.«

Gehorsam bleibt sie schüchtern sitzen. Ihr ist der Indianer unheimlich. Sie fühlt sich unwohl, auch wegen der ganzen Situation. Was sie bisher mitbekommen und eben gehört hat, lässt sie in trübselige Gedanken fallen. Wo liegt da der Sinn?

Das Haus war immer seine Zuflucht gewesen! Hier tankte er auf, entspannte sich. Jetzt ist plötzlich alles anders. Ausgeliefert fremden Mächten, fühlt er keine Sicherheit mehr. Vorbei das unbeschwerte Leben. Wenn er nur nicht wüsste, was er heute weiß, wäre alles einfacher. Doch so hat er einiges zu verarbeiten, was für ein menschliches Hirn einfach zuviel ist!

Ihm kommt eine Idee. Entschlossen macht er kehrt.

»Gib mir den Trank, *wapiya*.«

Der Dakota wirkt emotional angegriffen, schweigt aber.

»Gib mir den ›Trank des Vergessens‹«, wiederholt Waylon energischer. Er hat sich entschieden, an dieser Stelle einen *Cut* zu machen.

»Waylon!«, ruft Sophie schrill. »Nein!«

»Sophie! Ich schaffe das nicht! Ich bin sechsundsechzig!Meine körperliche Verfassung nicht die Beste und den Druck nicht gewachsen.«

»Aber das ist gefährlich!«

»Alles besser, als das hier …«

Eine dichte Wolke Tabakrauches steigt auf. Neben Waylon, der aufgebracht stehen geblieben ist, kommt der Dakota ebenfalls auf die Beine. Sie schauen sich tief in die Augen.

»Du hast dich entschlossen«, stellt der Alte ruhig fest. »Und ich bin gescheitert.«

Waylon setzt zu einer Entgegnung an, unterlässt sie jedoch. Was hat er eben gehört? Plötzlich fühlt er erneute Zweifel.

»Setz dich, mein Sohn. Ich berichte dir vom ›Mutterkristall‹. Dann entscheide erneut!«

Die Geburt
Aus der Legende Arimeas

Vor Tausenden und aber Tausenden von Jahren, als es noch keine Menschen gab und seltsame Geschöpfe die Erde beherrschten, lebte weit von den anderen abgeschieden eine Gruppe Basilisken. Es waren ihrer nicht viele. Was auch kein Wunder war, denn sie wurden sehr alt. Seit grauer Vorzeit gab es das Gesetz der Ausgewogenheit. Nur so viele einer Art durften leben, wie es ihre Nahrungsquelle zuließ. Gab es wenig zu essen, verringerte sich die Gruppe; gab es ausreichend über bestimmte Zeitläufe, durften die Weibchen der Basilisken Eier legen. Alles war darauf ausgelegt, die eigene Art zu sichern.

Nun war Nuyem an der Reihe. Zwölfhundertzweiunddreißig Jahre alt und im besten Alter, freute sich riesig. Sie war bereit für ein Kind.

Damals sah Arimea völlig anders aus als heute. Es gab nur sehr wenige grüne Oasen. Zu zwei Dritteln dampfte der Planet. Erdbeben gab es mehrmals am Tag. Aus den Tiefen quoll unentwegt heiße Lava. Die Luft war über weite Teile mit Schwefeldämpfen geschwängert. Ein Leben über längere Zeit war nur bedingt möglich.

Doch es gab Zufluchtsorte in dieser scheinbar unbewohnbaren Welt. Im Inneren, mehrere Meter im Mantel des Kontinentes, gab es Hohlräume, einst aus erkalteten Magmablasen entstanden. Gleichbleibende Temperaturen gaben den Basilisken Schutz und Sicherheit. Hierher begab sich nun auch Nuyem, die werdende Basilisken-Mutter. Das Ei im Leibesinneren war bereits vor vielen Jahren befruchtet worden. Damals wurde der Planet auf heftigste erschüttert. Der riesige Kontinent, den das Menschengeschlecht heute Pangea nennt, bröckelte. Auf ihrer Flucht in ruhigeren Gefilden fiel ihr Partner einem schlimmen Unfall zum Opfer. Gerade als er auf einem prächtigen Bergkamm landete, stürzte das Bergmassiv plötzlich ein und begrub ihn unter zahllosen Tonnen Gestein. Nur durch dieses Geschehen lebte Nuyem noch. Und dies war der Hauptgrund für ein Kind.

Am Ende der Höhle, im dunkelsten Schwarz der Finsternis, glomm zart und unscheinbar das Lebende Licht. Nuyem kannte es nur aus den von Generation zu Generation weitergetragenen Legenden. Nur den Weibchen, die an der Reihe waren, gelang es, einen Blick darauf zu werfen. Zärtlich sandte das Lebende Licht seine feinen, hauchdünnen funkelnden Strahlen zu der Basilisken-Dame dahin, die sich auf zauberhafte Weise wundervoll in deren Augen brachen. Dabei spürte Nuyem eine seltsame Kraft in sich erblühen, die sie zufrieden werden ließ.

Den Ursprung des Lebenden Lichts war noch kein Basilisk nahe gekommen. Die Legenden beschrieben es als ein Zeichen ewigen Lebens, und nur deshalb darf ein Basilisk an diesem Ort die Welt betreten. Rogal, der Erste Basilisk des Planeten, hatte es hergebracht, so die Legende weiter. Ein Jeder, der dieses Licht in sich aufnimmt, wird die Unendlichkeit des Seins fühlen und begreifen. Eine gebändigte Ruhe nahm von Nuyem Besitz. Sie spürte, es war an der Zeit …

Das Licht schien ihr etwas sagen zu wollen. Starr sah sie in den Schein und sog begierig dessen Kraft auf. Ihrem Sprössling sollte es besser gehen. Instinktiv spürte die werdende Basilisken-Mutter die bevorstehende Umwälzung. Genau konnte Nuyem es nicht benennen; es war schließlich nur ein Gefühl. Doch was für eines! So intensiv fühlte sie noch nie.

Derweilen ging im Körper der Basilisken-Mutter etwas vor. Von den Augen aufgenommenes Licht kroch durch Adern und Venen, Muskeln und Gewebe bis zu dem Ei, das in jedem Augenblick den Geburtskanal verlässt. Durch die Schale drangen problemlos die unsichtbaren Strahlen des *Lebenden Lichts*, und setzten ihren Weg in den sich bildenden Jung-Basilisken-Zelle fort. Solang das Ei im Leib der Mutter war, sog es die seltsame Strahlung auf.

Dann ging alles sehr schnell. Ein Reflex setzte das Ei in Bewegung und beförderte es auf den harten Felsboden. Rasch und erwartungsvoll drehte sich Nuyem dem Nachkömmling zu. Sie leckte mit der rauen Zunge liebevoll die Schale. Erleichtert stieß sie einen nüsternen Seufzer aus. Müde legte sich Nuyem neben das Ei und umschlang es schützend mit dem Schwanz.

Die Tage und Nächte vergingen. Die meiste Zeit schlief Nuyem. Träumte von ihrem Kleinen wie sie ihn aufzog, ihm alles beibrachte, was vor über einem Jahrtausend Nuyem beigebracht wurde. Sie sah sich und den Basilisken-Knaben einträchtig nebenher fliegen. Beide jagten, neckten einander oder sie berichtete aus grauer Vorzeit.

Nur hin und wieder bewegte sich das Ei ruckartig. Dann stupste Nuyem es in entgegengesetzte Richtung und seufzte abermals. Zwischen den Wachzeiten verspürte Nuyem nur mäßigen Drang die Höhle zu verlassen. Die Ihren waren bereits weitergezogen. In einiger Zeit würden auch die zwei Zurückgebliebenen ihnen folgen. Obwohl allein lebend, genossen die Basilisken doch ein soziales Leben. Litt ein Basilisk an einer Krankheit etwa, fand sich immer ein Artgenosse, der hilfreich zur Seite stand. Nicht gerade selten starb das Weibchen und ließ ein Basilisken-Junges allein zurück. Nur wenig später fand es Obhut bei einer Pflegemama.

Die Jungbasilisken zogen stets die Mütter auf. Dabei ließen sie den Basilisken-Vater hin und wieder für das Junge Futter bringen. Doch eine Bindung wurde so nicht hergestellt ...

Über lange Zeit wachte Nuyem und die Wärme tat das Übrige. Nichts und niemand näherte sich der Höhle. Basilisken benötigen wenig Nahrung. Der Körper zehrt von Fettreserven. Erst kurz bevor das Ei aufbricht, gehen die Mütter auf Nahrungssuche. Unweit in der Höhle sammelte sich lauwarmes Wasser. Mehrmals stillte Nuyem hier den Durst.

Weitere Wochen später endlich ruckte das Ei immer öfter.

Nuyem verließ den Ort, um bereit zu sein für die Geburt.

Es ist ganz leicht. Ein paarmal gegen die Schale gestoßen und die Freiheit liegt nur hauchdünn vor einem, ging es dem Winzling durch den Kopf. Der vererbte Instinkt ließ ihn genau das Richtige tun. Doch irgendwie war der Kalk härter als gedacht. Und das restliche Fruchtwasser konnte nicht abfließen. Das Junge drohte zu ersticken. Da kam ihn etwas Dickes zu Hilfe. Schon ließ die Kraft nach, als endlich ein riesiges Stück der Schale ein ebenso großes Loch im Kalk hinterließ.

Mit einem Plumps landete der Basilisken-Knabe auf den Boden der Welt. Erschöpft schloss er die Augen und genoss die raue Berührung Nuyems Zunge, die das Baby wusch.

Nuyem ging voll auf in der Mutterrolle. Sie umsorgte den Kleinen, der zusehends wuchs. Schon nach einer Woche war er doppelt so groß. Nach einem Monat viermal. Natürlich hatten die Basilisken damals nicht das heutige Zeitgefühl. Auch war in der Höhle der Unterschied von Tag und Nacht nicht gegeben. Die Erde drehte sich zudem noch schneller als heute, war doch der Mond gerade erst entstanden.

Dann kam der Zeitpunkt, an dem Nuyem dem Nachwuchs einen Namen geben sollte. In diesen aufregenden Zeiten sollte er einen besonderen bekommen. Still dachte Nuyem nach.

Mit jedem weiteren Tag wurde das Jungtier agiler und frecher. Unermüdlich erkundete er die Welt, die er in der Höhle vorfand. Hinter jedem Felsbrocken, war dieser auch noch so klein, witterte er ein Abenteuer. Natürlich hatte er auch das Lebende Licht entdeckt. Doch Mutter hielt ihn mit einem schrecklich klingenden Knurren zurück. Mit eingekniffenem Schwanz wandte er sich dann stets ab und suchte Schutz unter Nuyems ausgebreitetem Flügel.

Ein andermal entschlüpfte er, nachdem er sich vergewissert hatte, dass Mutter schlief, aus ihren Schutzbereich. Unbeschwert untersuchte er ein Loch unweit und scharrte so lang, bis es groß genug war, dass er hinein passte. Nur durch den leichten Schlaf Nuyems war es zu verdanken, dass der Basilisken-Junge – bereits so groß wie Mutters Krallen-Füße – nicht durch den darunter befindlichen Spalt abrutschte. Ein grausiges Fauchen brachte ihn rasch zur Räson.

Wie nun einmal Kinder sind, gegen die Neugier kam auch kein Basilisk an. Immer einfallsreicher wurde Nuyems Junge. Da sie noch immer keinen Namen wusste, blieb ihr nur ein giftiges Schnauben; und er reagierte inzwischen auf alles, was von ihr ausging.

Durch das ständige Aufpassen blieb es nicht aus, dass Nuyem eines Tages in einen bleiernen tiefen Schlaf fiel. Stundenlang beobachtete das Junge sie, bei jedem kleinsten Geräusch oder bei jeder vagen Bewegung still verharrend sich fest auf den Boden schmiegend. Als er endlich begriff, wurde er mutiger. Fast ziellos irrte er durch die Höhle, deren Ausmaße tagtäglich schrumpfte; es war ja auch kein Wunder, denn er wuchs zusehends. Viele Schritte hatte er sich bereits von der schlafenden Basilisken-Mutter entfernt, als er noch einmal prüfend zurück schaute. Ja, sie schlief! Erleichtert atmete er durch. Nichts konnte ihn jetzt mehr aufhalten.

Je näher er dem Lebenden Licht kam, umso mehr faszinierte es das Junge. Aus dem kleinen Punkt wurde nun eine wabernde Lichtscheibe. Wie viele Tage zuvor, zog sie nun auch dem Basilisken-Knaben in den Bann. Wohlig spürte er die von ihr ausgehende Energie, nahm sie in auf, fühlte unsagbares Glück.

Zaghaft schritt er weiter. Je mehr er sich näherte, desto größer das Gefühl. Dann war die Scheibe plötzlich größer als sein Kopf, bald darauf mächtiger als er selbst. Durch den Panzer war die Wärme zu spüren, die bald in Hitze ausartete. Schon rang er nach Atem. Doch unbeirrt setzte er eine Tatze vor die andere. Kristallene Schönheit und Vollkommenheit gepaart mit beseelter Ruhe ließ alles ringsum vergessen machen. Das Lebende Licht nahm den gesamten Blickbereich ein. Selbst die Basilisken-Mutter würde daneben wie ein winziger Kiesel wirken. Nur noch wenige Zentimeter trennten den Basilisken-Knaben vom Licht.

Unterdessen war Nuyem unruhig geworden und erwacht. Verstört sah sie nach ihren Kleinen. Wie war sie doch irritiert, ihn nicht zu erblicken! Mit einem Jaulen machte sie ihrer Sorge Luft. Von den Wänden wurde dies noch verstärkt, echote jedoch ohne Antwort. Von Angst getrieben sprang Nuyem auf. Wirr schmiss sie den Kopf in allen Richtungen. Alles was sie sah waren die trostlos wirkenden Höhlenwände. In dem Jaulen mischte sich Fauchen und Gebrüll gleichermaßen. Ihr Herz pumpte gestresst. Wild zuckte der Schwanz. Kaum einen Gedanken fassend sagte Nuyems Instinkt, sie müsse in Richtung Licht gehen. Und sie tat es mit weit ausholenden Schritten. Ihre Beine waren viel länger, als die des Kleinen; so legte Nuyem den Weg in kürzester Zeit zurück. Und jetzt gewahrte sie einen in Licht gehüllten Körper. Angestrengt verstärkte die Basilisken-Mutter ihre Anstrengung. Es durfte nicht sein – nein, es durfte nicht sein! Schon setzte sie an zum Sprung. Doch das Basilisken-Kind ging weiter ins Licht.

Ein das Mark erschütterndes Gebrüll hallte an den Wänden wider. Tränen der Wut und Angst rannen Nuyem übers Maul. Ein erneuter anstrengender Sprung brachte sie näher. Sie wusste genau, es durfte nicht sein! Kein Basilisk durfte dem Lebenden Licht zu nahe kommen! Niemand! Die Legenden sagten nichts Gutes. Nur Rogal war es möglich gewesen, das Licht zu berühren; hatte er es doch auch hierher gebracht.

Als der Basilisken-Knabe genüsslich die Augen schloss und in das Lebende Licht eintauchte stand seine Mutter daneben und riss ihn zurück. Verärgert und sorgenvoll fasste Nuyem ihn im Genick und brachte das Junge zurück zum Ort seiner Geburt.

Acht

Vielen Geschichten lagen alte Mythen zugrunde. Als die Schrift noch nicht erfunden war, wurden sie mündlich weitergegeben. Über die Jahrhunderte verloren sich Einzelheiten. Da es kaum oder keine Zeitzeugen mehr gab, veränderten sich die Erzählungen. Veränderte Sprache tat das Ihrige dazu. Und die alten Geschichten, die so unglaubwürdig klangen, wurden zu Legenden.

Nachdem der Dakota geendet hat, herrscht nachdenkliche Stille. Besonders Waylon braucht einige Augenblicke der Besinnung. Inzwischen nimmt der Dakota eine neue Mischung Tabak aus einem abgenutzten Stoffbeutel und stopft bedächtig *canumpa* – die Pfeife.

Mittlerweile wird es draußen hell. Sophie gähnt hinter vorgehaltener Hand. Ihre Augen kann sie kaum noch offen halten. Zwischen ihr und Waylon liegt der Maki und grunzt friedlich vor sich hin. Nur die beiden Männer zeigen keine Anzeichen von Müdigkeit.

Sophie fallen die Augen zu. Ganz langsam sinkt ihr Kopf auf die Seite. Ein Ruck geht durch ihr Körper. Sie reißt die Augen weit auf. Erschrocken und beschämt schaut sie erst den Dakota, dann Waylon kurz an. Es fällt keinem von den Zweien auf. Da immer noch Schweigen herrscht, driftet ihr Geist erneut ab in die eintönige Stille und gibt sich dieser völlig hin. Allmählich kippt sie Richtung Waylon, bis Sophie sanft an seiner Schulter liegt.

»Vertraust du ihr?«

Waylon wirft einen zärtlichen Blick zur Seite. Dachte er noch einige Stunden vorher, er würde sie vielleicht nie wiedersehen, schläft sie sanft an seiner Seite. Er mag sie, ja. Im Grunde genommen vertraut er Sophie auch. Was jedoch nicht gleichzusetzen ist mit, dass er sie Gefahren aussetzt!

»Sie ist eine wahnsinnig intelligente Frau«, flüstert Waylon.

»Mit ihr kann man *Pferde stehlen*.«

»Dies beantwortet nicht meine Frage.«

»Natürlich tu ich das!«

Die Antwort fällt derber aus als gewollt.

»Gut. Denn ihr Zwei werdet gemeinsam gehen.«

»Wohin …«

»*anpetuwi acaraho* – Zu dem ›Berg der Sonne‹.«

Es ist ziemlich spät geworden (oder zu früh?), sodass Waylon nicht mehr ganz dem Dakota folgen kann. Deshalb macht er auch ein nichtverstehendes Gesicht.

»Lass uns Morgen weiter reden«, beendet der Indianer das Gespräch. »Du brauchst klare Gedanken …«

Der Morgen *danach*, ist wie jeder Morgen *danach*! Er fühlt sich an, wie eine durchzechte Nacht. Nur das weder Alkohol floss noch Drogen konsumiert wurden. Mangelnder Schlaf und wirre Träume setzen dem Ganzen noch die Krone auf. Waylon steht im Bad vorm Spiegel. Tiefliegende Augen und diese dunklen Ringe herum, lassen ihn verwildert, schäbig und alt aussehen. Er ist gerädert. Wieder einmal knacken die Knochen auf unnatürliche Weise, wie er findet. Schaut er sein Spiegelbild an, ärgert er sich noch mehr über sich selbst. Warum musste er auch das Artefakt voriges Jahr mitschleppen? Wie schön hätte er es doch haben können! Aber nein, er entschied sich anders!

Retrospektive betrachtet ein Unding. Und da sagt man, Neugier sei wichtig! Denkste! Für kleine Kinder vielleicht oder unbelehrbare Abenteurer. Aber nicht für ihn! Fürwahr nicht! Jetzt sitzt er knietief in der *Scheiße*!

Waylon hält sich die Hand vor den Mund. Hat er das soeben gedacht oder laut ausgesprochen? Ertappt sieht er sich um. Das Bad ist klein und hellhörig. Doch er ist allein. *Danke, Gott!*

Aber es ist ja auch zum Haare raufen! Ein Schlamassel

höchster Güte! Der Kristall allein, damit käme er ja noch zurecht. Aber das Drumherum! Kompliziert ist gar kein Ausdruck!

Ein tiefer Seufzer erklingt.

Den Rest haben Waylon die Geschichten des alten Freundes gegeben. Klar, er meint es gut; jedenfalls redet er es sich ein, obwohl sein Verstand etwas anderes denkt. Freund ist ein eher übertriebener Begriff. Eine Freundschaft muss gedeihen um wachsen zu können und sich früher oder später bewähren! Freund aus Kindertagen? Unglaublich, wie manche Gedanken den Geist lenken …

Ein Schwall eiskalten Wassers landet im Gesicht. Er prustet und schnappt nach Luft wegen der Frische. Aber nun ist er wach. Was man eben unter diesen Umständen als wach bezeichnet.

Beim Abtrocknen sieht Waylon plötzlich das Bild vor sich, das während des Dakotas Erzählung ständig im Kopf rum geisterte. Eine Höhle, deren Wände und Böden mit unzähligen, verschieden großen Quarzkristallen besetzt sind und ein eigenartiges Licht abgeben. Ähnlich einem überdimensionierten Achat.

Wenn man was hört, spielt das eigene Kopfkino passende Szenen ab. Neunundneunzig Prozent der Menschen denken nun mal in Bildern. Warum auch nicht, vereinfacht dies doch so manches in der Vorstellung einschließlich im Verstehen. Ein willkommenes Mittel der Kommunikation. Metaphern eben!

Diese Kristallhöhle ruft ein merkwürdig vertrautes Déjà-vu hervor, wenn er länger darüber nachdenkt. ›Schon mal erlebt‹, schießt es ihm durch den Kopf. Aber dies ist unmöglich. Nichts derartiges ist geschehen, *konnte* geschehen. Mit vier Jahren verlässt man nicht einfach doch das Haus für eine längere Reise.

Waylon bläst die Wangen auf.

Es sei denn …

Der folgende Gedanke ist fantastisch, irreal, zu weit hergeholt und fürs menschliche Denkvermögen nicht greifbar. Er widerspricht sämtlichen Naturgesetzen. Er würde einiges erklären, zumindest das Déjà-vu-Erlebnis.

Es sei denn, Waylon ist tatsächlich an diesem mysteriösen Ort gewesen, etwa durch eine Vision oder in Wirklichkeit mithilfe der Paläo-Technik. Wurde er etwa damals *entführt*? Dies traut Waylon nur dem Dakota zu. Was der Mensch mit eigenen Augen sieht, glaubt und begreift er eher!

Gänsehaut überspannt seinen Körper. Fröstelnd zieht er sich an. Selbst die Haare auf den Kopf scheinen zu Berge zu stehen. ›Darüber sollte ich mit ihm sprechen!‹, denkt er erregt. ›Jetzt muss er Farbe bekennen, ansonsten kann er sich alles sonst wohin stecken!‹ Als Bestätigung nickt er abschließend.

Im Wohnzimmer schläft Sophie. Vom Dakota fehlt jede Spur. *Auch gut, dann gibts erstmal Kaffee!* Der wird ihm schon Beine machen und den Kreislauf in Schwung bringen. Die Kaffeemaschine ist rasch mit Pulver und Wasser gefüllt und bald durchströmt ein angenehmer Duft die Küche.

Verschlafen tritt Sophie mit zerzaustem Haar und Liegefalten ein.

»Guten Morgen«, grüßt sie gähnend.

»Guten Morgen. Na, gut geschlafen?«

»Geht so … Wie lang habt ihr noch gemacht?«

»Nicht mehr lange, glaube ich.«

Sie lächelt müde.

»Hast du mich zugedeckt?«

Waylon nickt.

»Du hast fest geschlafen, da hielt ich es für besser, dich auf der Couch liegen zu lassen.«

»Danke«, sagt sie leise, ihn von der Seite anschauend.

Nach einer Weile des zärtlichen Blickaustausches fragt Waylon: »Was hältst du von ihm?«

»Von deinem Freund?«

Da ist es wieder, dieses Wort, das nicht so recht passt. Dennoch nickt er.

»Bis auf sein unheimliches Auftauchen eigentlich ganz nett.« Sophie lehnt mit verschränkten Armen gegen die Türzarge. »Seine Art ist manchmal ein wenig arrogant, aber irgendwie mag ich ihn. – Warum?«

»Nur so«, druckst er herum. »Ich denke nur, für einen ›Freund‹ kenne ich ihn zuwenig.«

»Früher war er es bestimmt.«

»*Früher*! Mit vier Jahren sind dir die meisten Leute gutfreund.«

»Du meinst, er ist nicht ehrlich?«

»Das will ich nicht sagen, obwohl auch das möglich ist. Mir geht nicht aus den Sinn, weshalb er nicht selbst tätig wird! Wieso ich?«

»Sein Kodex verbietet es ihm …«

»Kodex hin, Kodex her! Wenn die Sache wirklich so ernst ist, dann hilft auch kein Kodex mehr! – Was steckt dahinter?«

Darauf weiß Sophie keine Antwort.

Die Kaffeemaschine zischt und dampft, ein Zeichen, dass sie gleich fertig ist.

»Vielleicht ist er einfach nicht stark genug? Oder er möchte lieber die Geschicke im Hintergrund lenken, um nicht zu Schäden zu kommen.«

»Du meinst, er *opfert* lieber mich, als …«

»So meine ich das nicht, Way. Aber sieh es doch mal von seiner Seite! Er ist in der Zeit unterwegs mit all seinem Wissen. Wer weiß, wer noch davon Kenntnis hat. Stell dir vor, ihm geschieht etwas! Wer macht dann weiter? Und wie?«

Objektiv betrachtet hat Sophie Recht. Ein bitterer Nachgeschmack bleibt. Denn es geht um ihn! Er will ihr antworten, da kommt Sophie ihm zuvor.

»Lass uns frühstücken. Dabei denkt es sich auch besser.«

Neun

An diesem Morgen, während im Hause Latham ausgiebig gefrühstückt wird, macht sich Karoline auf den Weg. Sie will zu
Madelaine, ihrer Tochter. Einem inneren Antrieb folgend,
braucht sie jetzt eine gute Freundin und Zuhörerin. In den letzten Tagen hat es ihr keine Ruhe gelassen, dass und wie sie sich
von Waylon getrennt hat. Sie fühlt sich schäbig und ihm gegenüber kalt. Manchmal glaubt sie, einfach nur arrogant gewesen zu sein! Ein gedankliches Martyrium, das es zu beenden
gilt.

Sie steht vor Madelaines Wohnung und läutet. Einmal,
zweimal. Bestürzt darüber, da sie nicht da ist, klingelt Karoline
weitere Male Sturm. Nichts. Enttäuscht geht sie langsam die
Treppe hinunter, verlässt geknickt das Mehrfamilienhaus.

Auf der Straße rennt sie wegen ihrer Gedankenlosigkeit
beinahe ein Junge um, der wohl aus der Schule kommt. Über
sein Missgeschick erschrocken, murmelt er eine unverständliche Entschuldigung und rennt weg.

Aus den Gedanken gerissen nimmt Karoline nur wahr, wie
der Junge um die nächste Ecke verschwindet.

»Diese Jugend hat auch keinen Anstand mehr«, schimpft
eine ältere Frau, die alles beobachtet hat. »Rempeln einen
rücksichtslos an und hauen einfach ab. Würde mich nicht wun-
dern, wenn der geklaut hat!«

Karoline schreckt innerlich zusammen. Geklaut? Glaubt sie
nicht! Der wird einfach schnell nachhause wollen, oder sich
nach der Schule mit Freunden treffen …

Sie blickt auf die Uhr. Also Schulschluss ist noch nicht!
Sollte die Frau doch Recht haben? Sicherheitshalber schaut sie
in ihrer Tasche nach. Alles am Platz!

»Diese Mistgören«, schimpft die Frau weiter. Doch Karoline hört nicht mehr hin. Sie beeilt sich weiterzukommen. Wo
mag Madelaine sein? Sie ist doch immer am Wochenende da?

Zu Karolines Pech gehört heute, dass sie das Mobiltelefon daheim liegen gelassen hat! Das kommt davon, wenn Hals über Kopf einfach losgerannt wird!

An der Stelle, an der der Junge um die Ecke gebogen ist, bleibt sie stehen. Plötzlich ist ihr so, als läge ihr etwas auf der Zunge. Wie ein kurzes Aufflackern eines Blitzgedankens, der gefühlt wird, dennoch nicht greifbar ist. Schräg gegenüber erblickt Karoline den Jungen, der sie vorhin fast umgerannt hat, mit einer Tüte aus einem Geschäft kommen und direkt auf sie zulaufen. Diesmal wird er langsamer und grüßt auch freundlich. Karoline lächelt ihn an.

»Hast eingekauft, was? Da wird sich deine Mutter aber freuen.«

Der Junge verzieht sein Gesicht.

»Ist für die Schule, Ma'am. Sorry, bin spät dran.«

Und weg ist er.

Sie denkt noch im Weitergehen, dass der Junge einfach in Eile war. Dann kann sowas schon mal passieren …

Schule!? Hat er gerade etwas von *Schule* gesagt? Natürlich! Deshalb kann Madelaine nicht zuhause sein; sie ist arbeiten!

Mitten im Gehen wechselt Karoline die Richtung.

Das Einkaufszentrum, in welchem das Reisebüro ist indem Madelaine arbeitet, kommt in Sichtweite. Karoline wird immer schneller. Schon beginnt die Vorfreude, ihre Tochter zu sehen. Hoffentlich hat sie auch Zeit! Wird schon schiefgehen.

Besonders viele Menschen sind nicht unterwegs. An den Wochenenden ist meistens die Hölle los. Kein Vergleich. Ohne den lästigen Hindernislauf, einem ständigen Beschleunigen und Abstoppen und das Umgehen von kleinen Grüppchen, die unbedingt vor dem Eingang ein Schwätzchen halten müssen, betritt Karo bald darauf das Center.

Plötzlich ist alles nur noch halb so schlimm. Karoline selbst findet die bis eben noch mürbe machenden Gedanken kindisch.

Vielleicht braucht sie diesbezüglich Madelaine auch nicht um Rat zu fragen. Manchmal ist das eben so, dass gewisse Dinge sich einfach selbst erledigen.

Vor dem Reisebüro steht eine gaffende Menschenmenge. Einige tuscheln miteinander. Andere sehen einfach nur durch die riesige Fensterscheibe nach drinnen. Karoline bekommt Herzklopfen. Da muss was passiert sein!

Sie drängelt sich durch die Leute und bleibt baff an der offenen Eingangstür stehen. Sie sieht einen auffällig gekleideten Mann auf dem Kundenplatz sitzen. Ihm gegenüber Madelaine in angeregter Unterhaltung. Aus Gründen, die Karoline nicht nachvollziehen kann, bleibt auch sie draußen.

Es ist eine unwirkliche Szene. Der Typ trägt bis zur Hüfte reichendes langes Haar und eine Art Tracht. Dadurch wirkt er noch exotischer. An der Seite baumeln mehrere kleine Gegenstände und abgewetzte Stoffbeutel. Keine Ahnung, was das ist! Leider sieht sie ihn nur von hinten, um sich ein besseres Bild von ihm machen zu können.

Madelaine bemerkt ihre Mutter nicht, so konzentriert reden sie miteinander. Was Karoline wundert, ist nicht der Typ an sich – obwohl auch sie zugibt, einer gewissen Faszination zu erliegen –, das diesen Menschenauflauf erklärt.

»Der kommt garantiert aus Amerika«, flüstert einer hinter Karoline. »Sieht wie 'n Indianer aus.«

Das ist es!

Von dem Mann geht eine seltsame Aura aus. Es spielt sich rein auf der Gefühlsebene ab, deshalb der Auflauf.

»Die junge Frau ist ja völlig hingerissen«, flüstert eine andere Stimme.

»Was die wohl an dem findet?«

»Der wird Geld haben.«

»Quatsch! Der wird sie mit seinem Charme bezirzen!«

»*Wilde* haben kein Geld«, erklärt eine andere Männerstimme im eifersüchtig verächtlichen Tonfall. »Der macht ihr nur was vor.«

»Leben die Indianer nicht in Reservaten?«

»Die haben hier nichts zu suchen!«

Es fällt Karoline schwer den unterschiedlichen Meinungen in der wachsenden Menge zu folgen, die zwischen Neugier und Anfeindungen schwanken. Am liebsten würde sie alle wegschicken! Aber noch lieber würde sie gern dem Gespräch lauschen …

Madelaines Augen leuchten sonderbar, beinahe verliebt. Hoffentlich stürzt sie sich nicht ins Unglück! Macht irgendwelche *Dummheiten*! Jetzt lacht sie auch noch gelöst …

Der exotisch wirkende *Wilde* erhebt sich ganz zivilisiert wie ein Gentlemen. Reicht Madelaine die Hand und macht eine Verbeugung.

»Was für ein Traum«, tuschelt eine Frau verträumt.

»Traum! Das ich nicht lache«, sagt die gleiche Männerstimme wie eben. »Euch Weiber kann man aber auch leicht einwickeln!«

»Der weiß eben, wie man mit Frauen umgeht!«

»Ja, ja. Ich weiß das auch.«

Karoline dreht sich um und sieht in ein überheblich selbstgerechtes Grinsen. Spätestens jetzt ahnt auch sie, wie der Macho es meint. Ekelhaft!

Der vermeintliche Indianer folgt Madelaine zu einer Tür im hinteren Teil des Büros, durch die er verschwindet.

Sofort stürzt Karoline zu ihrer Tochter.

»Hi, Mum«, ruft diese überrascht aus.

»Was war das denn eben für einer?«, zischt sie zwischen den Zähnen hervor.

»Ein ganz normaler Kunde.«

»Das ich nicht lache! Schau dir doch mal diese Leute da draußen an!«

»Ach die! Die sind nur neidisch.«

»Neidisch?«

»Klar.«

»Auf was denn, Madelaine?«

»Na auf Mr Dako!«

Karoline ist verwirrt.

»Mr Dako ist ein Selfmade Millionär aus den Staaten und will eine Weltreise buchen.«

»Der und Millionär!«

»Wenn du dich von Äußerlichkeiten blenden läßt.«

Nun ist Madelaine ebenfalls stinkig.

»Weißt du wie die über dich reden?«

»Mir egal. Sollen sie doch!«

»Die denken jetzt, du bist leicht zu beeindrucken und machst sonst was!«

»Und was glaubst du, Mum?«

Karoline winkt ab. Sie weiß nur zu gut, wie schnell der *Gute Ruf* dahin ist. Ist doch immer das Gleiche damit.

»Mum, das erlebe ich jeden Tag! Dies ist mein Job! Ich muss verkaufen und gehe nun mal auf die Kunden ein. Nicht mehr und nicht weniger.«

Langsam verraucht Karolines Zorn.

»Entschuldige. Aber dieser Auflauf da draußen und dann dieser Typ bei dir, dass ist einfach zu viel gewesen.«

»Schon gut. – Was machst du eigentlich hier?«

Ja, eine gute Frage! Was macht sie eigentlich hier!

»Ich wollte dich sehen, mit dir reden.«

»In einer Stunde hab ich Mittagspause, Mum. Lass uns beim Griechen essen.«

Die beiden Frauen lachen vergnügt. Karoline hat sich pausenlos entschuldigt, Madelaine winkt genauso oft ab. Karoline kann jetzt über ihrem Ausraster herzhaft lachen, wenn auch mit einem nachhaltenden Gefühl. Ihre Tochter ist in diesen Dingen lockerer drauf, nimmt's gelassener, einfach leichter.

Gerade eben lenkt Karoline das Gespräch noch einmal auf

den Indianer, der in ihr ebenfalls einen bleibenden Eindruck hinterließ.

»Und er ist wirklich reich?«

Madelaine nickt lächelnd.

»Er hat sogar schon bezahlt.«

»*Wow*, Respekt.«

»Stell dir vor, er hat einfach das Geld auf den Tisch gepackt. Ohne mit der Wimper zu zucken.«

»In bar?«

Wieder nickt Madelaine.

»Ist das nicht ungewöhnlich?«

»Schon. Aber so kann er sofort die Reise antreten.«

»Du Glückskind, du!«

Karoline gluckst zufrieden und auch, weil sie auf *ihr* Mädchen stolz ist.

»Nur komisch«, sagt Madelaine gedehnt, »dass er mich ausfragte. Aber ganz charmant und respektvoll.«

»Wie meinst du das? Will er was von dir?«

»Nein, nein. Ich könnte seine Enkelin sein.«

»Das ist zwar ein Grund, aber kein Hindernis! Geld macht schön und attraktiv.«

»Mum!«

»Schau dich doch mal um! Ist nicht so selten wie du denkst!«

»Glaub ich nicht«, schüttelt Madelaine nachdenklich den Kopf. »Er hat sich nach dir erkundigt.«

»Wie bitte?!« Karoline glaubt sich verhört zu haben.

»Na ja, nicht direkt. Aber es lief auf dich hinaus.«

Was ihre Tochter von sich gibt, verschlägt Karoline vollends die Sprache. Das ist ja ungeheuerlich! In einem paranoiden Anflug lässt sie den Blick kreisen. Und wie es in solchen Situation sooft vorkommt, sieht sie überall den Indianer, was natürlich nur das Gehirn ihr vorgaukelt.

»Und was hast du ihm erzählt?« Deutlich spürt Karoline die

pulsierende Hauptschlagader.

»Nicht viel. Das du allein lebst und eine fürsorgliche Mutter und Freundin bist.«

»Und weiter?«

Madelaine zuckt die Schultern.

»Das du Pech mit Männern hast, seit Papas Tod. Was man eben so sagt. Belangloses eben.«

Belanglos!

Diese Generation geht eindeutig zu lasch mit Informationen um. Zu ihrer Zeit war das anders. Da wurde nicht so viel preis gegeben! Privatsphären blieben privat. Man sah sich die Leute genauer an, bevor man vertraute. Heute hingegen wird alles gleich elektronisch geteilt, inclusive Adresse und Telefonnummer! Was für eine Welt!

»Dieser Mann – wie hat er sich verhalten?«

»Normal. So wie es Reiche eben tun, wenn sie ihre Hobbys ausleben. Er schwärmt von all den Ländern, die er bereisen will.«

»Ich meine, was du ihn über mich erzählt hast.«

»Hm. Eigentlich auch normal. Er hat mir erzählt, er hat einen Patensohn, der auch allein lebt. Und vor großen Entscheidungen steht …«

Sofort denkt Karoline unweigerlich an Waylon. Keine Ahnung warum! Es ist wie eine Eingebung.

Was, wenn der Fremde etwas mit alldem zu tun hat?

Ihr wird es schwindlig.

Zehn

Die aufgebackenen Brötchen duften lecker. Die Packung ist zwar abgelaufen, aber da nichts weiter da ist, will Waylon seinem Besuch wenigstens etwas bieten. Ein gemeinsames Frühstück hat schon was. Ein wenig wehmütig denkt er an Karoline, die still und leise sein Leben verließ. Dafür sitzt ihm jetzt Sophie gegenüber, und er bekommt den Eindruck nicht los, sie himmle ihn an. Geschmeichelt lächelt er zurück. Trotzdem fühlt er sich nicht wohl dabei. Über die Jahre hatte er keine Freundin gehabt, nicht einmal den Wunsch zu einer Beziehung verspürt.

Waylon mag Sophie. Ihre Art, ihre Erscheinung, ihr Lächeln. Einzig und allein der Altersunterschied stört. Doch auch weiß er nichts über ihre Gedanken, Vorlieben, Lebensvorstellungen. Andersherum wird es Sophie ähnlich gehen. Für ein Anhimmeln mag dies ausreichen, aber für mehr …

»Schmeckt es dir?«

Sie nickt kauend.

»Ist nichts besonderes. Bin nicht auf Besuch eingestellt.«

»Was hast du vor, Way? Weshalb bist du hier?«

Er überlegt kurz.

»Es ist einfach komplizierter als angenommen.«

Waylon berichtet Sophie ausgiebig über seine Erlebnisse. Nachdem er endet, sieht sie ihn besorgt an.

»Dann bleibst du da?«, fragt Sophie nach einer Weile.

»Keine Ahnung. Ich weiß nicht weiter.«

»Hört sich nicht so gut an.«

Sicher hört es sich nicht gut an, aber es war viel mehr, was ihn bedrückt. Da sind auch die drei zurückgebliebenen Wächter.

»Wie gehts übrigens Elionor?«

Ihre Augen werden feucht.

»Schlecht«, antwortet sie leise. Dann erfährt Waylon, was

sich in seiner Abwesenheit zugetragen hat. In Sophies Stimme schwingt Traurigkeit mit. Wahrscheinlich rechnet sie mit dem Schlimmsten.

»Ich muss im Heim anrufen«, unterbricht sie. »Darf ich dein Telefon benutzen?«

»Klar.«

Sophie geht in den Flur, wo der Apparat steht und das Mobilteil auf der Station steht, kommt jedoch kurz darauf mit seltsam verstörten Gesichtsausdruck zurück.

»Und?«

Sie wirkt abwesend. Erst nach mehrmaligen Nachfragen reagiert Sophie.

»Mum geht es gut, sagen sie.«

Waylon atmet tief ein ein.

»Ist doch prima.«

»Ja, ist es …«

Ohne sie aus den Augen zu lassen, trinkt er seinen Kaffee aus. Irgendwas hat sie! Sie sitzt leeren Blickes, eigenartig in sich versunken, da.

»Was hast du …«

»Was«, schreckt sie auf. »Ach so, ja. Mum hat Besuch.«

Allein wie Sophie es sagt gefällt Waylon überhaupt nicht.

»Wer?«

»Konnten sie nicht sagen. Es sei ein Mann in komischer Montur.«

Er ist es!

Waylon springt auf.

»Komm. Wir fahren zu ihr!«

Im Grünen gelegen, macht das Heim einen gepflegten, sauberen Eindruck. Vor dem Anwesen werden sie von einem stattlichen Park empfangen. Dazwischen sind Bänke aufgestellt, um zu verweilen. Das ganze Gelände ist von Bäumen eingesäumt, die den Straßenlärm fern halten. Eine wirkliche Idylle, fern jeglicher Großstadthektik.

Bei schönem Wetter nutzen die Heimbewohner wie deren Besucher ausgiebig den Park als Ruhehort. Als Sophie und Waylon den Hauptweg entlang gehen, gibt es kaum freie Plätze.

»Ganz gut besucht«, raunt Waylon Sophie zu.

»Das Heim ist auch voll belegt.«

›Wird seinen Preis haben‹, denkt er. ›Billig wird's nicht sein.‹

Gerade betreten sie die Stufen die ins Haus führen, da ertönt seitlich eine wohlvertraute Stimme.

»Sophie! Waylon! Hier bin ich!«

Tatsache! Auf einer der Bänke sitzt vergnügt und bei bester Gesundheit Elionor Pepper. Das Bild will nicht so recht zu Sophies Auskunft passen. Waylon sagt allerdings nichts, da auch sie überrascht scheint.

Die alte Dame winkt ihnen überschwänglich zu. Ein bisschen peinlich, findet Waylon, lässt sich aber nichts anmerken. Er lächelt und hält ihr die Hand hin.

»Komm her, Way. Eine alte Freundin darfst du ruhig drücken«, ruft sie erfreut. Flink steht sie auf und fällt ihn um den Hals.

»Schön dich zu sehen, Elionor.«

»Freut mich, dass du da bist.«

Beide lösen sich voneinander. Dann ist Sophie an der Reihe, die ebenso geherzt wird.

»Stell dir vor, Sophie. Morgen kann ich nach Hause.«

»Meinst du nicht, du solltest noch ein bisschen hier bleiben?«

»Ach was! Mir geht es gut und ich sehne mich nach dem eigenen Bett.«

Die alte Dame wirkt frisch. Ihr Teint ist gesund, die Augen sprühen vor Lebensenergie. Was Sophie nur hat? Diese wiederum beobachtet skeptisch und mit offenem Mund ihre Mum.

Durch diesen Gesichtsausdruck wird Waylon schlagartig klar, dass etwas anderes dahinter stecken muss.

Dann bemerkt er den Reif um Elionors linken Arm. Dieser gleicht dem, den er selbst dem Ersten Wächter abgenommen hat bis aufs i-Tüpfelchen. Und als ob das nicht genügt, steht plötzlich der Dakota hinter Elionor.

»Du?«

Der Dakota nickt.

»Ihr kennt euch? Dann brauche ich euch Mr Dako ja nicht mehr vorstellen.«

»Mr Dako? Ähm, ja … wir kennen uns.«

* * *

Abseits im Park gibt es eine Zypresse. Wieso die hier wächst, bleibt ungeklärt. Für Waylon ein weiteres Zeichen im Reigen des Kristallrätsels. Auf den Weg dorthin, raunt Waylon zu Sophie: »Das gefällt mir nicht, was hier vor sich geht.«

»Was meinst du?«

»Sieh dir Elionor an. Sie ist quicklebendig.«

»Ist doch schön«, strahlt Sophie überglücklich.

»Ist es. Aber hast du den Reif gesehen?«

Sophie nickt.

»Ich hab ihn zurückgelassen.«

Stirnrunzelnd sieht sie ihn fragend an.

»Er muss da gewesen sein!«

Jetzt begreift Sophie endlich. Laut sagt sie: »Ich wußte gar nicht, Mr Dako, dass sie meine Mum kennen.«

»Wir haben uns erst hier kennengelernt. Ich wollte einen alten Freund besuchen. Leider gibt es ihn nicht mehr.«

»Tut mir Leid, Mr Dako. Ich wußte nicht …«

»Schon gut, Sophie.«

Die kleine Gruppe erreicht die Zypresse. Hier sind sie ungestört.

»Nun seht euch diesen herrlichen Baum an«, ruft Elionor verzückt.

»Mrs Elionor«, beginnt der Dakota, »wir können jetzt offen reden.«

Die alte Dame nickt verstehend. »Also gut, Mr Dako.«

»Mrs Elionor und ich haben bereits darüber gesprochen«, beginnt der Indianer. »Du hast Recht, Waylon, dass ist der Beinreif des Ersten Wächters. Und ja, ich war auch auf Uridräo.«

»Wie geht es den Wächtern?«, unterbricht Waylon ihn.

Der Dakota senkt den Kopf. »Du musst jetzt tapfer sein, mein Sohn. Sie sind nicht mehr. Und mit ihnen gibt es auch keinen Stützpunkt mehr.«

Mist! Verdammter Mist!

In Waylons Augen sammeln sich Tränen, die er mit den Daumen wegwischt.

»Ganz Uridräo ist vernichtet«, spricht der Dakota mit gesenkter Stimme weiter. »Aiden hat ganze Arbeit geleistet.«

Dieser verfluchte Scheißkerl!

»Wie?«

»Er hat die Mondbahn manipuliert. Die einfachste Art.«

Waylon wird schlaff. Kraftlos lässt er die Schultern sinken, sein ganzer Körper verliert deutlich an Spannung. Unendliche Müdigkeit erfasst ihn.

»Es ist alles so sinnlos«, schimpft er mit unterdrückter Wut.

»Von deinem Standpunkt aus gesehen, stimmt das. Doch es gibt noch eine Chance …«

›Nicht wieder, lieber Gott! Nicht nochmal! – Alles ist vorbei. Das wars!‹

Alte Legenden heißen nicht umsonst so. Es sind einfach nur Geschichten aus längst vergangenen Tagen. Sie hören sich gut an, lassen sich gut weiter erzählen. Vielleicht hat die eine oder andere Geschichte eine lehrreiche Pointe. Aber es sind nur Geschichten! Märchen!

Jede Geschichte trägt ein Fünkchen Wahrheit in sich. Ein Philosoph muss diese Worte einmal geprägt haben. Diese Denker jonglieren mit Begriffen, bis sie sich gut anhören. Die Welt ist voll davon. Jede Kultur hat ihre eigenen Denker gehabt. Waylon will nicht wissen, wieviel Kilometer diese gedruckten Werke ausfüllen, reihte man sie aneinander. Und wieviel davon versteht davon ein Mensch?

Andererseits philosophiert auch er gern. Dadurch verlieren einige Probleme an Schrecken, werden lösbar. Jedoch ist mit reiner Philosophie nicht alles zu verhindern. Kriege geschehen nach wie vor.

»Von welcher Chance sprichst du? Der Vorletzten, der Letzten?«

»Mein Sohn, es spielt keine Rolle. Ich meine *die* Chance an sich.«

»Dafür bin ich nicht der Richtige«, sagt Waylon im Flüsterton. »Dafür bin ich nicht geboren.«

Sein Blick ist kalt.

»Du irrst, Waylon.«

»Nein, ich irre mich nicht.«

Waylon wendet sich ab, der Dakota hält ihn aber am Arm fest.

»Wie habe ich dich immer genannt damals?«

»Was soll das denn wieder? Das weißt du doch am Besten!«

»Sag du es!«

»*micinksi*«, folgt zerknirscht Waylon der Aufforderung. Der Dakota nickt leicht, löst den eisernen Griff.

»Denk darüber nach, *micinksi*!«, sagt er eindringlichen Tones und verlässt die Gruppe.

Elf

Den Abend verbringt Waylon allein. Da am nächsten Tag Elionor entlassen werden soll, bleibt Sophie in deren Nähe und nimmt ein Hotelzimmer für die Nacht. Er ist darum auch nicht böse. Nach der doch heftigen Wortauseinandersetzung mit dem Dakota braucht er Zeit zum Nachdenken. Dieser mentale Stress zehrt, ist nichts für seines Vaters Sohn.

Er schmunzelt. Wenigsten den Humor hat er nicht ganz verloren.

›Ach Daddy, wärest du doch da! Was würdest du tun?‹

So sehr er sich anstrengt, er findet keine Antwort darauf. Stattdessen treten die letzten Worte des Dakotas in den Vordergrund.

»Denk darüber nach, micinksi!«

Was meinte er damit?

Denk darüber nach, mein Sohn!

Daran ist im Grunde nichts verwerfliches. Früher nannte er Waylon immer »mein Sohn«, was vielleicht daran lag, dass er erst vier war. Mit einem Kleinkind wird besonders gesprochen. Man möchte ja verstanden werden und ein Kind lernt bei jeder Gelegenheit.

Was Waylon jedoch verwundert ist das *Wie* der Dakota es gesagt hat. Es klang beschwörend, inbrünstig, beinahe mahnend. Zudem merkt er den Griff des Mannes noch immer. Wenn das keine blaue Flecke gibt!

Noch einmal läßt er den Disput, so gut es geht, Revue passieren. Wie war das? Chance, mit der Chance begann es. Richtig. Bei diesem Wort stellen sich Waylon sogleich die Nackenhaare auf. Ohne es zu wollen, steigt sein Blutdruck. Im ›Hineinsteigern‹ ist er schließlich Meister! Das ›Herunterkommen‹ dauert etwas länger.

Manchmal hilft ein kühles Bier oder an was schönes denken. Okay, mit dem Schönen klappt das heute nicht, also ein

Bier. Noch am Kühlschrank köpft er es und läßt es laufen. Unzählige Schlucke später und mit halb voller Flasche in der Hand setzt er sich in den Sessel. Ein tiefer Rülpser entfleucht ihn. Jetzt gehts ihm besser!

Wie reagierte er darauf, auf die Chance? »Ich bin nicht der Richtige« oder so in etwa. Hm. Aber da war noch was. Ein Schluck Bier fördert das Denkvermögen. Irgendwas mit »geboren« kam dann. Hm.

Schluck. Schluck. Schluck.

›Moment. Gleich hab ich es.‹

Schluck.

»Dafür bin ich nicht geboren.«

›Ha! Gar nicht so dumm wie du aussiehst!‹, denkt er selbstbewusst. ›Na ja, manchmal‹, relativiert er.

Jetzt gibt alles einen Sinn.

›Ich bin dafür auch nicht geboren! Da kannst du mich *mein Sohn* nennen, wie du willst, Mr Dako!‹

Wieder schmunzelt Waylon. Als Elionor diesen Namen nannte, glaubte er erst nicht richtig verstanden zu haben. Im Nachhinein findet's er recht originell. Mister Dako! Hört sich cool an!

Schluck. Gluck. Gluck. Gluck.

Die Flasche ist fast leer. Abwesend schwenkt er den Rest und setzt an. Den Flaschenhals an den Lippen hält er inne.

»Das ist es!«, ruft er aus. Aus der fast waagerecht gehaltenen Flasche schwappt ein Schluck des Gerstensaftes heraus und Waylon aufs Hemd. Vom Geruch aufgeschreckt, will er sie überhastet abstellen. Doch ist das Missgeschick einmal gepachtet, ist es schwer, es loszukriegen. Deshalb ist es auch nicht verwunderlich, wenn geschieht, was in solch einen Fall geschehen muss: Die Flasche entgleitet seinen Fingern und fällt Waylon direkt in den Schoß, natürlich mit der Öffnung nach unten. Einen Schreckensruf und einige Milliliter auslaufenden Bieres später, steht er fluchend neben dem Sessel.

Es hilft allerdings kein Jammern und kein Fluchen – versaut ist nunmal versaut! In der Küche wird daraufhin geschrubbt und gerubbelt, bis er einigermaßen sicher ist, das keine Flecken bleiben. Genervt nimmt Waylon noch eine Flasche aus dem Kühlschrank.

»Er wollte mir sagen, er ist mein Vater«, setzt er laut und mit leidlicher Unterbrechung seinen Gedanken fort. »Der Dakota ist mein Vater!«

Das eiskalte Bier ergießt sich glucksend in den ausgetrockneten, gierigen Schlund. Erst als die Flasche auch den allerletzten Tropfen hergegeben hat, setzt Waylon sie ab. Daneben gegangene Bierlachen schmücken sein Hemd in Form dunkelgefärbter Flecken, die er im Moment nicht bemerkt.

»Mister Dako will mein Daddy sein«, wiederholt er betrübt etwas gedämpfter.

Wer ist dann aber der, den er bisher für *Daddy* hielt, der dennoch immer sein *Daddy* bleiben wird?

Wenn dies so ist, dann hat der Dakota – noch vor Rebecca – gegen den Kodex verstoßen! Was für ein Schlitzohr!

Mit Verspätung rülpst er übermäßig lang und extrem laut. Die dabei ausgeatmete »Fahne« wirft Waylon bald um. Ohne zu überlegen öffnet er das Fenster und atmet die frische Abendluft ein.

Am Zaun streicht eine Katze vorbei. Den Buckel gekrümmt und kreischend, wendet sie den Kopf in dem Augenblick Waylon zu, als er nochmal rülpst. Ihre großen Augen leuchten Grün. Waylon bekommt beim Anblick des Nachtstromers Gänsehaut, da sie unverhofft auftaucht.

Ein eigenartiges Gefühl beschleicht ihn. Waylon ist keineswegs ängstlich, dennoch hat er den Eindruck von einer heraufziehenden Gefahr. Genau benennen kann er's nicht; eine Ahnung eben. Je länger er am Fenster steht, umso mehr warnen Waylon die inneren Antennen.

Kräftig durchatmend schließt er sorgfältig das Fenster, lässt zusätzlich noch das Rollo herab. Dies macht er konsequent im gesamten unteren Stock. Erst dann fühlt er sich sicherer.

Katzen können einem richtige Schrecken einjagen! Er kann ein Lied davon singen. In der Lehrzeit nahm er den Frühzug. Sein Weg führte ihn nah der Friedhofsmauer vorbei. Zu jeder Jahreszeit. An einer Stelle konnte man über die Mauer sehen. Das fahle Licht der fernen Straßenlaternen erhellte gespenstisch die Gräber. Aber wie gesagt, Waylon war nie furchtsam. – Eines Morgens drang vom Friedhofsgelände her ein bitterliches Weinen. Etwas beklommen war ihm zumute. An besagter Stelle warf er einen neugierigen Blick hinüber. Das Weinen war unterdessen immer lauter geworden. Es klang wie das eines Kindes. Seine Beine trugen Waylon immer schneller werdend weiter. Erst als er außer Reichweite der Mauer war, wurde ihm bewußt, was das für einen Weinen war. Es war das Eindringliche Miauen eines Katers, der sein Revier verteidigte! Obwohl die Ursache erklärbar war, nahm er fortan eine andere Route.

Vielleicht liegt seine Paranoia ja darin begründet, was Katzen betrifft. Jedenfalls mag er die Viecher nicht sonderlich, macht gern um sie einen großen Bogen.

Die kurzzeitige Aufregung hat Waylon die jetzigen Probleme vergessen lassen. Sie kehren wieder, nachdem er mit der dritten Flasche auf dem Sessel sitzt. Er überlegt noch ernsthaft den Fernseher einzuschalten und sich von irgendeiner Sendung einlullen zu lassen. Dazu kommt es nicht mehr.

Laut schrillt das Telefon. Wer kann das um diese Uhrzeit sein? Vermutlich Sophie, die sich nach seiner Verfassung erkundigt. Eine lieb gemeinte Geste. Freudig nimmt er das Mobilteil in die Hand und drückt die grüne Taste.

»Latham hier.«

Am anderen Ende der Leitung hört er ein erstauntes Atmen.

»Hallo! Ist da wer?!?«

Ein Räuspern erklingt.

»Waylon? Du bist daheim?«

Für den Moment erkennt er die Frauenstimme nicht.

»Ich dachte, du bist nicht da!«

»Karoline?«, fragt er einer Blitzeingebung folgend. »Welch eine Überraschung!«

»Sorry, falls ich dich störe.«

»Schon in Ordnung. Was gibts denn?«

»Ich habe heute jemanden getroffen. Na ja, nicht wirklich. Eher gesehen. Und das auch nur hauptsächlich von hinten. Jedenfalls sah der Typ nicht ganz koscher aus. Das wollte ich dir nur sagen, Way.«

»Wie sah er denn aus, dieser Typ?«

»Kein Engländer, nicht mal vom Kontinent. Könnte ein Indianer oder in der Richtung gewesen sein. Sah auf alle Fälle so aus.«

Waylon wird klar, dass Karoline den Dakota gesehen haben musste.

»Und wo? Wo hast du ihn gesehen?«

»Halt dich fest, Way! Im Reisebüro meiner Tochter!«

Er staunt wirklich darüber. Mit gerunzelter Stirn lauscht er weiter.

»Der prahlte, er wäre Millionär. Madelaine, meine Tochter, erzählte mir, er habe sich nach mir erkundigt. Stell dir das Mal vor. Ausgerechnet nach mir! Ich kenn den nicht mal!«

Interessant!

»Dafür hat Madelaine seinen Namen in Erfahrung bringen können. Er heißt, jedenfalls nennt er sich so, Mister Drago oder so ähnlich.«

Schau an, schau an! Doch ein gewiefter Schweinehund!

Karoline berichtet weiter. Sie geht dermaßen ins Detail, dass Waylon nicht umhin kommt, sich zu langweilen und ein Gähnen unterdrückt. Ihren Redefluss will er nicht unterbrechen; im Stillen freut er sich einfach über ihre Stimme. Und vor allem, dass sie (noch) mit ihm spricht!

Karolines Stimme ist eine gute Kulisse, um den eigenen aufdrängenden Fragen nachzugeben.

Wieso sucht der Dakota Karolines Tochter auf? Und fragt diese nach Karoline aus? Gibt das einen Sinn?

Ein möglicher wäre, dass auch Karoline in seinen Plänen eine Rolle spielt. Nur welche? Woher weiß Mr Dako überhaupt, wo Madelaine arbeitet? Gut. Der hat auch einen Transmitter. Trotzdem mysteriös …

»… wollte ich dir noch sagen, dass es mir leid tut. Wirklich.«

»Ähm, was bitte genau?«

Karoline atmet hörbar aus.

»Ich war dir gegenüber nicht fair. Bist du mir sehr böse?«

Falls sie damit meint, dass es mit ihnen nicht klappen würde, nein. Schon bereut er, geistig abgeschweift zu sein.

»Ich bin dir nicht böse.«

Eine Pause entsteht. Leise knackt es in der Leitung. Sicherlich atmosphärische Störungen, nichts von Belang.

»Meinst du, wir könnten …«

»Karo, bitte nicht jetzt und schon gar nicht am Telefon. Lass uns das bei einem Treffen klären.«

»War dumm von mir, sorry.«

»Jetzt sei du mir nicht böse, bitte …«

»Bin ich nicht. Wirklich nicht. Ich dachte nur … wollte … Du hast Recht, ist ein ungünstiger Zeitpunkt.«

»Ich melde mich.«

»Klar.«

»Gute Nacht …«

Klack!

Zwölf

Telefonate mit Karoline sind schon immer anstrengend gewesen! Es gibt kaum Eins, was nicht durch ihren Redeschwall geprägt ist und ohne den sprichwörtlichen »Roten Faden« geführt wird. Von einem Thema zum anderen liegen nur wenige Worte, manchmal sogar nur ein Atemzug. Frauen untereinander sind da anders gestrickt. Da »springt« jede sich durchs Gespräch und die am anderen Ende »springt« ihrerseits ebenfalls mit. Kein Wunder, wenn sich Frauen so viel zu erzählen haben.

Für ihn ist das nichts. Waylon braucht Struktur. Endlos zuhören löst innere Abneigung und Grauen aus. Nachträglich schüttelt er sich und ihn fröstelt's.

Die angebrochene Bierflasche verführt Waylon dazu, sie endlich zu leeren. Er prostet sich zu.

Diesmal trinkt er langsamer und ein Rülpser bleibt aus.

»Was für ein Tag!«

Es war ein Tag voller Überraschungen und Erkenntnisse. Waylon wird darüber schlafen müssen, um alles zu verdauen und einschätzen zu können. Aufgedreht wie er im Moment ist, braucht Waylon erst einmal Zerstreuung. Dafür war die »Kiste« schon immer gut, wenn auch der Inhalt in den Jahren stark nachließ. Er nimmt die Fernbedienung zur Hand.

* * *

»Männer!«, stößt sie wütend hervor und schmeißt ihr Mobiltelefon in eine Ecke des Sofas. »Immer das Gleiche! Die hören nie zu!«

Sie hat große Lust, ihm mal so richtig die Meinung zu *geigen*. Am liebsten jetzt sofort! Karoline steigert sich unaufhaltsam in Rage.

»So ein *Hornochse*!«

In ihrer Ehe gab es nie solche Gedanken ihrerseits. Auch Waylon war früher anders. Ruhiger, gelassener – wenigsten was diese Dinge betraf. Was ist bloß los?! Gut, mit der Zeit verändern sich Menschen; warum soll dies bei Waylon und ihr anders sein. Und sie hat sich schon mit den Gedanken getragen, es noch einmal mit ihm zu versuchen!

»Niemals«, setzt sie ihren inneren Disput laut fort. »Der kann mich mal!«

Im Alter jemand passenden zu finden, der unvoreingenommen das zurückliegende Leben akzeptiert, ist schon sehr unwahrscheinlich. Für ein Singledasein ist sie aber nicht geschaffen. Kurz nach der Scheidung lernte sie ihren zweiten Mann kennen. Er war kein Adonis und seine besten Jahre waren bereits vorbei, dennoch faszinierte er sie. Ein halbes Jahr dauerte diese Liaison und sie beschlossen zu heiraten.

Mit Waylon hätte es funktionieren können. Karoline weiß um seine Fehler, also entfällt der langwierige Prozess des Kennenlernens. Ebenfalls ein nicht zu unterschätzender Punkt.

Jedoch dieses beschissene Telefonat hat alles zunichte gemacht! Angefressen wie selten ist sie wieder auf hundertachtzig! Nein, nein und nochmals NEIN!

Aufgeputscht rennt sie in der Wohnung auf und ab. Jedes Zimmer muss unter den stampfenden Tritten leiden. Türen werden aufgerissen, heftiger wieder geschlossen als nötig. Der Küchenschrank wird nach Dingen durchwühlt, die nun wirklich nicht da drin sein *können*! Karoline braucht dieses Ventil …

Furienartig schießt sie hin und her, räumt, sucht, flucht, räumt erneut. Ein ganz normaler Abend unter diesen Umständen also.

Früher oder später (in ihrem Fall eher später) verraucht aller Zorn. Karoline macht sich einen Tee; dank Wasserkocher und Teebeutel ist er schnell fertig. Sie hat sich für einen Entspannungstee entschieden. Schluck für Schluck wartet sie gespannt auf die ausbleibende Wirkung. Da die Wut regelrecht »abgearbeitet« worden ist, dient das Getränk hauptsächlich der seelischen Ausgeglichenheit.

Jetzt geht es Karoline wieder gut, eigentlich sogar besser, als vorher.

Plötzliche Schuldgefühle steigen auf. Tief im Inneren ihres Herzens bereut sie, seinen Gute-Nacht-Wunsch nicht erwidert zu haben. Unterdessen sind mehr als vierzig Minuten vergangen. Zu spät für einen reuenden Anruf. Waylon würde sie dann wahrscheinlich für völlig verrückt halten. Es ist aber auch zum *Verrücktwerden*!

»Madelaine! Ich rufe sie an!«

Zwei Probleme gibt es da allerdings: Erstens, ihr überstürzter Aufbruch und Zweitens, die späte Stunde.

Karoline kann mit Einsamkeit nicht umgehen. Am wohlsten fühlt sie sich unter Menschen. Im Augenblick erdrücken die Wände sie. Sie ringt nach Atem. Ohne einen lieben Menschen an der Seite fehlt es eindeutig an Lebensqualität. Die Leere droht sie zu erdrücken …

Unruhig steht sie auf. Sie muss raus hier! Raus an die frische Luft!

Die Tür fällt klackend ins Schloss.

* * *

Glück ist etwas besonderes, einzigartiges und sehr kostbares. Wer einmal in den Genuss kam, Glück zu haben, weiß um seine Bedeutung. Leider währt der Zustand nicht ewig, und die schönsten Momente vergehen sowieso viel zu schnell.

›Jetzt sind wir dran‹, denkt Sophie glücklich. Ihrer Mum geht es gut. Bis vor wenigen Minuten haben beide die Zeit miteinander verbracht. Gelacht, in Erinnerungen gekramt, über Mr Dako gesprochen. Letzterer hat einen großen, respektvollen Eindruck bei Sophie hinterlassen. Und obwohl er so unerwartet die kleine Gruppe verlassen hat, hat sie ein gewisses Verständnis für diesen Mann.

Nachdem Mr Dako gegangen war, gingen sie langsam zurück. Kurz darauf entschied sich Sophie, ein Zimmer zu suchen. Insgeheim hoffte sie, auch Waylon würde bleiben. Jedenfalls verrieten Sophies Augen tiefe Enttäuschung, als er wegfuhr. Zwar hatte er versprochen, beide am folgenden Tage abzuholen, doch sie hatte sich mehr erhofft.

Die Stunden mit Mum entschädigte sie dafür umso mehr. Selten sind sich Mutter und Tochter so nah wie heute gewesen. Ein Augenblick, der lang noch Kräften spenden wird.

Sophie betritt das Zimmer. Sie hatte sich, letztendlich auch wegen Waylon, für ein Motel entschieden. Auf übliche Annehmlichkeiten will sie für eine Nacht verzichten. Die Vorfreude auf den morgigen Tag wirkt entschädigend; außerdem ist Sophie nicht so sehr auf Luxus erpicht.

Es ist bereits dunkel. Am Horizont ziehen schwarze Wolken auf, in denen es wild zuckt. Vom Donner hört man noch nichts. Sie ist froh darüber, sich dafür entschieden zu haben, hier zu bleiben. Und die einsame Ruhe wird ihr guttun.

Das Motel liegt circa einen halben Kilometer von dem Heim entfernt. Also gut zu Fuß erreichbar. Sophie wundert sich, dass nur wenige Zimmer vermietet sind. Ein Grund mag die schlechte Verbindung zur Fernverkehrsstraße sein. Drinnen erkennt sie auf den ersten Blick einen Weiteren: Es riecht unangenehm, die Fenster sind undicht und die Matratze hat auch schon bessere Tage gesehen! Kurz gesagt, es ist eine Absteige.

Da sie keine eigenen Sachen mithat – und sie ist darüber sehr froh –, braucht sie auch nicht den abgewetzten Schrank benutzen. Genau über dem Bett erkennt sie im Schein der kleinen Wandlampe ein Spinnennetz.

»Wenigstens bin ich vor Mücken sicher«, sagt sie leise in einem Anflug von schwarzem Humor. Denn es gibt nichts schlimmeres, als derlei krabbelndes Getier in der Wohnung!

Erschöpft legt sie sich auf das gemachte Bett. Unter ihrem

Gewicht stöhnen quietschend die alten Bettfedern. Argwöhnisch schielt Sophie zur Decke. Im Netz zappelt es und die Eigentümerin hat zu tun. Während des Hochschauens fallen ihr die Augen zu. Schläfrig sucht Sophie nach der richtigen Lage. Ihr Blickfeld verengt sich. Der Lichtschein wird dunkler, bis schließlich der Schlaf sie packt.

* * *

Im Alter braucht der Körper weniger Nachtruhe. Elionor weiß das und hat sich seit mehr als dreißig Jahren damit arrangiert; außer in den Jahren der geistigen Zurückgezogenheit. Meist liest sie dann oder schaut auch gern mal eine Wiederholung im TV. Das Heim bietet beides. Nur das nicht die Lektüre zur Verfügung steht, die sie gern hätte. Und in den Gemeinschaftsraum zu gehen, wo der einzige Fernseher steht, hat sie jetzt keine Lust.

So sitzt sie nachdenklich am Tisch. Ihr Geist ist hellwach. Wenn der Körper durchhält, könnte sie hundert Jahre werden. Sie wird es nicht, auch dass ahnt sie. Wäre heute nicht Mr Dako aufgetaucht mit diesem Reif, würde sie nicht in gewohnter Form dasitzen.

Die letzten Tage hat sie nur bruchstückhaft in Erinnerung. Weder konnte sie zwischen Tag und Nacht, noch Wirklichkeit und Traum unterscheiden. Elionor befand dich in einen schwebenden Zustand, der nicht begreifbar ist. Dennoch hatte sie sich nicht *schlecht* gefühlt. Manchmal schien sie zu fühlen, dass sie *hinüber* schwebte. Nur eine unsichtbare Verbindung hielt sie davon ab.

Ihre rechte Hand greift nach dem Reif. Mr Dako brauchte keine Worte der Erklärung, als er ihr dieses Relikt überstreifte. Elionor wußte, was es war. Sie war ja dabei, als Waylon es gefunden hatte. Allein des Indianers Augen, die plötzlich bernsteinfarben perlmuttartig erstrahlten, erzählten die Geschichte des Reifs. In Bildern, nicht in Worten.

Sie erkannte einen groß gewachsenen Mann, Anfang dreißig. Seine Gesicht war verhärmt, aber es war ein Mann, der ihr gefallen hätte. Muskulös und gewandt. Kurzes, braunes Haar. Seine dünnen Lippen umspielte ein sanftmütiges Lächeln, wenn auch sein Blick grimmig erschien. Den Reif trug er am linken Oberschenkel, seitdem er ihn mit fünfzehn Jahren bekommen hatte. Das Material war ins Fleisch eingewachsen. Niemand hätte es ihm ohne weiteres wegnehmen und er es auch niemals verlieren können.

Der Mann war Arimeaner. Elionor wußte es einfach. Diese Wesen ähneln stark dem Menschen, sind nur größer und – für menschliche Begriffe – sehr dürr im Körperbau. Ihre Geschichte beginnt in urbiblischer Zeit, nicht erfassbar mit Erdkalendern.

Der Reif entstammt dem *Lebenden Licht*. Selbst der Wächter kann nicht genau sagen, um was es sich dabei handelt. Überliefert waren nur mehrdeutige Legenden. Sein Material, eine biologisch-chemische Legierung, speichert deren Energie, die sie dem Träger dosiert überträgt. Dadurch werden Krankheiten ferngehalten oder geheilt.

Dies bezieht sich jedoch ausschließlich auf natürliche Prozesse. Fremdeinwirkungen können nicht verhindert werden.

Ihre Fingerspitzen streichen dankend über den Reif. Elionor wird ihn behalten, solang sie noch gebraucht wird. Doch der Tag wird kommen, an dem auch das Relikt sie nicht mehr aufhalten wird …

Dreizehn

Vorm Fernseher eingeschlafen ist Waylon das letzte Mal, bevor er den Kristall fand. Seither hat sich sein Alltag drastisch verändert; zum positiven! Verstört blinzelt er nun in die Flimmerkiste. Jemand *spricht* mit ihm. Es ist eine unbekannte Männerstimme. Waylon hört sie, kann ihr aber nicht folgen. Aus dem Zusammenhang gerissene Sätze dringen zu ihm, mit denen Waylon nichts anfangen kann. Dies geht schon eine ganze Weile so.

Irgendjemand spricht zu Waylon. Er kann die Stimme hören, verstehen nicht. Egal. *Ah, bin ich müde!* Doch die Stimme ist hartnäckig. Vermutlich mag der oder die seine oder ihre Gedanken mit ihm teilen. Dafür hat aber Waylon nicht die winzigste Spur von Interesse. Und für ein Palaver über dies oder jenes oder sonst was! Punkt aus!

Waylon reißt die Augen auf. Hat er diese Situation nicht schon einmal erlebt? Vage erscheinen am geistigen Horizont verworrene Bildfetzen. Wieder ein Déjà-vu? Langsam wird Waylon mulmig.

Die Mattscheibe zeigt eine Diskussion zwischen mehreren Teilnehmern. An dieser Stelle weicht die Realität vom eben Gefühlten ab. Er atmet auf. Ein Druck und das TV-Gerät verstummt.

»Der Geist trügt dich nicht, mein Sohn.«

Waylon stutzt. Der Fernsehapparat ist aus! Alles Roger.

»Du hast dich entschieden?«

Klar und deutlich spricht jemand mit ihm, doch hier ist Keiner!

Sicherheitshalber macht er eine Drehbewegung um die eigene Achse. ›Sag ich doch! Niemand hier!‹

Sollte die ›innere Stimme‹ so laut zu ihm sprechen? Kann er sich nicht vorstellen. Noch dazu im perfekten Stimmklang des Dakotas.

»Du kannst mich hören, mein Sohn. Du kannst auch antworten.«

Das geht nun aber doch zu weit! Fehlt noch, dass ich mit meinen eigenen Gedanken rede!

Waylon schaut sich noch einmal um. Woher kommt die Stimme?

»Der Geist trügt nicht«, ertönt es wiederholt. »Du musst dich entscheiden!«

Aber er will sich nicht entscheiden! Die Sache ist durch! Ein für alle Mal! Dafür ist er nicht geschaffen. Wirklich nicht.

»Nur du kannst ihn finden.«

Waylon verdreht genervt die Augen.

»Du bist fähig das Gefüge …«

»Nein, hör auf!«

Waylon läßt sich zu einer lauten Äußerung hinreißen. Darüber selbst erstaunt, stellt er fest, dass dies leichter als gedacht ist.

»Reden wir doch darüber.«

»Du willst reden? Okay! Lass uns reden.« Angenervt verzieht sich ein Mundwinkel nach oben. Unter anderen Vorraussetzung ein mißglücktes Lächeln.

»Ist es nicht auch dein Wunsch, das Gleichgewicht wieder herzustellen?«

»Was habe ich denn davon? Außer mentalem Streß!«

»Du hilfst anderen damit. Gibst ihnen die Möglichkeit, eine Zukunft zu haben.«

Waylon muss lachen. »Die Welt retten? Du machst Witze!«

»Hörst du mich lachen?«

Natürlich hört Waylon nichts dergleichen. Auch ihn erheitert das Thema nicht.

»Dein Weg ist seit Urzeiten vorbestimmt, mein Sohn. Du trägst die ›schöpfenden Gene‹ in dir.«

»Moment mal! Die *Was*?!«

»Du hast schon richtig verstanden.«

»Du spinnst«, plärrt Waylon heraus. »Lass meine Gene aus dem Spiel, hörst du!?«

Momente völliger Stille nutzt Waylon zur gedanklichen Einkehr. Die Pause tut ihm gut. Er bekommt so den Kopf frei, fühlt sich geistig frisch und offen für eine vorsichtige Erweiterung seines *Horizontes*. Ihm kommt ein Gedanke.

»Beantworte mir doch eine Frage, wenn es dir denn möglich ist. Was hat das mit diesen ›schöpfenden Genen‹ auf sich?«

Unendlich lange Minuten verstreichen. Gibt es darauf überhaupt eine Antwort?

»Diese Antwort findest du in dir selbst, mein Sohn.«

»Ach komm schon! Lass mich doch nicht hängen!«

»Du würdest es jetzt nicht verstehen.«

Wie er das doch hasst! Jetzt hält er sich schon selbst zum Narren! Jedenfalls wenn er davon ausgeht, das die in seinen Ohren ertönende Stimme seine *Innere* ist.

»Nur eine gefühlte Antwort, ist eine richtige Antwort.«

»Nehmen wir doch einmal an«, versucht es Waylon erneut, »dass diese Gene in mir seien. Nur angenommen.« Er macht eine unterstreichende Handbewegung, die einen potentiellen Gesprächspartner voraussetzt. »Also diese Gene sind in mir. Was *schöpfen* die eigentlich?«

»Durch sie entsteht Neues, mein Sohn.«

Diese Antwort überrascht. *Es entsteht Neues?* Was? Neue Ideen? Neues Leben? In diesem Leben ist er ein Mann, unbestreitbar. Wäre es anders verlaufen, hätte er bestimmt mit Karoline Kinder bekommen.

»Löse dich, mein Sohn. Erweitere dein Bewusstsein.«

»Wie soll das gehen?«

»Du bist auf den richtigen Weg.«

Eine andere Stimme drängt sich brachial in den Vordergrund. Sie gehört zu einer Frau, die Waylon von irgendwoher kennt. Er mag sie nicht. Diese Frau verkörpert eine Disharmonie zwischen ihrer wahrlich fast perfekt optischen Erscheinung und der, für seine Ohren, viel zu hoher, für das weibliche Geschlecht mit untypischen Makeln behafteten Stimme.

Ganz langsam schält sich aus der schwarzen Mattscheibe ein Bild heraus. ›Da ist sie ja‹, denkt Waylon noch. ›Die Dame aus dem Fernsehen.‹ Klar, eine Medien-Tussi, die durch ihre freche Art mehrmals aneckte und unzählige Diskussionen in den Medien auslöste. Persönlich stand er ihr noch nicht gegenüber. Die würde er auch stehen lassen! Am besten ganz ignorieren! Eine schreckliche Person, die sich gibt wie sie ist, das Ganze überspitzt darstellt und damit für Schwindel erregend hohen Quoten sorgt. In Zeiten von hunderten Programmen und vernetzten Internet eine fantastische Leistung.

Gebannt schaut Waylon zu, wie sie gerade wieder mal einen Ehemann zur *Schnecke* macht. Sie stellt ihn, unter tosenden Applaus des Publikums, als egoistisches Macho-Schwein dar. Der Kerl hat keine Chance mehr, erhobenen Hauptes auf die Straße zu gehen. Sein Ruf ist für alle Zeit ruiniert.

Angewidert greift Waylon zur Fernbedienung. Ein irritierender Hauch, eines nicht greifbaren Impulses eines aufkommenden Gedankenblitzes, zerplatzt, als Waylon die Aus-Taste wiederholt betätigt. Das Bild auf der Mattscheibe verschwindet. So bleibt diesmal verborgen, was vorher tatsächlich seinen Geist beschäftigte. An dieser Stelle versagt Waylons Esprit.

* * *

Der Dakota öffnet die Augen. Er ist erschöpft. Für solche ›Missionen‹ verbraucht sein Körper ein Vielfaches an Energie. Die Phase der Erholung wird jetzt länger dauern, als noch vor ein paar Jahren. Oft kann der Gewahrer dies nicht mehr tun. Auch seine Kräfte sind einmal aufgebraucht. Trotz des schützenden Kristalls schreitet der biologische Alterungsprozeß unaufhaltsam voran. Er wurde nie der *Zeremonie der Wächter* unterzogen, die ein Altern auf Dauer unterbindet. Keiner der Wächtergilde verrät Nichteingeweihten die Zusammensetzung der verschiedenen Tranks, Bäder oder Ölen. Sicher ist nur, dass die wichtigsten Bestandteile vom *Lebenden Licht* stammen müssen.

Darüber verfügt der Dakota allerdings nicht. Auch die vielen *Morgenreisen* brachten keine diesbezüglichen Erfolge. Die Gilde hütet dieses Geheimnis mit Argusaugen und nie ermüdende Wachsamkeit. Einmal gelang es dem Dakota, ziemlich nah an einen Wächteranwärter heran zu kommen. Dieser wandte sich aber kurz nach der ersten Zeremonie von ihm ab. Ein Grund war nicht auszumachen. Um nicht entdeckt zu werden, verschwand er wieder.

Glücklicherweise hat der alternde Gewahrer ein feines Gespür für Gefahr. Er selbst nennt es »Drittes Gesicht«. Neben dem lachenden und weinenden Gesicht, erkennt das Dritte unmittelbar bevorstehende Ereignisse mit einer bestimmten Person. Nicht zu vergleichen mit einer üblichen *Zukunftsschau*, für die technische Hilfsmittel notwendig sind. Dem »Dritten Gesicht« bleibt nichts verborgen.

Ein Ereignis steht kurz bevor. Bisher ist es nur eine Vermutung, doch der Dakota kennt diese Art von Gefühl. Er wird aufpassen müssen. Denn auch in dieser Welt gehen Dinge vor sich, die nicht sofort erkennbar sind …

* * *

Zeit fürs Bett! Müde und seltsam ausgelaugt erhebt sich Waylon. Die Berieselung mit Fernsehbildern hat ein wenig seine Gedanken zerstreut. Und wie heißt es so schön: Erstmal drüber schlafen. Genau das hat er jetzt vor und nichts und niemand wird ihn davon abhalten.

Er ist zu schnell aufgestanden. Taumelnd kann er sich am Tisch gerade nicht rechtzeitig festhalten. Jetzt spürt er ein starkes Kribbeln in den Beinen, die ihn gar nicht recht mehr gehorchen wollen.

Wer rastet, der rostet! Ein guter Spruch, der sich jetzt bewahrheitet. Er verhält sich ruhig, atmet stoßweise ein und aus. Wird gleich besser werden …

Schrill und laut reißt das Festnetz-Telefon Waylon aus seiner, früher oft in die Selbstmitleid führenden Phase, heraus. Sofort verzieht er verärgert das Gesicht. *Darf doch nicht wahr sein!*

Unerbittlich klingelt es.

Wer könnte das sein? Karoline? Unwahrscheinlich. Sophie? Schon eher. Ein wärmendes Gefühl umhüllt sein Herz. Vergessen sind die langsam wieder erwachenden Beine, die nur ein Humpeln zulassen. So dauert es, bis er das Mobilteil erreicht.

»Latham hier!«

»Mistel Latham. Schön Sie zu splechen. Sie kennen mich nicht, dafül ich Sie um so bessel.«

Es ist definitiv nicht Sophie. Waylon ist zu keinerlei Regung fähig. Dies kommt ihm verdammt bekannt vor!

Die Stimme am anderen Ende der Leitung ist ungewöhnlich hoch, stammt von einem Mann.

»Sie sagen ja nichts, Mistel Latham. Das ist gut. Sogar sehl gut. Ein Mann mit Chalaktel und Velstand! Hölen Sie mil gut zu, Mistel Latham. Wil haben Ihle Flau, Mistel Latham! Wenn Sie genau tun, was wil wollen, geschieht ihl nichts! Wil wollen das Altefakt. Molgen Flüh um neun Uhl!«

Noch zirka fünf Minuten lauscht Waylon in den bereits nur noch mit Rauschen erfüllten Apparat. Krampfhaft umklammert die Hand den Hörer.

Er muss sich zwingen aufzulegen. Er ist paralysiert! Im Kopf rauscht ein tosender Wasserfall. Nur mit größter Anstrengung gelingt es ihm stehen stehen zu bleiben.

* * *

Plötzlich taucht das Bild auf. Die Wolken über ihn wirbeln im entgegengesetzten Uhrzeigersinn. Es liegt etwas in der Luft! Ein silbern schimmerndes Flugzeug trudelt, verliert an Höhe. Es ist eine einmotorische Maschine, im Stil der Vierziger Jahre. Hinterm Horizont, den ein Waldstreifen und eine Skyline bilden, kommt es zum Absturz. Allerdings wartet er vergebens auf die nahe liegende Explosion. Stattdessen klingt es, als wenn Blech auf Beton stürzt.

Er wechselt die Blickrichtung. Gleich passiert etwas!

Kaum gedacht, wird ein gigantischer Wellenberg sichtbar, der bereits über den Bergkamm überschwappt und gischtend sich bricht. Erste Wasserausläufe haben ihn erreicht. Knöcheltief kommt er darin rasch weiter, lässt den Wahnsinn hinter sich. Die Wassermassen können ihm nichts anhaben. Er schreitet sicher voran. Schaut er sich um, versinkt die Welt im Chaos. Doch er ist innerlich gelassen und sehr ruhig.

Dann steht Waylon direkt vor ihm. Er ist aufgelöst.

»Was passiert da?«

Der Dakota wiegelt ab.

»Alles ist gut. Komm, wir müssen weiter.«

»Nein, ich muss zu Karoline!«

»Waylon, nein. Da ist nichts mehr!«

»Lass mich los, alter Mann! Meine Karoline! Ich muss zu ihr!«

Jetzt reicht es dem Gewahrer. Fast schreit er: »Du bleibst HIER!«

Vierzehn

Ihm ist speiübel. Breitbeinig steht Waylon im Flur. Puls und Blutdruck sind stark erhöht. In seinem Alter ein gefährlicher Zustand. Einhergehende Luftnot verstärkt panische Angstzustände.

Doch nicht seine Gesundheit macht ihm bange. Es ist Karoline, die in Not ist. Minutenlang steht er bewegungslos da. Eine abstrakt irreale Situation! Starr blickt er das Mobilteil an, das er noch immer in der Hand hält. Das Plastik ist nass von kalten Schweiß.

Was tun?

Nur zäh gelingt es Waylon, wenigstens das soeben geführte Gespräch halbwegs gedanklich nachzustellen. Ist schon irre, wie schnell das Blatt sich wendet.

Polizei! Er muss die Polizei verständigen. Die müssen sofort aktiv werden. Waylon tippt den Polizeinotruf. Eine kleine Ewigkeit dauert es, bis endlich das Rufsignal im Hörer laut wird.

In diesem Augenblick dringen Geräusche von der Terrassentür zu ihm.

Vor Schreck entgleitet seinen feuchten Fingern das Mobilteil und schlägt hart auf dem Boden auf. Die kurz darauf zustande gekommene Verbindung wird wegen Nichtmeldens wirsch vom Angerufenen unterbrochen.

Das geschlossene Rollo wird eindeutig von außen versucht zu öffnen. Einbrecher? Erneut fährt ihn der Schreck blitzartig in die Glieder. Hilflos lauscht er. Etwas rattert. In der nächtlichen Stille ein ruhestörender Lärm, der weithin hörbar sein muss.

Gelähmt wartet Waylon. Stück um Stück wird der Rollladen geöffnet. Und er ist unfähig irgendeiner Reaktion.

Dann ist es soweit. Eine große männliche Gestalt sieht herein und klopft aufgeregt. Waylon steht im Dunkeln. Laut klopfenden Herzens starrt er begriffsstutzig auf die Person. Jetzt ruft sie sogar noch nach ihn!

In Trance geht er zögernd zur Terrassentür. Nun stehen sie sich Aug in Aug gegenüber, nur getrennt von einer doppelt isolierten Glasscheibe. Der Fremde draußen ist durchnässt und ruft Waylon beim Namen. Wieder einmal regnet es in Strömen.

Der nasse Typ kommt Waylon bekannt vor. *Woher kenn ich den nur?*

Ohne das er es vorhat und will, öffnet die eine Hand den Riegel.

»Du bist in Gefahr«, stürzt der Dakota burschikos herein. »Wir müssen schleunigst weg von hier!«

›Ist ja ganz was Neues!‹

»Was ist? Komm, los gehts!«

»Du bist mein Vater?«

Der Dakota zeigt kurz einen Anflug von Emotion.

»Nicht jetzt! Die Zeit eilt!«

»Wann dann? In zweiundsechzig Jahren?«

»Waylon! Bitte!«

»Karoline wurde gekidnappt ...«

Den Dakota trifft ein weiterer Schlag. Kurz lässt er sich von Waylon berichten. Ihm wird der Sinn seiner Vision klar.

»Du kannst ihr nur helfen, wenn du mit mir kommst, mein Sohn.«

Waylon schüttelt verneinend den Kopf. Er kann doch nicht einfach den Kopf in den Sand stecken und verschwinden, während Karoline in Gefahr schwebt. Demonstrativ ruhig schließt er die Terrassentür.

Der Dakota denkt nach.

»Es wäre möglich, dass noch nichts von dem Geschehen ist, was wir *erblickten*.«

»Das Telefonat fand gerade statt, *Vater*! Vor fünf Minuten!«

Dem Dakota stört, wie Waylon ihn gerade genannt hat. Es

ist gegen seine Überzeugung.

»Mein Junge, hör mir bitte zu.« Er schildert nun seinerseits die empfangenen Bilder des »Dritten Gesichts«. Seine Aufgabe als Gewahrer sieht er darin, Waylon vor den sicheren Untergang zu bewahren. Dafür wird er alles mögliche tun.

»Dein Gespräch ist möglicherweise eine Vision, die dich warnen möchte.«

Ein Déjà-vu!

Nimmt das denn nie ein Ende?!

Allein dadurch, dass der Dakota hier ist, lässt Waylon darüber nachdenken. Dennoch kommt eine Flucht nicht infrage! Denn nichts anderes wäre es in seinen Augen – eine *Flucht*!

Bis weit in die Nacht hinein sitzen beide sich im Wohnzimmer gegenüber. Endlich erfährt Waylon längst fällige Hintergründe.

»Du hast ebenfalls gegen den Kodex verstoßen«, sagt Waylon im neutralen, feststellenden Ton.

»Ja. Lange Zeit vor Rebecca. Deshalb musste ich auch so schnell verschwinden.«

»Ihnen ist nichts aufgefallen? Die hatten nie einen Verdacht?«

»Ich hatte einfach Glück. Damals waren die Wächter von anderen Aufgaben abgelenkt. Außerdem beließ ich dich in deiner Zeit und an deinem Ort. Dies war Rebeccas größter Fehler.«

»Wer war dann der, den ich als Vater kenne?«

»Ein Schulfreund deiner Mutter. Ich habe ihn für sie gefunden. Wir haben lange darüber gesprochen. Eine Zukunft für uns beide, beziehungsweise uns dreien, war unmöglich. Deine Mutter war eine liebenswerte Frau. Mir tat es in der Seele weh. Dann erzählte sie mir, dass ihre erste große Liebe ähnlich endete.«

Waylon kann sich das nicht richtig vorstellen. Da wird ein Kind in die Welt gesetzt unter Vorraussetzungen, die kontraproduktiv für eine Familie waren. Gab es denn nie einen anderen Weg?

Es war Nachkriegszeit, Anfang der Fünfziger. Jeder Fremde fiel auf. Das Misstrauen groß. Ein weiterer Grund, nicht zu lang sich in Großbritannien zu bleiben.

»Der Mann, der dich großzog, versprach mir gut auf euch aufzupassen.«

»Das haben beide getan.«

»Deine Großmutter mochte ihn nicht besonders. Sie hat nie verkraftet, dass ich euch zurückließ. Einmal noch habe ich mich noch mit deiner Mutter getroffen. Heimlich. Euch ging es gut, ihr hattet ein ruhiges und geordnetes Leben. Dein Vater musste bereits die Krankheit in sich tragen. Er zeigte erste Erscheinungen.«

Waylons Erinnerung führt ihn in diese Jahre zurück. Er selbst hat davon erst viel später mitbekommen. Daddys Krankheit war das bestgehütete Geheimnis in der Familie. Das Verhältnis war innig. Vater unternahm viel mit dem kleinen Waylon. Das allerdings der Dakota nochmals in der Nähe war, ist ihm neu.

»Deine Mum war glücklich und ich spielte in ihrem Leben absolut keine Rolle mehr. Die Begrüßung fiel deutlich kühl aus. Mir kam es vor, es sei ihr peinlich, jemals mit mir eine Verbindung eingegangen zu sein. Du natürlich ausgeschlossen. Wir trennten uns. Ich kam für lange Zeit nicht mehr in diese Zeitlinie. Und dann fandest du den Kristall.«

Auf Uridräo war Waylon vorläufig sicher. Die drei Wächter passten auf. Solang der Gewahrer sich zurückhielt bestand keine Gefahr, doch noch enttarnt zu werden. Die Ereignisse überschlugen sich anderswo. Nämlich auf dem ältesten Planeten des Universums, auf dem es Leben gibt: auf Arimea.

Die ›Sternenbruderschaft‹ begann zu zerbrechen. Überalterung, übertechnologisiert und unfähig, eigene Ideen ansatzweise zu verwirklichen. Probleme blieben unerkannt, fanden keine

Lösungen. Hinzu kamen die Auswirkungen der Zeitirritationen, die Rebecca ausgelöst hatte.

»Auch vor der Wächtergilde machte der Verfall nicht halt. Es gibt noch mindestens zwei weitere Fälle von Vergehen im Universum. So ist es nur eine Frage der Zeit, bis alles zusammenbricht. Aber noch kann etwas getan werden.«

»Dein Optimismus ist groß.«

Der Dakota denkt kurz nach.

»Es ist realistisch.«

Waylon ist sich da nicht so sicher. Gedankenverloren fixiert er einen Punkt in weiter Ferne. Es war schon immer so, dass jede höhere Gesellschaft plötzlich von der Bildfläche verschwindet und oft nur ihr Mythos bleibt. Ihm fielen Atlantis, die Inkas und Mayas, aber auch Mesopotamien ein. Letzteres gilt als Wiege der Zivilisation des Menschen.

»Gemeinsam können wir den Mutterkristall finden«, spricht der Dakota nach einer Weile weiter. »Aber ich allein kann nichts ausrichten.«

»Wo soll er denn sein?«

»Anfangs auf Arimea. Doch dort ist er nicht mehr. Irgendwer hat ihn dort weggeschafft.«

»Wie willst du ihn denn finden? Das Universum ist groß.«

»Es gibt ein Gerät, eine Art Abtaster, der den Kristall über dessen mineralische Beschaffung über Millionen von Meilen erfassen kann.«

»Das gelingt doch nie.«

Waylon zweifelt.

»Beinahe hätte ich es geschafft. Nur die Ereignisse auf Uridräo haben dies verhindert.«

Fünfzehn

Karoline schlendert durch die hellerleuchteten Straßen. Die Menschen strömen an ihr vorüber. Sie schaut in lachende Gesichter, beobachtet einige Pärchen wie sie Arm in Arm dahin schlendern. Junge Mädchen tippen Kurznachrichten ins Handy, teilen Meinungen, geschossene Bilder oder Videos mit der Community. Hunde werden mitgeführt, mal mit, mal ohne Leine. Ein Chihuahua schaut ihr schnüffelnd entgegen. Lächelnd und mit der Zunge schnalzend streichelt sie ihn.

Dumpfe Bässe klopfen durch den Trubel. Irgendwoher trägt der Wind das zarte Spiel einer Geige. Beides will nicht so recht zusammenfinden. Während der Rhythmus einen Technobeat stampft, versucht das Saiteninstrument eine klassische Interpretation.

Ein Einkaufszentrum hat noch geöffnet. Karoline geht zielstrebig hinein, ein Gefühl folgend, den abendlichen Ausflug für Besorgungen auszunutzen. Nur ein paar Spätentschlossene schieben ihren, mit wenigen Dingen gefüllten Wagen, entspannt vor sich her.

Karoline geht achtlos an Konserven, Büchsen, Gläsern und so weiter, vorüber. Auf diese Art Nahrung mit den ganzen Zusatzstoffen für längere Haltbarkeit hat sie keine Lust. In der jetzigen Zeit eh ein Grundübel. Man muss schon akribisch auswählen, um halbwegs mit gutem Gewissen sich gesund und natürlich ernährt.

›Frau auch‹, setzt sie gedanklich hinzu und lächelt darüber. Wie sie es doch hasst, wenn Leute in der dritten Person sprechen. Besonders Politiker geben ihre Statements gern allgemein wieder, um sich nicht festlegen zu müssen, das im Nachhinein vielleicht falsch ausgelegt werden kann. Somit sind die fein aus dem Schneider!

Doch darüber will sie jetzt einfach nicht nachdenken. Hat eh keinen Sinn. Ändern kann sie nichts! Wenn alle etwas machen würden. Zum Beispiel solche Waren boykottieren! Dies wäre mal eine Hausnummer! Doch dann würde man ja auf gewisse Dinge verzichten müssen! Und es dauerte bestimmt eine Weile, bis die Austauschprodukte in den Regalen stehen würden!

›Aber konsequent wäre es‹, denkt Karoline noch.

Beinahe ist sie doch glatt an die Gemüseabteilung vorbei gestiefelt. Still schimpft sie sich aus. ›Sowas kommt von sowas! Sowas aber auch …‹

Erneut schmunzelt Karoline. Endlich findet sie zu ihrer eigentlichen guten Laune zurück. ›Man tut das gut.‹

Trotz der späten Stunde ist das Angebot frisch und sieht dazu noch gut aus. Unentwegt wandern ihre Augen über die ausgelegten Gemüsebündel. Tautropfen zeugen von der Kühlkette; will wohl heißen, hier ist es eindeutig zu warm! Beim genaueren Hinschauen sind einige gelbe Blätter zu erkennen. Angewidert und enttäuscht lässt sie die Finger davon.

Doch Konserve?

Auf einmal hat Karoline der Elan verlassen. Für sowas ist es eben doch besser, morgens einzukaufen. Eine Schnapsidee!

Wie gewonnen, so zerronnen! Vorbei ist der Gute-Laune-Höhenflug. Auf den kürzesten Weg verlässt sie das Einkaufszentrum und genießt die frische Abendluft und die Menschen. Im Gedränge, welches vor dem Eingang herrscht, fällt ihr ein asiatischer Typ auf, der, als sich ihre Blicke treffen, schnell wegdreht. Karoline geht dessen ungeachtet weiter. Wie oft kommt es vor, dass man in die Augen vorbeigehender Menschen schaut! Es ist wie ein kurzes Hallo oder ein positives Gefühl von Verstehen oder was auch immer. An wie vielen Menschen läuft man wohl im Leben einfach so vorüber? Liegt es an der »anonymen Gesellschaft«? Während einige auffallen müssen, tauchen die Meisten ab und wandern unerkannt durchs Leben.

Manchmal bleibt Karoline stehen, einfach nur, um den Anderen zuzuschauen. Sie nimmt alles in sich auf. Stimmen, Gesprächsfetzen, Gangarten. Ein etwa Siebzigjähriger erweckt ihr Interesse. Er hat zerzaustes, dichtes weißes Haar und einen langen, ebenfalls weißen und langen Bart. Unwillkürlich denkt sie an Santa Claus. Auf gleicher Höhe mit ihm, blickt sie in zwei dunkelblaue, leicht schimmernde, gütige Augen, die ihr zulächeln.

Karoline fühlt sich ertappt. Hat sie diesen Mann etwa angestarrt? Demonstrativ und seltsam berührt schaut sie zu Boden. Wie ein schüchternes junges Mädchen. Als sie glaubt, der Mann sei vorbei gegangen und aufschaut, sieht sie wieder diesen asiatischen Typen. Diesmal hält sie den Blick stand. Wenn da nicht diese Gruppe Jugendlicher gewesen wäre …

Es sind mehrheitlich Mädchen, die lautstark sich unterhalten und lachen. Einige haben halb gefüllte Plastiksektgläser in den Händen. Junggesellenabschied? Der ausgelassenen Stimmung nach könnte dies so sein. Auch sie war mal jung. – Lang, lang ist's her …

Sie schaut den Jugendlichen noch, in eigenen Erinnerungen schwelgend, nach. Das zarte Lächeln um ihren Lippen erfriert. Irrt sie sich, oder geht dort drüben – vielleicht fünf Meter entfernt – der Asiat?

Karoline wird Angst. Der Typ hat einen stechenden Blick, der durch und durch geht. Ein Augenzwinkern später ist er wie vom Erdboden verschwunden. Irritiert sieht die sich um. Die Jugendlichen biegen gerade in eine Gasse ein; mit ihnen verschwindet auch deren lebenslustiges Lachen.

Plötzlich fühlt sie sich unwohl und wünscht sich nach den sicheren vier Wänden. Mehr als jemals zuvor! In jedem Gesicht glaubt Karoline die stechenden Augen zu sehen. So muss sich ein gehetzter Hase fühlen! Überall und nirgends lauert der Feind. Nirgends ist man sicher. Hinter jeder Mauer, hinter jeden Mann oder hinter jeder Frau kann er sich verbergen.

Unbewusst zieht sie den Kopf tief zwischen den Schultern.

Trotz lauem Abendwind treibt Angst ihr den Schweiß aus den Poren. Bald ist sie klitschnass. Karoline kann kaum denken. Was tun? Am liebsten nach Hause! Und das schnellstmöglich und unbeobachtet.

Ihre Beine werden schneller. Geschickt weicht sie den im Wege stehenden oder entgegenkommenden Menschen aus. Manch einer sieht sie missbilligend an. Niemand zu sehen den sie kennt und der sie heim bringen könnte. Sie glaubt sich zu erinnern, dass es zwei Straßen weiter einen Taxistand gibt. Wenn sie ungesehen bis dorthin käme …

Sicher ist sie sich jedoch nicht. Ein Restrisiko bleibt. Während des Gehens wirft sie einen kurzen Blick über die Schulter. Von dem asiatischen Kerl ist nichts zu sehen. Um nicht weiter aufzufallen, verringert sie die Schrittfrequenz ein wenig, verfällt daraufhin in ein Schlendern. Einige Hauseingänge bieten guten Sichtschutz, liegen deren Türen doch gut ein Stück nach innen versetzt in völliger Dunkelheit. Hier atmet Karoline auf und sie kann in Ruhe die Straße überblicken.

Mit der Zeit findet sie die innere Ruhe wieder. Aber sie bleibt vorsichtig, nutzt jede Gelegenheit zur Deckung.

Über einen Umweg gelangt Karoline in besagte Straße. Welch ein Glück, den Taxistand gibt es tatsächlich mit einen wartenden Wagen dazu. Ihr Herz klopft wild. So gelassen wie möglich geht sie auf den Wagen zu. Der Fahrer raucht gerade eine Zigarette, schaut ihr voller Erwartung entgegen. Hinter ihr ertönen Schritte. Ohne den Fahrer weiter zu beachten geht sie an ihm vorbei.

Zu ihren Erstaunen verklingen die aufgetauchten Schritte. Eine Autotür wird geöffnet und wieder kräftig zugeschlagen. Ein Motor startet. Vom plötzlich eingeschalteten Licht von hinten geblendet, startet das Taxi. Wendet mitten auf der Straße und fährt in die Gegenrichtung weg.

Einige Meter geht Karoline noch weiter, bevor sie es überhaupt in Erwägung zieht, zurückzuschauen. Sie ist allein. Im

Schatten eines Baumes bleibt sie stehen. Scheinbar ist Karoline den Kerl los, der sie so seltsam lauernd anstarrte. Dennoch fühlt sie etwas, was eine Art Vorahnung sein könnte. Nicht vergleichbar mit den Visionen, wie sie Elionor und Waylon haben. Gewissermaßen ein Zwischending; nicht greifbar, dennoch vorhanden.

Die Straße ist ebenfalls leer. Wenn jetzt ein Taxi käme, bestünde die Möglichkeit, dieses während des Haltens abzufangen. Klingt abenteuerlich! Aber etwas anderes fällt ihr gerade nicht ein.

In Gedanken spielt sie es durch. Schlüpft durch die aufgerissene Tür, springt hinein. Der Fahrer ist irritiert. Ihr muss ein triftiger Grund einfallen! Eifersüchtiger Ehemann? Häusliche Gewalt? Die Meisten reagieren in solchen Fällen hilfsbereit, da die Wenigsten im Alltag damit in Berührung kommen. Viele Frauen schweigen darüber aus Scham.

Wie wäre es mit einer kranken, sehr naherstehenden Person? Hm. Nicht der *Brüller*! Mehr will ihr nicht einfallen. Darin ist Karoline schon immer hilflos. Eine Schauspielerin ist nicht gerade an ihr verloren gegangen.

Da biegt ein Auto mit untertourigem Motor um die Ecke. Wachen Blickes lässt sie es nicht aus den Augen. Und wirklich hält es am Taxistand. Beherzt geht sie los, verharrt allerdings gleich wieder. Irgendwas stimmt nicht!

Zwei Betrunkene kommen, sich gegenseitig stützend und lallend, aus einer Gasse heraus, gehen zielstrebig zu dem Auto, dessen Fahrer die Tür öffnet. Ein großes Hallo beginnt. der Fahrer ist eine Fahrerin, vermutlich die Frau eines der vom Alkohol zu gedröhnten Mannes. Gestikulierend schimpft sie.

»Deine verflixte Sauferei«, hört Karoline. »Immer das Gleiche mit dir! Wir hatten einen Deal …«

Der Geschasste hat kaum die Chance sich zu rechtfertigen. Vielleicht will er es auch nicht. Stattdessen versucht er es auf die zarte Tour, die aber der Frau jetzt gar nicht gefällt. Kurzerhand holt die aus und klatscht dem Aufdringling eine.

Vom Trubel unbemerkt, kommt ein Taxi an. Karoline spurtet einfach los, die Gunst der Stunde zu nutzen. Im Ausrollen öffnet sie die Beifahrertür, springt hinein.

»Nicht so stürmisch, junge Frau«, kommentiert der Taxifahrer. »Da gibts wohl mächtig Krach, wie?«

»Bitte? Ach ja. Bitte fahren Sie so schnell wie möglich Weg hier! Der Kerl ist verrückt geworden!«

»Sieht eher so aus, als ob die Dame …«

»Sie ist ausgebildet im Nahkampf und schritt ein.«

Der Wagen rollt langsam weiter, denn der Fahrer ist sehr neugierig.

»Der Typ hat ganz schön einen geladen.«

»Der Typ ist mein Mann«, lügt Karoline. »Er hat mich bedroht.«

»Ja der Teufel Alkohol macht aus dem friedlichsten Lamm einen reißenden Werwolf.«

Der Taxifahrer gibt jetzt endlich Gas. Dann schaut er Karoline prüfend an.

»Der hat Ihnen ganz schön zugesetzt, Ma'am!«

»Ja.«

»Sorry, wenn ich das jetzt sage. Aber der Typ ist doch viel zu jung für Sie.«

Daran hat sie noch gar nicht gedacht. Der Kerl mochte um die Vierzig sein, wenn überhaupt.

»Dürfen nur Männer sich jüngere suchen?«

»So meinte ich das nicht, Ma'am. Wirklich nicht.«

Er bläst die Wangen auf. Es gibt eben Kunden, die jedes Wort auf die Goldwaage legen. Wie kommt er da nur wieder aus diesem *Fettnäpfchen* heraus?

Einige Minuten verstreichen, ohne dass ein Wort fällt. Eine prekäre, angespannte Situation.

»Wo soll es denn hingehen, Ma'am?«

Oh Gott! Auch da hat sie keinen blassen Schimmer.

»Erstmal nur weg hier, bitte.«

»Sie sind der Boss!«

Kurz denkt Karoline nach. Als einziger fällt ihr nur Waylon ein, der weiß bestimmt was sie tun können. Sie nennt dem Taxifahrer die Adresse, schaut sich auch nochmal um. Hinter ihnen ist die Straße leer. Alles gut.

Dadurch, dass durch die verspätete Adressenangabe ein nicht unerheblicher Umweg gefahren wurde, kommt das Taxi eine viertel Stunde später am Ziel an. Die Fahrt über bleiben beide stumm. Karoline bezahlt, gibt ein tüchtiges Trinkgeld. Hastig steigt sie aus. Nachdem das Auto außer Sichtweite ist, geht sie langsam zum Gartentor. Noch einmal sich umschauend will sie klingeln. Da greift über den Zaun eine Hand blitzschnell nach ihr. Unfähig einer Reaktion stockt ihr der Atem. Das Gartentor wird blitzschnell geöffnet, während der Griff um ihren Arm eisern zupackt. Ein Ruck geht durch Karolines Körper, der sie in eine Drehung um neunzig Grad versetzt. Dann findet sie sich im Halbschatten wieder; von hinten gepackt und eine mit Hornhaut überzogene Hand hält ihr den Mund zu.

Sechzehn

Ergeben im unausweichlichen Schicksal macht Karoline keine Anstalten sich zu wehren. Dafür ist sie viel zu ängstlich und schockiert, doch noch in die Hände dieses Asiaten gekommen zu sein. Was für einen Fehler hat sie gemacht? Steckt der Taxifahrer etwa auch dahinter? Doch dann wäre die ganze Fahrt vermutlich anders verlaufen.

Darüber den Kopf sich zu zerbrechen ist ebenfalls ein sehr ungeeigneter Zeitpunkt. Weitestgehend ist ihr Schädel eh leer! Sie kann noch von Glück sagen, ausreichend Luft durch die harte Hand zu bekommen. Eine Weile bleibt es still. Was wird der Kerl mit ihr anstellen?

In Schockstarre ist sie ein williges Opfer, stellt Karoline soeben fest. Bewegungsunfähig kann der Typ mit ihr machen was er will. Erschreckend!

›Ich bin doch sonst nicht so‹, denkt sie noch.

»Ganz ruhig jetzt, klar?«, presst der Kerl ihr flüsternd ins Ohr. »Ich nehme gleich die Hand weg.«

Sie nickt verblüfft. Das ist das reinste Englisch, was gesprochen wird. Ist das etwa ein Anderer?

Der Griff um Handgelenk und Mund wird gelockert.

»Ich bin's, Karo«, flüstert die gedämpfte Stimme weiter. »Sie dürfen nichts merken, hörst du?!«

Nochmal nickt sie. Wie versprochen nimmt der Kerl die Hand weg. Langsam dreht er sie um. Mit allem hat sie gerechnet, aber nicht mit ihm!

»WAYLON!«, ruft Karoline überrascht aus. Sofort erhält sie dafür die Quittung und der Mund wird ihr heftig zugedrückt.

Waylon zischt.

»Leise, verdammt.« Er lauscht in die Stille der Nacht. »Sei bloß still! Niemand darf wissen, dass wir hier sind!«

»Was ist denn passiert?«, flüstert nun auch Karoline.

»Das ist eine lange Geschichte. Wie müssen erstmal weg von hier.«

»Warum gehen wir nicht rein?«

»Geht nicht. Los komm!«

Waylon tritt aus den Schatten und kurz vom Schein der Straßenlaterne erleuchtet. Karoline erschrickt über seine Erscheinung. Das Haar ist länger und zerzaust und ein weißer Vollbart umrandet sein eingefallenes Gesicht.

»Was um Gottes Willen …«

Er antwortet nicht. Im Hause werden Stimmen laut. Die Eine könnte Waylons sein.

»Zurück«, raunt er und drängt Karoline nah an die Mauer. Hier warten sie ab. Drinnen findet ein Gespräch statt. Karoline könnte schwören, sie kenne beide Männer.

»Wer sind die da drin?«

»Nicht jetzt. Wir müssen erst einmal weg.«

»Waylon! Ich gehe nicht weg, ehe du mir nicht erklärst, was hier gespielt wird!«

Waylon scheint mit sich zu hadern. Derweilen wird die Haustür aufgeschlossen. Unter der Tür erscheint – Waylon!? Und zwar so wie sie ihn kennt! Was ist hier los? Scheinbar wollte der Waylon in der Tür nur nach dem Rechten sehen, denn er geht wieder ins Haus.

»Und jetzt weg hier«, zischt der langhaarige Waylon und fasst sie hart an. Beinahe rennend verschwinden sie in der Dunkelheit.

Außer Atem wird Karoline von Waylon an der Hand hinter sich hergezogen. Es gibt noch keine Gelegenheit für Karoline mehr zu erfahren. Seit ihrem Aufbruch müssen inzwischen mehr als dreißig Minuten vergangen sein. Unterhalb der Straße schlägt Waylon den Weg über eine Wiese ein, um den anschließenden Wald zu erreichen. Da es dunkel ist, stolpern beide mehr, als sie laufen. Außerdem ist das Gras nass. Zu allem Überfluss fängt es noch zu regnen an.

Erst in den Tiefen des Waldes verringert Waylon das Tempo. Er kennt sich offenbar hier aus. Auf Karolines Fragen reagiert er nicht. Ihr bleibt nichts weiter übrig, ihm zu folgen. Etwas fällt ihr an ihm auf: Er ist überdurchschnittlich fit!

Zahllose Zweige und umgestürzte Bäume versperren den Weg. Gewand überwindet er diese Hindernisse, hilft Karoline auf die andere Seite. Wortlos gibt Waylon die Geschwindigkeit vor. Ändert zielsicher an den richtigen Stellen die Richtung.

»Wo bringst du mich hin, Way?«

Ein weiterer erfolgloser Versuch, wie sich sofort herausstellt. Lang hält sie es nicht mehr aus. Ständig zu gehen, zu stolpern und zu klettern – sie ist doch keine zwanzig mehr! Es reicht. Ihre Kraft lässt rapide nach.

»Wir sind gleich da, Karo«, brummt er beiläufig.

»Du könntest ruhig etwas langsamer gehen. Ich bin fertig.«

»Fünf Minuten noch. Die hältst du doch durch!?«

Das ist alles, was Waylon im Augenblick sagt. Es klingt forsch, ja auch etwas egoistisch. Na ja, es wird schon gewichtige Gründe dafür geben.

Gelogen hat er jedenfalls nicht. In der von Waylon angesagten Zeitspanne verringert er nochmals das Tempo, bedeutet ihr ganz ruhig zu bleiben, indem er sich den Zeigefinger auf die Lippen legt. Dann geht er in die Hocke und kriecht davon. Kaum ein Knacken verursacht er. Geschickt wie ein alter Tramper überwindet er die letzten Meter.

Am Rande einer Lichtung erhebt er sich sichtlich zufrieden. Alles so wie er es verlassen hatte! Das ist gut, sogar sehr gut.

Erleichtert schmunzelt Waylon. Dieser Punkt geht an ihn!

Zwei Minuten danach steht Karoline am selben Platz. Der Mond taucht einen Teil der Lichtung in ein diffuses, magisches Licht. Für ein Mädchenherz ein zauberhafter Anblick. Fehlen nur noch die kleinen Elfen und Trolle.

»Willst du mir nicht endlich sagen was los ist, Way?«

»Gleich«, antwortet er gelassen. »Ich hab fast dein Temperament vergessen.«

Sie stutzt. Was meint er damit?

»Was ist hier los? Wer ist der Kerl in deinem Haus?«

»Geduld, Karo.«

Zwischen mehreren Bäumen entfernt Waylon lose Zweige, die eindeutig etwas verbergen. Karoline denkt sofort an die Army, in der sowas wahrscheinlich alltägliche Routine ist. Schweigend sieht sie zu, ganz in Erwartung, was jetzt zum Vorschein kommt. Lang muss sie nicht warten. Bereits nach den ersten Zweigen, die frisch gebrochen waren und ein volles Blattwerk aufweisen, erkennt sie eine längliche Maschine. Das ist doch der Gleiter aus der Blauen Höhle!

»Erkennst ihn wieder, nicht wahr?« Scheinbar hat er ihre Gedanken erraten. Ohne die Antwort abzuwarten, setzt er hinzu: »Dieses gute Stück arimeanischer Technik hat mir mehrmals das Leben gerettet. Es ist solide gebaut und zuverlässig.«

Hier mitten im Wald wirkt das futuristische Gefährt, dass bereits abertausende von Jahren auf den Buckel hat, mehr als abstrakt. Wie konnte er hier landen? Überall stehen Bäume!

»Komm, Karo. Drinnen sind wir sicher und können ausruhen.«

Ein gut vernehmbares Zischen ertönt und gleichzeitig löst sich eine Luke aus der glatten Oberfläche, fährt einige Zentimeter heraus und entfaltet sich anschließend zu einer vierstufigen Leiter.

»Ladys First«, sagt er lächelnd mit einer einladenden Handbewegung.

Karoline ist nicht wohl bei der Sache, fügt sich aber. Kaum setzt sie den Fuß auf die erste Sprosse, entflammt innen das wohl bekannte türkise Licht. Vorsichtig geht sie weiter hinein. Staunend betrachtet sie die geräumige Kabine, die an ein irdisches Flugzeug nur vage erinnert. Hinter ihr schließt Waylon den Gleiter. An einer, frei im Raum schwebenden virtuellen

Konsole, gibt er einige Befehle ein. Karoline staunt über die Schnelligkeit, mit der er sie ausführt. Er ist kaum wieder zu erkennen.

»Nun wird uns keiner finden«, erklärt er mit rauer Stimme. Endlich kann auch er aufatmen. Das ausgeklügelte Schutzschild-System macht sie für die irdische Technologie unsichtbar. Im Ultraschallbereich ausgestrahlte Freguenzmuster halten auch wilde Tiere davon ab, blind gegen den Gleiter zu laufen. Und solang sie nicht starten, hört sie auch niemand.

Waylon fällt kraftlos in einen Sessel. Durch die langen Haare und den Bart hat Karoline Schwierigkeiten damit, wirklich zu glauben, dass er *der* Waylon ist. Sie erkennt ihn ja noch nicht einmal jetzt richtig …

»Setz dich doch«, sagt er müde. »Und entschuldige meinen Aufzug. Es gab noch nicht die Möglichkeit mich frisch zu machen.«

Jetzt, wo er es direkt anspricht, bemerkt sie den ungepflegten Geruch, den Waylon ausströmt. Erschüttert setzt sie sich ihm gegenüber auf einen Stuhl, dessen weiches Material ihr angenehm auffällt.

»Sorry für die überfallartige Kontaktaufnahme. Tut mir leid, ging aber nicht anders.«

»Was ist denn los?« Ihre Stimme zittert. Waylon ist unheimlich gealtert, seine Augen abgekämpft und glanzlos.

»Ich habe eine große Dummheit begangen. Die gilt es auszumerzen.«

»Welche Dummheit meinst du?« Sofort bereut sie die Frage. Fast klingt es, als hätte Waylon nur Dummheiten gemacht.

»Die Dummheit, jemandem zu glauben, den ich in Wahrheit nicht kenne.«

Er schaut auf seine Armbanduhr, deren Glas fehlt.

»Möchtest du etwas trinken oder essen?«

Karoline schüttelt den Kopf.

»Wo bleibt er nur«, murmelt Waylon kaum verständlich.

»Wen meinst du?«

»Einen Verbündeten.«

»Du brauchst Verbündete?«

»Ja. Jeder braucht sie!«

Deutlich spürt sie Waylons aufkommende Verstimmung.

»Erklärst du es mir?«, fragt sie leise. »Bitte.«

In eine Wand eingelassene Vertiefung stellt Waylon einen Becher, der daraufhin mit einer Flüssigkeit gefüllt wird. Genüsslich trinkt er den Becher leer.

»Ich habe damals versagt«, beginnt er. »Wobei es noch in der Zukunft liegt, von heute aus betrachtet.«

Karoline kann ihm nicht folgen, schweigt aber, da sie befürchtet, seinen Redefluss damit zu stoppen.

»Ich muss verhindern, was ich noch tun werde. Was war ich doch verblendet.«

Ein weiteres Mal füllt sich der Becher.

»Übermorgen werde ich aufbrechen. Ich meine damit mein hiesiges Ich, also den Waylon, den du kennst.«

»Versteh ich nicht.«

»Möchtest du nicht doch wenigstens was trinken? Das Zeug wirkt belebend.«

Ohne abzuwarten stellt er einen weiteren Becher in die Abfüllstation.

»Probier einfach.«

Zögernd macht Karoline einen Schluck. Es schmeckt wie ein Mix aus frischgepresster Orange, Limone und Ananas, dazu prickelt es im Hals. Die kommt nicht umhin, das Gefäß Schluck für Schluck zu leeren.

»Der Waylon, den du vor dich hast, ist inzwischen vierundsiebzig.«

Diese Beiläufigkeit macht Karoline zornig. Kann er nicht mal anständig was erklären?!

»Ich hab mich verändert, Karo. Das ist richtig. Und war notwendig. Sonst wär ich nicht mehr.«

»Wir ändern uns alle, Way. Irgendwie jedenfalls …«

»Es mag seltsam in deine Ohren klingen.«

»Tut es auch. Es gibt so viele Fragen.«

»Ich weiß nicht wie und wo ich beginnen soll«, erklärt Waylon niedergeschlagen. »Vielleicht fragst du einfach.«

»Wer sind die beiden Männer in deinem Haus?«

Eindeutig versteht Karoline nicht.

»Das bin ich und der Dakota.«

»Du? Wie kann das sein?«

Ihre Augen schauen ihn mädchenhaft naiv fragend an.

»Es ist mein derzeitiges Ich. Das aus dieser Zeitebene.«

Karoline hebt abwehrend die Hände.

»Das ist unmöglich«, erhebt sie nun die Stimme. »Erzähl mir doch nicht so ein Märchen! Es muss doch eine einfache Erklärung geben!«

»Das ist auch ganz logisch, Karo.« Er bleibt eigenartig gelassen und ruhig. »Nur weil du es nicht begreifst, muss es nicht unlogisch sein. Und für Märchen hab ich keine Zeit.«

Unbeholfen springt sie auf.

»Du mit deinen schwachsinnigen Ebenen und Zeitgelaber!«

Vor Erregung beben ihre Nasenflügel; ein untrügliches Zeichen wallenden Zorns. Aufgeregt geht sie auf und ab. Die letzten Stunden waren einfach zuviel! Und Waylon ist auch nicht die Hilfe, die sie sich vorstellt – ja wünscht!

»Was für einen ›Fehler‹ hast du eigentlich gemacht?«

»Ich habe mich vom Dakota einwickeln lassen.« Ausführlich erzählt er Karoline von dem Gespräch und den Enthüllungen des Gewahrers. Er lässt nichts aus, auch nicht das Mr Dako sein Erzeuger ist. Schlussendlich umreißt Waylon die alte Legende des »Mutterkristalls«, den er nie fand.

»Wir sind damals, also in meiner Zeit vor acht Jahren, gemeinsam aufgebrochen nach Arimea. Das ist der älteste Planet auf dem es hoch entwickeltes Leben gibt. Dort ist alles übertechnologisiert. Erinnere dich an den Stützpunkt, Karo!

Uridräo war *nichts* dagegen!«

Er macht ein Pause. Karoline spürt wie mürbe ihn dies macht. Und hilflos.

»Wir haben alles abgescannt, den gesamten, verfluchten Planeten. Kein Hinweis auf den ›Mutterkristall‹. Die Legende ist und bleibt nur das was sie immer schon war: Ein altes Märchen.

Wir zerstritten uns. Ich habe ihn nie als wirklichen *Vater* akzeptieren können. Er ist dies nur der Biologie halber. Mehr nicht. Mein Dad bleibt der Mann meiner Mutter. Dies wiederum missfiel den Dakota. Also trennten wir uns, diesmal für immer. Seine Tage waren gezählt.

Einige der wenigen Rebellen auf Arimea, die das System leid sind und keine Zukunft darin sehen, fanden mich in einem schrecklichen Zustand. Sie päppelten mich wieder auf und lauschten meinen Geschichten von der Erde, unserer Geschichte und dem Leben hier. Als sie dann den Grund für meine Anwesenheit auf Arimea erfuhren, schmiedeten wir einen gewagten Plan, der auch das Ende der Gesellschaft und Kultur ihres Planeten herbeiführen würde.

Und dann tauchte Aiden auf. Beinahe hätten wir ihn überzeugen können. Doch der Scheißkerl ist borniert! Für ihn zählen nur die Errungenschaften und deren Erhalt. Tage später griff er uns an. Mit einem Zeittransmitter gelang mir die Flucht. Erst dachte ich, ich könnte mit meinem Wissen die Lage ändern. Also sprang ich auf Arimea in der Zeit zurück. Doch es war alles vergebens. Sinnlos in die Geschichte einzugreifen. Eingefahrene Verhältnisse sind nur schwer zu verändern. In diesem Fall unmöglich.

Nachdem Aiden das zweite Mal auftauchte, wurde ich verletzt. Dafür kamen aber auch andere mit dem Leben davon. Mein Zustand besserte sich Dank der fürsorglichen Pflege besonders einer Person. Sie hätte meine Enkelin sein können. Ihre Zuneigung mir gegenüber war nicht zu übersehen; ich ignorierte dies. Und als ich wieder soweit hergestellt war, verschwand ich umgehend mit der Glaskapsel.

Ich konnte nichts mehr tun. Es war vorbei. Alles was ich anpacke und entscheide, endet im Verderb und Tod. Deshalb bin ich hier. Um mein jetziges Ich abzuhalten von der größten, sinnlosesten Torheit meines Lebens.«

Waylon war während seines Berichts in sich zusammmen gesunken. Was hat er alles erlebt und durchgemacht! Karoline würde ihn am liebsten tröstend in den Arm nehmen. Doch dies ist nicht *ihr* Waylon! *Ihr* Waylon war zugänglicher, nicht so verhärtet.

»Und jetzt bist du hergekommen, um dich abzuhalten. – Wie willst das bewerkstelligen? Willst du dich besuchen und dir ins Gewissen reden?«

»Du kennst mich, Karo. Ich mich aber besser. So einfach geht das nicht. Dafür brauche ich Verbündete. Leider konnte ich keinen der drei Wächter auf Uridräo retten. Auch dies misslang. Also gibt es keinen, den mein hiesiges Ich kennt und vertrauen wird.«

»Wer ist der, auf den Du wartest?«

»Erinnerst du dich noch an mein Versprechen, das ich Claire gegeben habe? Einen Teil konnte ich erfüllen.«

»Du meinst, Rebecca ist bei dir?«

»Nein, Karo. Sie konnte ich auch noch nicht aus ihrer Zeit lösen.«

Karoline ist erschüttert. In ihrem Kopf dreht dich alles.

»Wer dann?«

Waylon lächelt.

»Riley Mortimer Scott, Claire's Vater.«

Siebzehn

Wie aufs Stichwort zischt die Außenluke und Riley betritt den Gleiter. Er mag Ende Zwanzig sein, macht einen gut situierten und gepflegten Eindruck. Das er nicht aus dem einundzwanzigsten Jahrhundert stammt fällt nicht weiter auf. Im Gegensatz zu den alten Waylon ein schöner, interessanter Mann. Wäre Karoline um einiges jünger, könnte sie sich mehr vorstellen.

»Ist sie die Frau?«

Waylon bejaht.

»Das ist Karoline«, stellt er sie förmlich den Neuankömmling vor. »Und das ist Riley Scott.«

»Kann ich dich sprechen, Waylon?«

»Sicher, Riley.«

»Unter vier Augen …«

Eine weitere Luke gleitet auf. Darin verschwinden beide Männer und fangen an, heftig miteinander zu flüstern. Indes bleibt Karoline sitzen, genau wissend, dass es um sie geht. Neugierig schaut sie durch die Öffnung. Riley erscheint erbost und spricht eifrig auf Waylon ein.

»… keine gute Idee …«, schnappt Karoline auf.

»Sie ist die einzige, der ich vertraue in dieser Zeit«, rechtfertigt sich Waylon, nicht weniger streitsüchtig. »Uns bleibt keine andere Wahl!«

Ihr kommt ein schrecklicher Gedanke. Sollten die beiden etwa glauben, Karoline für deren Ziele einsetzen zu können? Dazu hat sie keine Lust! Sie holt doch nicht fremde Kohlen aus dem Feuer! Wenn niemand etwas ändern kann, dann sie schon gar nicht!

»Du weißt, was auf den Spiel steht?!«

Riley nickt.

»Dann vertrau mir. Nur dieses eine Mal noch.«

›Schade, dass es keine Fenster gibt‹, geht es durch Karolines Kopf. ›Dies wäre eine wahre Aufwertung des Gleiters.‹

»Sorry, Karo. Aber es ist spät geworden. Ich zeige dir deinen Schlafplatz.«

Was? Sie soll hier übernachten? Eine Horrorvorstellung!

»Ich will nach Hause«, sagt sie genervt. »Ich kann nicht bleiben! Geht nicht!«

»Und was ist mit deinen Verfolger?«

Das sitzt!

»Woher …«

»… ich das weiß? Durch eine meiner *Morgenreisen*. Oder warum glaubst du, bin ich hier?«

Das schlägt doch dem Fass den Boden aus! Dieser Mistkerl!

»Karo, bitte! Nur eine Nacht. Morgen besprechen wir alles und du allein wirst entscheiden.«

Der aufsteigenden Wut kann sie nicht viel entgegen setzen. Es fehlt nicht viel und sie explodiert! Nur Waylons warme Stimme und sein verständnisvoller, flehender Blick hindern sie daran auszuflippen.

»Ich entscheide ganz allein und ohne Druck?«

»Versprochen.«

Einige Zeit lässt sie Waylon im unklaren. Es gefällt ihr, ihn zappeln zu lassen wie einen Fisch an der Angel.

»Wo schlafe ich?«

Trotz der unbequemen Lage schläft Karoline durch bis zum nächsten Morgen. Sie fühlt sich zwar gerädert, aber immerhin ausgeruht. Waylon hat sie in den Laderaum verfrachtet; kein Luxuszimmer, doch wenigstens ist sie allein. Eine zeitlang braucht sie, um zu sich zu kommen. Alles fühlt sich so unwirklich an. Ist es ein Traum? Der langhaarige und langbärtige Waylon etwa – das *kann* nur ein Traum sein! Doch als sie den Laderaum genauer betrachtet, kommen ihr berechtigte Zweifel.

Die Luke ist geöffnet. Ein Glück, denn Karoline kann sie nicht bedienen. Wenigsten dafür ist sie Waylon dankbar. Wo steckt der überhaupt? Diese Stille versetzt sie in Angst. Die

Vorstellung, allein in diesem *Ding* zu sein, nicht zu wissen ob und wann man herauskommt oder was geschieht, macht ihr Gänsehaut.

Weder Waylon noch dieser Riley sind auffindbar. Eine Situation, die das beängstigende Gefühl weiter nährt. Im Stich gelassen in einem fremden Gefährt, deren Bedienung ihr nicht obliegt, setzt dem eine Krone auf! Erneut keimt Wut auf. Wut auf Waylon, auf den beknackten Kristall, diesem Gleiter hier – ja auf ihr ganzes besch… Leben!

Tränen hilflosen Zorns trüben ihre Augen. Wie ein kleines Mädchen hockt sie sich in eine Ecke, zieht die Beine an und umschließt sie mit beiden Armen. Leicht wippt sie hin und her, summt irgendein Lied. Dadurch entrückt sie der Realität ein Stück.

»Du bist schon wach?« Unbemerkt betritt Waylon den Laderaum. Verstört schaut Karoline auf.

»Wie spät ist es denn?«

»Gerade mal sechs Uhr.«

»Ziemlich früh«, versucht sie zu scherzen, doch das angedeutete Lächeln erstirbt. »Kaffee gibts wohl nicht …«

»Nein. Den gibt es nicht.«

Verstehend nickt sie enttäuscht.

»Wie gehts jetzt weiter?«

Er atmet hörbar ein.

»Der einzige Mensch, dem ich vertraue, bist du, Karoline«, beginnt er. Immer wenn er etwas von ihr wollte, als sie noch verheiratet waren, nannte er sie beim vollen Namen. Geduldig lässt sie es über sich ergehen. »Jedenfalls seitdem wir uns wieder freundschaftlich angenähert haben.«

»Schön zu hören«, erwidert sie kühl.

»Der Waylon, den du kennst, wird dir vertrauen. Daran gibt es keinen Zweifel. Auch wenn er anfangs dir vielleicht nicht glauben wird. Ich gebe dir einige Fakten, die nur er wissen kann. Ich, beziehungsweise *er*, hat mit niemanden darüber gesprochen. Es *kann* also niemand Bescheid wissen.«

»Du, ich meine er, wird seltsam reagieren.«

»Je mehr du weißt, umso besser. Wie gesagt, ich vertraue dir, Karo.«

»Du oder der aus meiner Zeit?« Sie kann nicht glauben, was sie da sagt. Vermutlich glaubt ihr Unterbewusstsein diesem Waylon, der gerade vor ihr steht und mit dem sie spricht.

»Wir beide, Karoline. Es hat sich nie etwas geändert.«

»Das hast du mir nie gesagt, Way.«

»Ich wollte es, aber du kennst das ja. Der innere Schweinehund …«

»Wohl eher vor der eigenen Courage … Und Angst …«

»Wie immer hast du Recht«, bestätigt er lächelnd.

Schweigend vergehen unzählige Minuten. Und dieses Schweigen erzählt mehr und ist voller Wärme erfüllt, wie selten zuvor. Das einst vorhandene Vertrauen kehrt nach jahrelanger Abwesenheit zurück …

* * *

›Schon interessant, was mir Waylon anvertraut hat‹, denkt Karoline nachdenklich. Wider ihrer Natur entschloss sie sich am Ende doch, Waylon »Langbart« zu helfen. Seine Erzählung klingt logisch und einleuchtend. Und irgendwie empfindet sie doch noch etwas für diesen Mann. Nur das es ihn zweimal gibt irritiert. Dies zu begreifen übersteigt momentan ihren geistigen Horizont. Sicher, der gemeinsame Aufenthalt auf dem Stützpunkt fand statt! Dies in Abrede zu stellen ist töricht und mehr als naiv. Aber trotzdem …

Im Gegenzug verspricht Waylon, sich um den Asiaten zu kümmern, der Karoline offenbar observiert. Waylon und Riley setzen sie daraufhin dreißig Stunden später in der Nähe von Waylons Straße ab. Die letzten Meter geht sie zu Fuß. Es gilt nicht aufzufallen; weder die Nachbarn noch Waylon selbst sollten keinerlei Verdacht schöpfen.

Ein weiterer Umweg führt Karoline über einen Trampelpfad von der Straßenrückseite. Wenn sie sich nicht täuscht, käme sie an Elionors Garten vorbei. Bei dieser Gelegenheit will sie bei der alten Dame kurz vorbeischauen. Vielleicht erfährt sie etwas, was sie weiterbringt.

Durch ein Loch in der Hecke erhascht sie einen Blick auf Elionors Grundstück. Von ihrem Standpunkt aus ist die Terrasse nur halb zu überblicken; Terrassentür und Sitzecke werden von dem alten Schuppen verdeckt.

›Schade, sie scheint nicht da zu sein‹, denkt Karoline enttäuscht. Sie versucht durch ändern des Blickwinkels mehr zu sehen, was allerdings nur eingeschränkt gelingt. So wendet sie sich ab und geht ein paar Schritte weiter.

Der Pfad liegt im Halbschatten. Trotz des diesigen Wetters gibt es eine harte Linie zwischen Hell und Dunkel. Dadurch wird Karoline ein wenig vom Gegenlicht geblendet, was sie als unangenehm empfindet. Dazu muss sie aufpassen, wohin sie tritt. Äste und verwilderter Graswuchs behindern sie. Immer wieder rutschen die Füße ab oder verheddern sich im Gestrüpp der verfilzten, oft bis zur Hüfte reichenden Gräser. Das krasse Gegenteil, zu den nur durch die Hecke getrennten, sehr gepflegten Anlagen.

Plötzlich nimmt sie einen Lichtblitz wahr, jedenfalls glaubt sie es zuerst. So einen zum Beispiel, wenn der Blitz einer Kamera auslöst. Ein Gewitter schließt Karoline aus. Wäre da nicht dieses monotone Geräusch gewesen, hätte Karoline dies wahrscheinlich ignoriert und als Täuschung abgetan. Doch so schleicht sie zurück und sieht noch einmal durch das Loch im Dickicht.

Ihr schlägt eine seltsame Kälte entgegen, die durch und durch geht. Eben war dies nicht so! Was geht da drin vor? Ist etwas mit Elionor geschehen? Gar etwas schreckliches?

Neben der Temperatur fällt Karoline noch etwas auf. Sie kann sich genau erinnern, dass die Tür des Geräteschuppens kaputt ging, als sie Waylon öffnete. Jetzt hängt dort eine Neue! Auch der Schuppen selbst hat eine Generalüberholung erfahren. Kaum vorstellbar, dass Elionor soviel Energie in die Bruchbude steckt!

Ein seltsamer Strudel entsteht vor Karoline in der Luft. Das Haus, der Garten, ja sogar das Buschwerk verschwimmen ineinander. Ihr wird übel und sie muss sich festhalten. Panik erfasst sie. Tief holt sie Luft, atmet ebenso tief wieder aus. Dabei schließt die die Augen. Mit den Händen umklammert Karoline krampfhaft das feine Geäst. Jeden Moment droht sie den Boden zu verlieren. Als sie mehrmals hintereinander die Augen schließt und öffnet, entsteht ein milchiger, undurchdringlicher Nebel, der wie eine Dunstglocke alles verschlingt. Umweltgeräusche absorbiert er genauso. Karoline glaubt sich in einem Tunnel. Nur umgeben von diesem dicken, feuchten Nebel. Ein Entrinnen ist unmöglich. Glücklicherweise lässt der Schwindel nach.

Die Luftfeuchtigkeit steigt enorm an. Es ist drückend. Wo eben noch Elionors Haus stand, dringt ein tiefroter tänzelnder Schein heran. In weiter Ferne schreit jemand. Während der Nebel auseinander stiebt und ganze Fetzen davon sich einfach in Luft auflösen, wird die Sicht besser. Kurz darauf erkennt Karoline den Grund für die Röte: Ein wild tobendes Feuer! Soweit sie schauen kann brennt es. Menschen streben panisch an ihr vorüber. Die Gestalten lassen sich nur erahnen.

Beißender Geruch von verbannter Erde nimmt ihr den Atem. Hustend sucht sie etwas, was sie vor die Nase halten kann. Die Hitze wird immer extremer. Ein Kind scheint Feuer gefangen zu haben. Aus dem langen Haar und Kleidung züngeln größer werdende Flammen. Karoline ist geschockt. Niemand will dem Mädchen helfen! Jeder ist mit sich selbst beschäftigt! Sie reißt sich ruckartig aus der Erstarrung.

Es ist ein Mädchen, vielleicht sechs Jahre alt. Es schreit gegen die Feuersbrunst an. Einige Männer versuchen mit Holzeimern den Brand zu löschen. Doch bereits auf dem Weg vom Fluß bis hierher waren die Eimer nur noch halbvoll. Ein Tropfen auf dem heißen Stein!

Das Mädchen rennt hin und her. Nicht ein Einziger der Umstehenden nimmt von ihm Notiz. Karoline kommt näher, bekommt das Kind zu fassen. Fast zeitgleich entreißt sie einem schmächtigen Knaben den Wassereimer, schüttet den Inhalt kurzerhand über das Mädchen. Der Knabe greift nach dem Eimer.

»Bring mir noch einen!«, schreit sie. Aus dem Blick erkennt Karoline, dass der Junge nicht begreift. »Wo ist das Wasser her?«

Apathisch hebt der Knabe einen Arm.

Karoline packt das wimmernde Mädchen, trägt es in besagter Richtung, in der nach zweihundert Metern der Fluß liegt. Fluß ist übertrieben! Es handelt sich lediglich um einen seichten Bach. An einer tieferen Stelle schöpft ein alter Mann umständlich Wasser. Ohne weiter nachzudenken, stößt Karoline ihn auf die Seite und legt das Mädchen ins Wasser, taucht es ein paar Mal unter.

»Komm, meine Kleine. Jetzt ist alles gut.«

Mit verzogenem Gesicht stapft das Mädchen, von Karoline an der Hand geführt, aus dem Bach. Von dem einst schönen langen Haar ist mindestens die Hälfte versengt. Auch die einfache Kleidung weist etliche Brandlöcher auf. Aber es lebt!

Stumpfsinnig schöpft der Mann weiter das Wasser, umständlich wie vorher. Karoline sieht viele erschöpfte Frauen und Kinder unter den Trägern. Jeder achte ist ein Mann, meist in jungen Jahren. Wo sind die anderen?

Eine verschmutzte Frau kommt weinend angelaufen. Erblickt das Mädchen, schlägt die Hände vors Gesicht.

»Eli, meine kleine Eli!«, schreit sie, mit einer sich vor Glück überschlagenen Stimme.

Sie scheint es noch nicht fassen zu können. Anscheinend hatte die Mutter des Mädchens schon mit dem Schlimmsten gerechnet. Immer wieder schlägt die Frau die Hände vors Gesicht, als würde sie das Unfassbare nur träumen. Dann drückt sie ihr Kind mit inniger Wucht an sich.

Karoline kämpft ebenfalls mit den Tränen. Ein kleines Leben konnte sie retten. Wieviele mögen es nicht geschafft haben?

Es ist unmöglich die Flammen zu löschen. Mittlerweile sehen es auch die Anwohner ein, denn nur noch wenige Hetzen mit den Eimern an den Rand der Feuerhölle.

»Eli, meine Eli!«, hört Karoline die Frau rufen. Das Mädchen schielt zu ihr herüber. Karoline glaubt einen dankbaren Blick zu erkennen, aus Augen, die ihr sehr bekannt vorkommen …

Das Feuer hat die Holzbalken soweit geschwächt, dass die Last nicht länger tragbar ist. Krachend stürzt das Gebäude in sich zusammen. Der darauffolgenden Funkenflug droht nun anschließende Häuser zu entfachen. Die Umstehenden sehen ängstlich den Funken zu, wie sie durch die Luft getragen werden, wobei die Kleineren unter ihnen erlöschen. Knisternd und krachend verbrennen die Reste des Hauses. Ein klägliches Jaulen ertönt von irgendwoher, was sogleich wieder verstummt.

Die gespenstische Szene nimmt Karoline nur widerwillig auf. Ja sie hat das Mädchen vor den Flammentod gerettet, dennoch fühlt es sich an, als sei sie Zuschauer in einem Theaterstück. Sie schaut in den verrußten und erschöpften Gesichtern. Und plötzlich trifft ihr Blick ein wohl bekanntes Augenpaar.

»Der Langbart«, murmelt sie leise. Das kann doch nicht sein! Was will denn Waylon hier?

Er nickt, um Karoline verstehen zu geben, auch er habe sie erkannt. Dann deutet er mit den Kopf in eine bestimmte Richtung. Was soll das denn jetzt? Da er diese Bewegung unentwegt wiederholt, sucht sie mit den Augen nach etwas auffälligen. Doch da ist nichts! Was will er nur?!

Ein Atemzug später erblickt Karoline den Grund dafür: Der geheimnisvolle Asiat im verdächtig Vertrauten Tuscheln mit Mr Dako!

Sie erschrickt dermaßen, dass sie einer Ohnmacht recht nahe kommt. Ohne zu wissen wie, steht Waylon direkt neben ihr.

»Kehre zurück, Karo«, raunt er ihr ins Ohr. »Drako wollte mit dieser Maßnahme hier damals Elionor aus den Weg schaffen. Du hast sie gerettet!«

Nun knicken ihr die Beine doch ein. *Was hat er gerade gesagt?*

»Kehre in deine Zeit zurück! Hier bist du in Gefahr!«

Aber wie soll das denn gehen?

Träge wendet Karoline den Kopf. Kein Zweifel, dort steht Mr Dako! Offenbar hat er sie noch nicht entdeckt! Doch was hat der mit dem asiatischen Typen zu schaffen?

»Way, bitte hilf mir …«, haucht sie kaum hörbar. Und dann versinkt alles in diesen schweren, mysteriösen Nebelstrudel …

Achtzehn

Sie schlägt die Augen auf. Ein kurzes Schläfchen zwischendurch hat etwas kräftigendes. In letzter Zeit ist daran allerdings kaum zu denken. Erst als dieser Dako aufgetaucht ist, fand sie sich wieder. Ein herrliches Gefühl, wieder am Leben aktiv teilzunehmen! Früher hätte sie gebetet. Heute dagegen ist ihr Weltbild ein völlig anderes. Umgewälzt durch Ereignisse, die es im bisherigen Glauben nicht geben dürfte!

Jedoch bedrückt Elionor im Moment etwas ganz anderes. Sie hatte eben einen beängstigenden Traum gehabt. Einer von der Sorte, die lange nachwirken und man weiß nicht genau weshalb. Von ihrer Mutter hat sie darüber erst kurz vor deren Tod erfahren. Elionor wäre beinahe als knapp Sechsjährige den Flammen zum Opfer gefallen. Davon handelte der plastisch-realistische Traum. Sie roch den Rauch des Feuers. Spürte die Hand der fremden Frau, die die Flammen löschte und sie in den

Bach legte, dessen Wasser ihre Brandblasen kühlten. Elionor hat auch noch Mr Dako gesehen, später, nachdem die Fremde einfach verschwunden war und niemand kannte ihren Namen.

Komisch nur, gerade jetzt davon zu träumen!

Gleichzeitig verspürt Elionor einen ungeheuren inneren Antrieb wie schon lange nicht mehr. Frisch und ausgeruht steht sie auf. Anders als sonst geht sie zur Terrassentür und öffnet diese. Der alte Geräteschuppen mit der kaputten Tür stört sie schon seit längerem.

›Der kommt weg‹, kommt es ihr in den Kopf. Schließlich braucht sie ihn nicht länger. Einmal im Monat kommt ein Gärtner, der sich darauf spezialisiert hat, die Gärten älterer Menschen in Schuss zu halten. Und mit seiner Arbeit ist Elionor durchaus zufrieden.

›Der bekommt von mir den Sonderauftrag, den Schuppen abzureißen und zu entsorgen.‹

Die angenehme Luft erweckt in der alten Dame weitere Energien. Sie könnte Bäume ausreißen! Lächelnd geht die zu den Schuppen, holt die noch brauchbaren Geräte heraus und greift nach dem Hammer, dessen Gewicht durchaus in die Arme geht.

»So, du alte Bretterbude«, ruft sie. »Das war's dann wohl.«

Kraftvoll holt Elionor aus. Mit einer ihr nicht zuzutrauenden Wucht und Geschicklichkeit trägt sie Stück für Stück ab. Kurz darauf wankt die erste Wand, die mit dem nächsten Hieb in sich zusammenbricht. Das Dach schaukelt verdächtig, hält jedoch. Ein prüfender Blick zeigt Elionor, wo sie jetzt zuschlagen muss, um unbeschadet zu bleiben. Krachend Brechen die morschen Bretter, geben bald dem Druck des Daches nach. Gewandt springt Elionor auf die Seite.

»Das macht ja richtig Spaß«, lacht sie freudig.

Brett für Brett hebt Elionor auf und stapelt sie in der hinteren Ecke auf. Hier stören sie nicht und stehen auch nicht im Weg. Etwa eine Stunde braucht sie. Vom ehemaligen Schuppen zeugt nur noch die kahle, graslose Fläche.

Ein bisschen erschöpft ist sie, aber sehr zufrieden und auch stolz! Nicht ganz zum »Alten Eisen« zu gehören ist aufbauend und sehr beruhigend! Glücklich betrachtet sie ihr Werk und schmunzelt. Wie wird Sophie reagieren, wenn sie das sieht? Aus dem Schmunzeln wird ein Lächeln. Oder der Gärtner? Laut erschallt ein befreiendes, völlig entspanntes Lachen.

»Ich bin da!«

Es ist ein wundervolles Gefühl von Lebensfreude. Meist sind es die kleinen Dinge, an denen man die meiste Freude hat. Doch Elionor hat eine Leistung erbracht, die so manchen Enddreißiger in den Schatten stellt.

»Mit mir muss man eben noch rechnen«, sagt sie selbstgefällig und macht eine Siegerpose.

In diesem Augenblick hört sie ein leises Stöhnen. Elionor hält die Luft an und lauscht. Ja, da stöhnt jemand verhalten! Nur wo? Im Garten ist niemand. Kann nur hinter der Hecke sein, außerhalb des Grundstückes.

»Irgendwo haben wir doch eine verborgenes Tor«, erinnert sich Elionor vage. Ihr Mann hatte gleich nach dem Einzug einen schmalen Ausschnitt in den Zaun gesägt. Damals war der Außenbereich ebenso gepflegt wie das Grundstück. Jeder half mit, achtete auf Sauberkeit. Später übernahm die Gemeinde diese Arbeiten. Doch bald fehlte dafür das nötige Geld. So verwilderte das Land und wurde zu einem wahren Biotop.

Genau erinnern kann sich Elionor nicht. Seitdem sind schließlich über sechzig Jahre vergangen! Die Hecke ist mehr als zwei Meter hoch und dicht gewachsen. An einer Stelle allerdings ist der Wuchs spärlicher. Klopfenden Herzens zieht sie die Äste auseinander. Dahinter entdeckt sie stark verrostete Scharniere. Weiter rechts befindet sich das ebenso vom Rost überzogene Schloß.

Genau wissend, wie vergebens es ist, dass Türchen zu öffnen, versucht sie es dennoch. Quietschend und schwergängig lässt sich der Drücker betätigen. Zu ihrer Überraschung springt die Schlossverriegelung auf und das Tor ächzt befreit auf.

›Nicht abgeschlossen? Sollten wir es vergessen haben?‹

Von Statur klein und schlank zwängt sich Elionor beinahe mühelos durch die Hecke. Im meterhohen Gras sieht sie eine Spur. Ihre Halsschlagader pulsiert im Takt des Herzens. Es ist schon etwas anderes hier draußen zu stehen, als sich im vertrauten sicheren Bereich. In kleinen Schritten folgt sie den niedergedrückten Gräsern. Und ihr wird ziemlich mulmig, als sie einen Körper auf dem Boden entdeckt.

Instinktiv bleibt Elionor stehen.

»Hallo?«

Der Kleidung und Figur nach ist es eine Frau, die mit dem Gesicht nach unten regungslos daliegt.

Im gebührenden Abstand ruft die noch einmal »Hallo«. Keine Reaktion. Von einem Knacken, das von einem Baum stammt, aufgeschreckt, schaut sie sich ängstlich um. Man hört ja so einiges heutzutage! Die Medien sind voll mit derlei Berichten. Erst letztens erzählte im Heim eine von einem Typen, der ältere Damen auflauerte und dann beraubte. Nach einem Raub sieht es nicht aus; dafür gibt es zu wenig Spuren.

Erleichtert geht Elionor einen Schritt weiter vor. Eindeutig stöhnt die am Boden Liegende. Vorsichtig und zitternd berührt Elionor die Frau. »Miss? … Miss!«

Außer einem weiteren Stöhnen passiert nichts. Sich überwindend dreht sie die reglos Daliegende auf die Seite.

»Himmel! Karoline!«

* * *

»Ihr Blutdruck ist normal, Mrs Pepper«, erklärt der Notarzt. »Sie braucht etwas Ruhe. Die Kochsalzlösung stärkt ihren Kreislauf.«

»Das ist gut, Doktor.«

»Sie ist ein Familienmitglied?«

»Nein, aber eine gute Freundin. Kein Problem, sie kann hier bleiben.«

»Wenn sie aufwacht und es ihr übel sein sollte, geben Sie ihr einfach eine hiervon, Mrs Pepper.« Der Doc drückt ihr zwei längliche Tabletten in die Hand und verabschiedet sich. Nun heißt es abwarten.

Was machte Karoline nur hinter dem Zaun? Und weshalb brach sie zusammen? War vielleicht eine *Vision* dafür verantwortlich, die ihr die Kräfte raubte?

Auf dem Stützpunkt erlebte sie Waylons *Vision* live mit. Und sie selbst hatte auch schon eine.

Karoline stöhnt laut auf, formt mit den Lippen stumme Worte. Ihr Kopf geht währenddessen hin und her. Einige Male wiederholt sich das Ganze, dann schlief Karoline ruhig weiter.

Die Haustür geht auf.

»Mum? Ich bin's!«

Elionor springt auf und geht Sophie entgegen.

»Nicht so laut«, wispert sie und schließt die Tür zum Wohnzimmer. »Komm in die Küche.«

»Aber was ist denn …«

Die alte Dame zieht ihre Tochter mit sich.

»Karoline schläft.«

»Was will die denn hier?«

»Sei doch etwas leiser, Sophie.«

Elionor erzählt was passiert war. Während sie berichtet, kommen ihr die Bilder des Traumes wieder in den Sinn. Eine Ahnung beschleicht sie, die sie frösteln lässt. Mitten im Satz bricht Elionor ab.

»Was ist denn, Mum? Du bist ja ganz blass!«

Zögernd sagt Elionor gedehnt: »Das ist sie …«

»Was meinst du?«

Die alte Dame schüttelt kurz den Kopf, als wolle sie etwas abschütteln.

»Mum! Bitte, du machst mir Angst!«

Um Elionors Lippen huscht ein Lächeln.

»Sie hat mich damals gerettet, Sophie! Jetzt ergibt so manches einen Sinn!«

Neunzehn

Der in dieser Zeitebene ansässige Waylon sitzt im Wohnzimmer und denkt über das nächtliche Gespräch mit dem Dakota nach. Sein Erzeuger ist gegen Mitternacht spurlos verschwunden; sicherlich mithilfe des Transmitters. Waylon ist das egal. Je länger er in der Nähe des Indianers ist, umso fremder wird dieser ihm. Er kann sich auch nicht vorstellen, was er als Kind an den Alten fand. Klar – Kleinkinder sind schnell zu begeistern, wenn die Chemie stimmt. Neugier öffnet viele Türen! Und Unbefangenheit ist der Antrieb zu neuen Erfahrungen.

Das Gerede des Dakota und dessen ständige Versuche, Waylon zu überreden, zehren an den Nerven. Er fühlt sich zu etwas gedrängt, was er nicht will! Das kennt er in solch einem Ausmaß nicht! Diese Taktlosigkeit schmälert einstiges Vertrauen. Solche Menschen haben in seinem Leben nichts zu suchen! Von denen distanziert sich Waylon, hält sie auf gebührenden Abstand. Hilft alles nichts, gibt es das letzte Mittel, sie einfach zu ignorieren und wie Luft zu behandeln. Auf der Kehrseite wirkt man dann zwar als arrogant, doch auch dies stört nicht wirklich.

Waylon geht in den Garten. Die Glaskabine steht noch am selben Platz. Ihm fehlt der Mohrenmaki, den der Dakota nach seinem Auftauchen mit sich genommen hat. Der Kleine ist ihm ans Herz gewachsen. Hatte er früher noch gedacht, das Tier befände sich bei seiner Familie, schmerzt das Wissen über den wahren Verbleib. Für Waylon gibt es keine Möglichkeit, den Maki zu sich zu holen. Außer natürlich über den Dakota.

Wie mag es Karoline gehen? Auch sie fehlt ihm. Der Mensch ist eben ein Gewohnheitstier. Soviel Sophie ihn auch reizt, kann er sich ein Leben ohne Karoline nur schwer vorstellen. Sie versteht ihn wie kein anderer. Mit ihr kann er diskutieren, philosophieren und auch schweigen. Es gibt keine hochgestellten Erwartungen, die sowieso nicht erfüllt werden.

Er würde sie am liebsten anrufen. Jetzt sofort! Mit diesen Gedanken macht er kehrt. Im Flur nimmt er im Vorbeigehen das Mobilteil und wählt. Unzählige Male ertönt das Rufzeichen. Aber Karoline ist nicht da. Bedrückt trennt er die Verbindung.

Alles wirkt auf einmal bedrückend! Das Haus, der Dakota, die Glaskabine.

»Ich muss an die Luft!«

Ehe sich Waylon versieht ist er auf den Weg in den Park. Sein Ziel ist der Lieblingsplatz unter dem gigantischen Baum auf der verwitterten Bank. Damals ärgerte er sich über diese zwei *Quasselstrippen*, die den neuesten Klatsch austauschten. Heute ist es friedlich. Das Blätterrauschen begrüßt ihn wie immer. Vereinzelte kleine Nebelbänke werden von der Sonne aufgelöst. Tau widerspiegelt das Licht im traumhaft verzauberten Funkeln. Hier steht die Zeit still.

Die Bank ächzt und hält immer noch. Im Wind säuselnde Blätter untermalen den Aufenthalt sanft melodiös. Den Gleichklang mit der Natur aufnehmend, schließt Waylon verzückt die Augen. Vergessen sind die kleinen wie auch die größeren Probleme. Ein Hort der Zufriedenheit und Einkehr.

Treibende Gedanken blitzen auf, geben einen Moment den Blick frei, um kurz darauf weiterzutreiben. Immer rascher wechseln gespeicherte Szenen und Bilder. Die Sprünge zwischen den einzelnen Orten gesammelter Erinnerungen sind zweitrangig, fallen nicht auf. Es mag verwundern, dass es hierbei ausschließlich um positive Dinge in Waylons Leben geht. Liegt es an der friedlichen Aura des alten Baumes?

Auffrischender Wind spielt in des Baumes Krone. Das monotone Blätterrauschen schwillt an, gipfelt in einer melodischen selbstfindenden Harmoniefolge. Es scheint, einzelne Blätter übernehmen dabei den Part einer Harfe. So entsteht im Geiste die Sinfonie des singenden Baumes.

Davon getragen verliert Waylon das Zeit-Raum-Gefühl. Schwebt körperlos in unbekanntes Gefilde empor, ohne Angst abzustürzen. Aus dem Wechselspiel der Bilder entsteht eine statische, noch nie gesehene Szenerie. Keine menschliche Fantasie reicht aus, in der Vorstellungskraft dies sich auch nur ansatzweise auszumalen.

Kein Ort auf dieser Welt kann solch ein Gefühl unendlicher Freiheit vermitteln. Sein geistiges Auge nimmt Dinge wahr, die es eigentlich nicht gibt. Sie gehören ins Reich überschwänglicher Fantasie, oder werden abgetan als Spinnereien. Und dennoch – es gibt sie! Klar und deutlich zu sehen!

Waylon treibt weiter in den Dimensionen. Haltlos und immer mehr an Geschwindigkeit gewinnend. Neugierig erwartet er die nächsten Eindrücke. Er weiß, dass sie kommen werden. Er weiß, dass er sie ebenso fantastisch finden und auch lieben wird. Und er denkt nicht daran, darauf zu verzichten.

Ein schwarzer Raum empfängt ihn. In unendlicher Ferne leuchten farbenfrohe Lichtstrahlen auf. Sie erinnern an einen Leuchtturm im Meer der Unendlichkeit, im reinsten Spektrum des Lichts.

Jetzt kristallisieren sich vereinzelte Strahlen, platzen auseinander, zerfallen in einzelne Atome. Ein Lichterregen voller faszinierender Schönheit. Bis das letzte Fünkchen verglimmt, und Waylon in der grenzenlosen Schwärze allein zurückbleibt, vergehen seine glücklichsten Momente. Dann wird es dunkel.

Spiralförmig beginnt ein winziger Punkt sich aufzuplustern, bis er zweifelsohne eine Galaxie erkennt. Plötzlich wird es ungemütlich. Milliarden von frei umher wirbelnden Gesteinsbrocken jagen durch die Unendlichkeit des Raumes. Einer von ihnen streift Waylon um Haaresbreite. Er ist besonders groß, soweit er es beurteilen kann. Schlagartig wird ihm bewußt, dass genau dieser Asteroid wichtig für ihn ist. Weshalb kann er noch nicht sagen; es ist nur ein kryptischer Instinkt.

Mühelos kann Waylon dem »Raumwanderer« folgen. Vorbei an Millionen von Sonnen und deren dunklen Planeten. Noch ist unklar, wohin die Reise geht. Der »Raumwanderer« ist so gewaltig, dass er sich durch nichts ablenken lässt. Unbeirrt nimmt er Kurs durch galaktische Nebel, zieht vorbei an übermächtigen Zentralgestirnen; jagt durch alles Licht verschlingende *Schwarze Materie.*

Die Beschaffenheit des »Raumwanderers« ist wenigsten für Waylon spektakulär. Teilweise ragen mächtige Berge spitzgradig empor. Direkt daneben grenzt eine spiegelglatte Ebene, die bis zum Horizont reicht. An anderer Stelle gibt es tiefe, scharfkantige Risse im Fels. Oberflächliche Krater zeugen von mehreren Zusammenstößen mit weitaus kleineren Himmelskörpern.

Streifen sie den Rand eines Sonnensystems, in deren Zentrum ein zum Riesen aufgeblähtes Zentralgestirn prangt, ist eine tiefblaue, mehr ins schwarz gehende, mit glänzenden Einlassungen versehene Oberfläche erkennbar. Waylon glaubt einen halb geschliffenen Almandin vor sich zu haben.

Die Reise des »Raumwanderers« indes geht weiter. In Waylons Sichtfeld kommt eine Recht jung wirkende Galaxie. Folgt er der bisherigen Bahn, geht der interstellare Flug an den Rand eines Spiralarmes. Diesmal scheint es zu einem Aufschlag zu kommen. Dies ahnend bleibt Waylon besonders wachsam.

Richtig! Wenn er sich nicht täuscht, sieht die Galaxie wie die Milchstraße aus, nur aus einer anderen, atemberaubenden Perspektive. Mit einem Schlag weiß er, wohin es geht! Unruhe breitet sich aus. Wenn dieser Koloss auf die Erde fällt, wird alles Leben vernichtet! Doch er kann nichts tun!

Schon erkennt Waylon das System, in das der »Raumwanderer« soeben eintaucht. Knapp geht der Flug über den Asteroidengürtel, der dadurch mächtig aufgewirbelt wird. Die jungfräuliche Sonne, deren Schein anders ist, als er sie kennt. Jupiter, Venus, Pluto. All die Monde. Und dort – die Erde!

Auf Höhe des Mars bleibt Waylon zurück. Verfolgt die letzten Sekunden des »Raumwanderers«, dessen Begleiter er sein durfte. Sieht, wie der Asteroid in die Atmosphäre eintaucht und einen langen Feuerschweif hinter sich herzieht. Jederzeit den Aufprall erwartend, schwebt Waylon näher heran. Nicht zu spät, denn genau jetzt schlägt er ein!

Direkt über den Einschlagskrater schwebend, erkennt er den zerbrechenden Asteroiden. Kreisförmig spritzen Trümmerteile empor. Eine Feuersbrunst wälzt sich hinterher über den Erdball. Und genau dort, wo der »Raumwanderer« brach, ist ein gleißender, weithin strahlender Kristall zu sehen.

Unerwartet wird Waylon in den Raum zurückgerissen. Weg vom Geschehen, das einst die Dinosaurier ausrottete. Er glaubt plötzlich ersticken zu müssen. Japst nach Luft, saugt den Sauerstoff gierig auf.

Eine Stunde später fühlt sich Waylon stark genug, nach Hause zu gehen. Er ist sicher, wo der »Mutterkristall« zu finden ist …

Zwanzig

Auf Höhe von Elionors Haus ruft eine helle Frauenstimme seinen Namen. Verwirrt schaut er auf und erkennt Sophie am Küchenfenster. Sie winkt ihm näher heran.

»Karoline ist hier«, ruft sie Waylon zu.

Karoline?

»Ich komme rein.«

Waylon lauscht aufmerksam Elionors Schilderungen. Er erfährt von ihrem Traum und ihrer geglückte Rettung in der Wirklichkeit, vor über achtundachtzig Jahren. Karoline schläft noch, während Sophie, Elionor und er in der Küche bei einer frisch gebrühten Tasse Kaffee sitzen.

»Was sollen wir machen, wenn Karoline …«, beginnt Sophie, hält aber mitten im Satz inne.

»Wenn sie bis heut Nachmittag nicht zu sich kommt, lasse ich sie in ein Hospital einliefern«, erklärt Waylon. »Doch das bereitet mir am wenigsten Sorgen.«

»Was meinst du?«

»Meine Mission«, stottert er nach Worten suchend. »Irgendwie trete ich auf der Stelle.«

»Was meint denn Mr Dako dazu?«

Waylon stutzt. Woher weiß Elionor das er mit der Sache etwas zu tun hat? Als ob Elionor seine Gedanken lesen könnte, fügt sie hinzu: »Er hat mir alles erzählt, Waylon, als er mir den Reif überreichte.«

Waylon fixiert einen unscheinbaren Punkt auf dem Tisch. Er hadert beide einzuweihen, besonders in seine neueste Erkenntnis. Aber was kann es schaden? So beginnt nun er seinerseits zu berichten. Er lässt nichts aus oder beschönigt. Bei seiner Erklärung, weshalb er nicht dem Dakota helfen will, nicken beide zustimmend. Und dann kommt er zu der Stelle, die er gerade im Park *durchlebt* hat. Waylon ist sich sicher, dass alles in Wirklichkeit geschah, und nicht nur eine bloße Vision war. Dafür hat er nur einen Ausdruck: Seelenreise.

»… und ich habe beobachtet, wie der Asteroid einschlug und sich die Erde auftat.«

»Geschah das in der Vergangenheit oder in der Zukunft?«

»Es passierte vor fünfundsechzig einhalb Millionen Jahren.«

Beide Frauen machen große Augen! Sie haben bereits einiges erlebt, um das eben Gehörte nicht einfach als Schwachsinn abzutun. Aber die Zeitangabe klingt dann doch ziemlich utopisch.

»Versteht ihr, was das bedeutet?«

Sophie schüttelt mit dem Kopf und sieht hilflos auf ihre Mum. Jedoch schweigt auch sie.

»Der ›Raumwanderer‹ war nicht nur ein Stück abgesprengter Fels! Er trug in sich den ›Mutterkristall‹, von denen die alten Legenden berichten!«

»Du glaubst also Mr Dako?«

»Diesbezüglich ja«, sagt Waylon tief einatmend. »Aber das

war's auch schon.«

»Weiß er davon?«

»Nein«, wehrt er ab. »Wie gesagt, ist gerade vor mehr als einer Stunde passiert.«

»Du darfst ihm nicht vertrauen, Waylon«, erklingt die müde Stimme Karolines von der Tür her. »Er benutzt dich nur.«

Waylon springt auf und will Karoline behilflich sein, doch die wehrt ab.

»Geht schon. Bin nur ein wenig müde.«

»Was ist denn passiert?«

»Nichts weiter, eigentlich. Bis das mich eine Vision ereilt hat.«

Nicht nur Waylon ist schockiert! Alle Anwesenden sind es. Waylon gibt es zweimal?! Eines allerdings beruhigt ihn: Dieses Abenteuer wird er überstehen – und zwar *lebend*! Wenn das nichts ist, dann weiß er auch nicht weiter. Außerdem ist sein zukünftiges Ich wenigstens im Einklang mit dem Jetzigen. Harter Tobak bleibt es allemal.

»Du musst mir versprechen, nicht mit dem Dakota zu gehen, Waylon! Wenn nicht für mich, dann tu es dir zuliebe.«

»Keine Sorge, Karoline. Von ihm halte ich mich fern.«

Dankbar ergreift die seine Hand und drückt sie zärtlich.

»Ich habe da eine Idee«, unterbricht Elionor. »Was haltet ihr davon, erst einmal auszuruhen und alles sacken zu lassen. Wenn ihr wollt gehen wir heut Abend essen und bereden alles weitere.«

Der Vorschlag findet allgemeine Zustimmung. Besonders Karoline, der die Müdigkeit anzusehen ist, nickt eifrig. An der Tür bittet Sophie Waylon kurz für ein Vier-Augen-Gespräch.

»Ich möchte dir nur sagen, dass du mir gegenüber zu nichts verpflichtet bist.«

Er nickt beschämt.

»Sophie, ich …«

Sie legt einen Finger auf seine Lippen.

»Danke für diesen wundervollen Traum«, flüstert sie.

»Freunde?«

Nachdenklich schaut Sophie ihn an.

»Freunde.«

Karoline war inzwischen vorgelaufen, wartet geduldig auf halbem Weg. Ihr ist kalt, ein untrügliches Zeichen für dringend benötigten Schlaf.

Sobald Waylon die Haustür geöffnet hat, begibt sich Karoline nach oben. Sorgfältig überprüft er alle Türen und Fenster. Erst danach geht er unter die Dusche.

Die folgenden Stunden verlaufen entspannt und gedankenreich. Am späten Nachmittag ist Karoline fast wieder die Alte. Als sie sich erfrischt, richtet Waylon eine kleine Stärkung. Es herrscht eine vertraute, herzliche Harmonie zwischen ihnen.

Scherzend vermeiden sie das leidige, scheinbar ewige Thema *Kristall*. Auf jeden Fall tut die Pause gut. Sie tauschen alte Erinnerungen aus, die aus heutiger Sicht besonders zum Schmunzeln anregen. Für den unbeteiligten Betrachter wirken sie wie ein glücklich verliebtes Ehepaar, das sich auch nach länger Zeit etwas mitzuteilen hat.

»Weißt du noch, als deine Mum mich mit Kathrin ansprach?«

»Du hast sie mit deinem Blick fast getötet«, lacht Waylon.

»Und du bist schuld!«

»Warum das denn! Ich habe dich anständig vorgestellt.«

»Aber du hast mir verschwiegen, dass du drei Tage vorher diese Kathrin ihr vorgestellt hast!«

»Stimmt.« Waylon spürt wie die Röte ihm ins Gesicht steigt. Verlegen hüstelt er.

»Und dein Dad hielt mich für einen von deinen strebsamen Mitschülern.«

»Wenn du auch nur über finanzmathematische Theorien schwärmst! Kein Wunder.«

»Dieses Thema war für mich damals eben wichtig.«

»Hab ich bemerkt, und Pa auch. Du hast mich zweimal versetzt deswegen!«

»Hab ich das? Glaub ich nicht.«

»Du weißt das ganz genau!« Karoline ist entrüstet. »Statt mit mir auszugehen verbrachtest du die Zeit in der Bibliothek.«

Jetzt fällt es Waylon wieder ein. Stimmt. Karo war mehr als sauer und drohte, die Verbindung zu känzeln.

»Aber du hast mir verziehen …«

»Hab ich das? Lass mich mal überlegen …« Sie macht ein ernstes Gesicht, was soviel bedeuten soll, sie überlege.

»Doch, doch. Gleich nachdem wir Eis essen waren.«

Schallend fängt Karoline an zu lachen.

»Und diese Kathrin hat mich mit neidisch-eifersüchtigen Blicken nur so bombardiert, als ich dich küsste.«

Waylon stimmt ins Lachen mit ein. An diesem Tage hat er gewusst, die Frau fürs Leben gefunden zu haben.

So vergehen die Stunden wie im Fluge und der Abend naht. Wie verabredet meldet sich Elionor telefonisch. Gegen zwanzig Uhr habe sie einen Tisch reserviert und man könne gemeinsam ein Taxi nehmen.

»Ich habe gar nichts anzuziehen«, stöhnt Karoline. Mit Schrecken denkt sie an diesen Asiaten. Ob Waylon »Langbart« sein Versprechen einhält?

»Dann lass uns aufbrechen«, meint Waylon. »Wenn du willst, begleite ich dich.«

Gesagt, getan.

In ihrer Wohnung angekommen geht sie mit einer nicht zu verheimlichenden Aufregung hinein. Fürs erste scheint alles normal. Waylon schaut in jedes Zimmer. Anschließend sucht Karoline einige Kleidungsstücke zusammen und geht damit ins Bad.

Im Wohnzimmer setzt er sich. Ein Stapel Modezeitschriften liegt auf dem Tisch. Um die Zeit des Wartens zu überbrücken, nimmt er die Oberste und blättert sie oberflächlich durch.

›Das Frauen auf solch Zeugs stehenden müssen‹, denkt er abwegig.

Vom Desinteresse übermannt, legt er sie zurück. Aus dem Badezimmer dringt das Geräusch von laufenden Wasser. Dazu ertönt Karolines Stimme, die in schrägen Tönen ein Lied trällert. Schmunzelnd denkt Waylon an früher, wenn sie gutgelaunt stets den neuesten Ohrwurm von sich gab. Dann wußte er, ihr ging es gut und sie war glücklich.

Ein freudiger Seufzer dringt aus seinem tiefsten Inneren. Entspannt lehnt er sich zurück. Auf einem schmalen Sideboard stehen viele Bilder, alle fein säuberlich justiert. Ihren Ordnungssinn hat Karoline also beibehalten! Ziemlich weit hinten am Rand entdeckt er ihr gemeinsames Hochzeitsfoto. Perplex geht er näher heran.

Damals war die Welt einfach vollkommen. Er hatte nicht nur eine wunderschöne Frau an seiner Seite, sondern auch eine Intelligente dazu. Selbstbewusst stand sie ihren »Mann«, und das mit beiden Beinen, wie ein Fels in der Brandung. Im Job, im Alltag, in der Freizeit. Eine Frau, die weiß was sie will!

Zärtlich stellt Waylon das Bild wieder an dessen Platz. Daneben sind Babyfotos aufgereiht, mit Sicherheit von Madelaine. Schon interessant, wie ein Mensch sich entwickelt!

Mittendrin in diesen Reigen zeigt ein Größeres Karoline nebst Mann und Kind.

›Das also ist Mr Fryer …‹

Stattlich und gutaussehend. Sehr männlich, aber ganz sicher kein Macho. ›Schönes Paar‹, gesteht er sich ein.

Einige Bilder zeigen ihn in Action. Beim Schwimmen, in den Bergen, beim Schlafen und beim Fahrradfahren. Auch für die Kultur interessierte sich Mr Fryer. Vor einer Ruine abgelichtet, schaut er irgendwie angespannt in die Kamera. Etwas veranlasst Waylon, das Bild genauer zu betrachten. Es ist nur ein Gefühl, welches seinen Instinkt bestärkt, etwas Wichtiges darauf zu finden.

Die Umgebung wird nahezu übergangslos ausgeblendet. Waylon taucht ab in das in die Jahre gekommene Abbild.

Fryers Augen sind nicht auf den Focus des Kameraobjektivs gerichtet, wie Waylon erst annahm. Sondern knapp an ihr vorbei. Jemand oder etwas befand sich in unmittelbarer Nähe der Person, die den Auslöser drückte. Vermutlich fotografierte Karoline, denn sonst wäre sie mit abgelichtet.

Sein Blick ist aufmerksam und angespannt ... ängstlich? Nein, nicht von Furcht geprägt. Eher ... lauernd und ... abwägend. Vielleicht auch fordernd ... provozierend! Um die Mundwinkel sind tiefe, harte Falten. Er verbirgt etwas! Die Lippen fest aufeinander gepresst wirkt die Mimik verbissen.

Nichts ist vorhanden vom fröhlichen, heiteren und liebevollen Ehemann, der auf den anderen Bildern gezeigt wird. Waylon nimmt das Foto in die Hand. Karolines Gesang ist mittlerweile verstummt. Sie wird sich ankleiden und schminken.

Die Glasplatte ist verstaubt und blind, der Rahmen alt und instabil. Vorsichtig wischt Waylon den Staub weg, in der Hoffnung, deutlicher die Details zu erkennen. Irgendwie stellt er sich dabei ungeschickt an. An der rechten Unterseite des Rahmens entsteht durch Waylons Bemühen ein Riss. Jetzt macht er einen entscheidenden Fehler. Mit Daumen und Zeigefinger drückt er an der Stelle den verschlissenen Rahmen zusammen. Dabei verkanten sich die Seitenteile und das Bild entgleitet seinen Händen. Klirrend knallt es auf dem Parkettboden auf.

»Was ist passiert?«

Karoline steht halb gekämmt in der Tür.

»Tut mir Leid«, stottert Waylon sichtlich nervös. »Das wollte ich nicht.«

In ihren Augen blitzt nur kurz der Ärger auf, als sie das Malheur sieht.

»In der Küche steht Schaufel und Feger. Schneid dich bloß nicht.«

»Sorry, Karoline ...«

»Schon gut. Ich wollte die Bilder schon lang wegräumen.«

»Wieso?«

»Alles hat seine Zeit. Und so ein *Altar* kann einen manchmal sehr depressiv machen.«

Damit verschwindet sie wieder im Bad. Waylon sammelt die Scherben auf. Ein Gutes hat sein Missgeschick allerdings: Er kann das Foto jetzt genauer betrachten.

Über die Jahre ist es nur ganz wenig vergilbt. Die Ränder des Fotopapiers sind glatt. Vermutlich wurde es sofort nach der Entwicklung eingerahmt.

Fryer sieht links an der Kamera vorbei. Im verschwommenen Hintergrund erkennt man eine bergige, kahle Landschaft. Am linken oberen Bildrand fing das Objektiv eine dünne Nebelschwade ein, deren eigenartige Form Waylons Interesse weiter nährt. Minutenlang betrachtet er die Stelle.

Er hat unzählige Fotos mit Wolken gesehen. In vielen interpretiert das Gehirn, anhand von Form und Charakter, die tollsten Sachen hinein. Aber diese Schlieren wollen so gar nicht ins Schema passen.

»Alles okay?«, ertönt Karolines Stimme schallend aus dem Bad.

»Was? – Äh, ja … Karo! Hast du irgendwo ein Vergrößerungsglas?«

»Rechte untere Schublade im Schrank.«

Schnell wird er fündig.

»Wozu brauchst du es?«

Waylon hört sie nicht. Vertieft im Anblick, was die Lupe offenbart, bleibt ihm die Luft weg.

Eine Weile braucht Karoline noch. Schließlich will sie für den Abend stylisch gewappnet sein. Auch über sechzig gibt es für sie keinen Grund, mit ihrem Aussehen auf Kriegsfuß zu stehen. Nur wenige Falten im Gesicht und am Hals verraten nicht ihr tatsächliches Alter. Und mit dem Make-up übertüncht sie vereinzelte Altersflecken.

Selbstgefällig lächelt sie dem Spiegelbild zu.

»So kannst du mitgehen, Karoline Fryer!«

Beschwingt schlenkert sie in den Flur, wirft sich im Vorbeigehen eine leichte Weste um.

»Bin fertig!«, ruft sie vergnügt.

Dann bemerkt sie Waylons geistige Abwesenheit. Er hockt wie versteinert am Boden, die große Lupe in der einen, das Foto direkt darunter haltend in der Anderen.

»Way?«

Neugierig tritt sie näher heran. Unter ihren Füßen knirscht zerbrochenes Glas.

Damit die Scherben nicht in der ganzen Wohnung verteilt werden, nimmt Karoline selbst deren Beseitigung in die Hand. Niemand sollte sich schließlich verletzen. Sie konnte davon ein Lied singen; in solchen Dingen ist sie prädestiniert!

»Nun komm schon, wir müssen los!«

Er reagiert nicht. Unwirsch beugt sie sich nieder, versucht einen Blick durch die Lupe zu erhaschen.

»Was soll das denn sein?«, fragt sie erstaunt.

»Ein Auge …«, haucht Waylon tief bewegt. »Das Auge des Gewahrers.«

Beide hocken dicht zusammengedrängt am Boden; Waylon mit der großen Lupe, Karoline mit ihrer Lesebrille und einem kleinen Vergrößerungsglas. Auch ihr rauscht es in den Ohren beim Anblick des Auges vom wallenden Blut. Es ist ihr nie aufgefallen!

Karoline kann sich nicht daran erinnern, wie das Bild – und vor allem *wo* es entstanden ist. Ryan unternahm viel allein. Bereiste unzählige Länder der Erde, auf fast allen Kontinenten. Nicht immer war es ihr möglich, ihn zu begleiten.

»Weißt du noch, von wann die Aufnahme stammt?«

»Das müsste am Anfang unserer Beziehung gewesen sein. Ryan war acht Jahre älter. Sieh«, sie deutet auf seine Schläfen, »nur wenig meliert.«

»Du warst nicht dabei?«

Sie schüttelt den Kopf. »Glaube ich nicht. Sonst würde ich mich erinnern. Die Gegend ist mir fremd. Tut mir Leid.«

Waylon überlegt.

»Gibt es andere Fotos aus dieser Zeit?«

»Müsste ich nachschauen.« Nach einer kurzen Pause fügt sie hinzu: »Ich schau mal wo die Alben sind.«

Ein weiteres Detail, welches die Lupe zutage fördert, ist ein verschwommener Fleck im Halsausschnitt. Leider ist der Bereich sehr unscharf. Und doch glaubt Waylon ein geflochtenes Medaillon zu erahnen.

»Die hier könnten aus der Zeit stammen.« Karoline legt ein kleines Fotoalbum vor ihn aufs Parkett.

Waylon überfliegt die Bilder, blättert um. Nicht dabei, was er sucht! Kaum vorstellbar, dass keine weiteren im Zusammenhang geknipst wurden, wie das Gerahmte.

Und in dem Moment des Gedankens springt eine Aufnahme ihn nahezu an. Karolins Mann wurde nur von der Seite eingefangen. Aber das, worauf es Waylon ankommt, ist die sich erstreckende Landschaft.

»Können wir es herausnehmen?«

»Sicher.«

Als er es zwischen den Fingern hält, verspürt er einen geistigen Schlagabtausch aufblitzender Gefühlswallungen. Zitternd betrachtet er es.

»Hinten steht was. Vielleicht bringt's dich weiter.«

Die Handschrift stammt eindeutig von einem Mann.

Yucatán, 1983.

Einundzwanzig

Gerade noch rechtzeitig trifft das Taxi vor dem Haus ein, vor dem Sophie und Elionor geduldig warten. Gemeinsam fahren sie zu dem Restaurant, in der die alte Dame einen Tisch reservieren ließ. Der Abend verläuft angenehm und harmonisch. Das Quartett lernt sich näher kennen. Was jeden am Tisch auffällt ist Sophies Zurückhaltung gegenüber Waylon und Karoline. Kaum beteiligt sie sich an den Themen übergreifenden Gesprächen.

Gegen Mitternacht lösen sie die Tafel auf. Das vom Restaurant aus gerufene Taxi hat Verspätung. Zehn Minuten über der Zeit wird Karoline langsam nervös.

»Hoffentlich ist nichts passiert«, äußert sie ziemlich besorgt. Waylon geht nochmal ins Restaurant um nachzufragen. Sophie steht teilnahmslos einige Meter entfernt und tritt ungeduldig von einem Bein aufs andere.

Es ist kühl geworden, zumal es nach Regen riecht. Elionor läuft deswegen auch auf und ab.

Da rauscht ein Wagen heran. Es ist das Taxi. Der Fahrer bleibt sitzen, öffnet die Beifahrertür.

»Gott sei Dank sind Sie noch gekommen«, sagt Karoline erleichtert. »Ich dachte schon, es wäre etwas passiert.« Erfreut über die ihr entgegenschlagende Wärme, steigt sie ein.

Der Motor heult auf, Reifen quietschen. Der Wagen springt wie ein Gepard auf Beutejagd einen Satz vorwärts. Durch die unerwartete Beschleunigung knallt die noch offene Tür zu.

»He, was soll das?!«

»Hallo, Miss Flyer«, erklingt von der Rückbank her eine singende Stimme. »Es ist nicht leicht, Sie zu elwischen.«

Entsetzt schreit sie kurz auf. Der Asiat!

»Was wollen Sie?«

»Ganz einfach, Miss. Sie!«

Waylon kann es nicht fassen, was Elionor ihm soeben aufgeregt berichtet.

»Entführt?!«

Außer sich vor Wut könnte er jetzt schreien! Ausgerechnet jetzt sind sie nicht zusammen! Waylon kocht. Angst beschleicht ihn.

»Wir rufen die Polizei!«

»Elionor, das wird nichts nützen.«

Ihm ist klar, um was es geht.

»Wie sah der Fahrer aus?«

»Es war zu dunkel. Und es ging alles viel zu schnell.«

»War noch jemand im Wagen?«

Elionor zuckt mit den Schultern.

»Was hast du gesehen, Sophie?«

Wiederwillig antwortet sie schnippisch: »Gar nichts.«

Vor Wut würde er Sophie am liebsten packen und kräftig durchschütteln. Auf diese Zickereien kann er verzichten.

»Du musst doch was gesehen haben! Das gibts doch nicht!«

»Ich bin müde und mir ist kalt!«

Waylon schaut tief in ihre Augen. Ist da so etwas wie Hass zu sehen? Kein Vergleich mit dem ansonsten weichen Blicken, die vorher ausgetauscht wurden.

»Ich kümmere mich von Zuhause aus darum«, sagt er verhalten.

* * *

Der Wagen jagt durch die Nacht. Robust und rücksichtslos lenkt der Fahrer das Auto mit aufheulendem Motor über die Straßen. Zum Glück sind nur wenige unterwegs. In engeren Kurven bricht das Heck aus, schleudert kurz. Nur durch die Geschicklichkeit des Fahrers bleibt er in der Spur.

Tapfer hält Karoline die Luft an.

»Ich möchte Sie um Velzeihung bitten, Kaloline. Abel wil haben nicht viel Zeit. Ich dalf Sie doch so nennen?«

»Als ob es Sie interessiert …«

»Wie Sie meinen. Sie welden noch Gelegenheit dazu haben, mil Ihle Missachtung kund zu tun.«

»Wo bringen Sie mich hin, Mr …?«

»Oh, ich vergas. Mein Name ist Callum.«

Hat Karoline gerade richtig verstanden? Callum? Betont langsam dreht sie sich nach hinten. Sie schaut in ein freundlich ewiges Lächeln, das die Asiaten meisterhaft beherrschen. Und obwohl es ziemlich dunkel ist, erkennt sie ihn wieder.

»Aber, Sie … Ich versteh nicht ganz …«

»Sie sind velwundelt? Das ist gut! Sehl gut sogal.«

»Aber Sie sind doch auf …«

»Ich bin elfleut, Kaloline. Doch ich bin nicht auf Ulidläo, wie Sie bemelkt haben dülften …«

Karoline starrt ihn ungläubig an. Währenddessen jagt der Wagen mit unverminderter Geschwindigkeit weiter durch die Nacht.

* * *

Die Anspannung wächst minütlich. Seit er daheim ist, *überfallen* Waylon die schrecklichsten Gedankenbilder. Angst befällt ihn. Angst, Karoline könnte mehr zustoßen und er würde sie nicht mehr wiedersehen. Jetzt, wo sie ihm Halt und Lebensfreude gibt, droht alles vorbei zu sein.

Schlimm empfindet er Sophies eisig-bissige Kälte. Kein einziges Wort fiel im Taxi. Selbst Elionor scheint darüber verärgert. Waylon ist drauf und dran zu glauben, Sophie könnte darin auf irgendeine Weise verstrickt sein. Alles deutet darauf hin! Aber soviel will er ihr dann doch nicht zutrauen.

Auf dem Küchentisch liegen die beiden Fotos von Ryan Fryer. Die müssen jetzt warten! Karoline ist wichtiger, außerdem fehlt Waylon der Draht hierzu im Augenblick.

›Okay! Mal ganz langsam!‹, ermahnt er sich. ›Wenn es sich wirklich um eine Entführung handelt, dann werden die sich melden.‹

Doch was, wenn mehr dahinter steckt?

Er schaut auf die Uhr. Mitten in der Nacht kann er nicht gerade viel erreichen. Mit all den fürchterlichen Gedanken allein, werden die kommenden Stunden des auferlegten Nichtstuns nervenaufreibend.

Hilflos schaut er nochmal auf die Armbanduhr. Aufgeputscht durch das Adrenalin verlangt sein Körper nach Bewegung. Wenn er sitzen bleibt, dann wird er verrückt. Ruhelos springt Waylon auf, läuft einige Schritte, bleibt stehen, geht weiter. Hin und her, auf und ab. Seine Seele quält sich mit fruchtlosen Was-Wäre-Wenn-Fragen. Der Kopf hingegen spielt in einer Endlosschleife die reinsten Horrorszenarien.

Vom vielen Umhergehen schmerzen die Oberschenkel. Jedoch gibt es nichts, womit er sich beruhigen kann. Wenn doch der Dakota da wäre! Wenn man ihn gebrauchen kann, taucht der nicht auf!

Hat der Alte etwa …?

Das Telefon klingelt so schrill, dass Waylon zusammenzuckt. Zuerst begreift er nicht. Das Blut rauscht durch seine Adern, dass ihm fast übel wird.

»Hallo?«

»Mistel Latham? Schön Sie zu splechen. Sie kennen mich nicht, dafül ich Sie um so bessel.«

Gegen seinen Schädel klopft es heftig von innen heraus.

»Sie sagen ja nichts, Mistel Latham. Das ist gut. Sogar sehl gut. Ein Mann mit Chalaktel und Velstand! Hölen Sie mil gut zu, Mistel Latham. Wil haben Ihle Flau, Mistel Latham! Wenn Sie genau tun, was wil wollen, geschieht ihl nichts! Wil wollen das Altefakt. Molgen Flüh um neun Uhl!«

Ein hartes Klicken ertönt.

Kraftlos rutscht ihm das Mobilteil aus der Hand, fällt knackend auf den Boden. Durch den Aufschlag springt der Akkudeckel auf und die Batterien verlieren den Halt. Rollend stieben sie auseinander.

Erwartungsgemäß wird Karoline in einem abgeschirmten Raum untergebracht. Wenigstens Licht gibt es! Die Fahrt über drückte sie sich angespannt in den Sitz. Die Hand umklammerte fest den Haltegriff bis ihre Knöchel Weiß wurden und schmerzten. Vom Asiaten kam nichts mehr.

Allein in dem kammerähnlichen abgeschlossenen Raum dringt alles noch einmal in den Vordergrund. Sie kommt nicht darüber hinweg, dass der Typ Callum sein soll! Gut, eine gewisse Ähnlichkeit ist schon vorhanden! Aber Sprache, insbesondere Stimme und Slang kommen nicht hin …

Diese Erkenntnis ist atemberaubend und furchterregend zugleich. Was hat der Typ bloß vor?

Unerwartet wird die Tür aufgeschlossenen und geöffnet. Der Asiat tritt – wie immer lächelnd – mit einem vollen Tablett ein.

»Velzeihung, Miss. Abel ich wähle ein schechtel Gastgebel, wenn ich Ihnen nichts anbieten wülde. Wo hatte ich nul meine Manielen …«

Ihr liegt eine derbe Antwort auf der Zunge. Doch sie schluckte diese hinunter, um nicht zu provozieren.

»Bitte, langen Sie luhig zu.«

Er stellt das Tablett mit einem belegten Brötchen und einer Wasserflasche ab.

»Ich habe schon gegessen, Mister …«

»Ich weiß. Abel fül den Fall der Fälle.«

Sein breites Lächeln geht Karoline auf die Nerven.

»Ich wünsche eine gute Nacht.« Er dreht sich zur Tür. »Ach ja, hätte ich fast velgessen«, sagt er beiläufig über die Schulter. »Schöne Glüsse von ihlem Mann …«

* * *

Im Tunnelblick nimmt Waylon sein Umfeld nur eingeschränkt wahr. Der Focus in der Mitte ist scharf, die Ränder dagegen stark verschwommen. Zudem scheinen die Dinge, die er betrachtet, weit nach hinten entrückt zu sein. Als blickt er durch ein umgedrehtes Fernglas.

Um nicht das Gleichgewicht zu verlieren, hält er sich an der Wand fest. Nur schleppend wird es besser. Viel zu langsam, wie er findet. Was ist nur los?

Er kommt sich vor, als habe *die* Vision erneut stattgefunden. Wurde nicht genau diese Nachricht schon einmal *genauso* und wortwörtlich an ihn herangetragen? Er kann nicht denken! Etwas blockiert seinen Geist! Waylon steht einfach an die Wand gelehnt da, die Türzarge mit einer Hand umklammernd und mit der anderen sich abstützend.

Benommen wankt er kurz darauf in die Küche. Halb gebückt gelingt ihm damit ein kleines Wunder. Erreicht einen Stuhl und nimmt umständlich Platz. Beide Hände brauchen die Berührung und den Halt eines feststehenden Gegenstandes. Selbst als er bereits sitzt, weigert sich sein Gehirn, dies zu realisieren.

Zusehends öffnet sich sein Blick zur altbekannten Weite. Die weichen Knie und Mattheit jedoch halten nach. Was für eine Nacht! Was für ein Alptraum!

Bis er in die Wirklichkeit endgültig zurückfinden wird, muss noch geraume Zeit vergehen. Waylon beschäftigt jetzt vielmehr eines: Was ist da gerade passiert?

Zweiundzwanzig

Recht früh am Morgen kann Sophie nicht mehr schlafen. Es ist kurz nach halb fünf. Rücken, Nacken und etliche Muskeln schmerzen. Eingeschlafen im Sessel hat sie die halbe Nacht in den unmöglichsten Stellungen verbracht. Ins Bett wollte sie nicht gehen, vielleicht konnte sie es auch nicht; so richtig klar war es ihr jedenfalls nicht. Sie schämt sich ihrer Gefühle. Karoline neben Waylon zusehen, versetzt ihr unzählige Herzstiche. Mehr als sie sich eingestehen will!

Dehnübungen machen Sophie einwenig lockerer, wenn auch ein Ziehen bleibt. Das muss reichen, wenigstens erstmal.

Jetzt nochmal ins Bett zu gehen widerstrebt ihr. Der Tag verspricht schön zu werden. Und dann übermannen sie erneut eifersüchtige Gefühle. Dafür könnte die sich ohrfeigen! Nützt das aber was? Mitnichten!

Früher wurden derartige Gedanken mit ausgedehntem Joggen bekämpft. Je länger der Lauf umso besser! Sie rannte als Jugendliche schon gerne. Ansporn war nie das Ziel als Erste zu erreichen oder einen Rekord zu brechen. Es war stets purer Spaß an ausdauernder Bewegung.

Ihr Unfall mit Ende Zwanzig setzte darunter einen Schlussstrich in einer beängstigenden Endgültigkeit. Ein dreiviertel Jahr dauerte die Reha. Dank ihrer sportlichen Aktivitäten bis dato, blieb nichts zurück. Doch im Alter wurde sie immer unsportlicher. Die Wehwechen nahmen zu und es fällt Sophie an manchen Tagen ziemlich schwer, wenigsten die Schmerzen zu lindern.

»Wer rastet, der rostet«, sagt der Volksmund. Getreu diesem Motto verlässt sie das Haus.

Die frische Morgenluft bewirkt wahre Wunder. Weckt den müden Körper und Geist. Fernab von Straßen und Häusern, durch wild wachsende Gräser, entlang ungebändigter Bäche geht es Richtung Wald. Dort kennt sie ein Plätzchen, das zur Entspannung einlädt. Dorthin will sie. Anfängliche Schmerzen sind gewichen. Es wird einen mächtigen Muskelkater geben, aber dies ist es ihr wert.

Am Rande des alten Waldes ziehen in Knöchelhöhe einzelne Nebelfelder über den Boden. Darin reflektierendes Licht verleiht dem Ort eine geheimnisvoll mystische Atmosphäre. Früher stellte sie sich vor, dass Zauberwesen hier lebten, in winzigen Bauten. Feen und Elfen tanzten in ihrer Vorstellung schwebend zu einer sagenhaft bezaubernden Melodie über taubesetztes Moos. Dies war Sophies Welt für lange Zeit. Sie liebt diesen geheimnisumwitterten, märchenhaft schönen Ort.

Von den alten Träumen ist nicht mehr viel übrig. Auf dem Boden der Realität angekommen, zerstoben sie irgendwann und unbemerkt auseinander, wie ein aufschlagender, zerplatzender Wassertropfen. In alle Richtungen verteilten sich die Überreste in den Raum, um vielleicht doch noch einmal zueinander zu finden.

Die Wiese liegt nun hinter ihr. Nass geschwitzt und glücklich verlangsamt sie das Tempo. Geschuldet durch das unwegsamere Gelände, das zudem noch von abgestorbenem Gehölz überdeckt wird. Dennoch kommt sie gut voran. Mit Geschicklichkeit überwindet sie die verworrensten Hürden.

Das Moos zeigt Sophie die Richtung an. Wenn sie die Geschwindigkeit durchhält, schafft sie den Weg in einer viertel Stunde. Ihre Kondition ist nicht mehr die Allerbeste. Doch aus der Puste ist sie noch nicht gekommen.

Leichtfüßig schwebt Sophie fast über den trockenen Waldboden. Feine dürre Äste knirschen unter ihrem Gewicht. Tote Gehölze sind von Pilzen überwuchert. Sie sind essbar, das weiß sie aus Kindheitstagen. Oft durfte sie mit ihrer Mum in den Wald gehen, um dessen Herbstfrüchte zu sammeln. Und wie oft kehrten sie mit rarer Ausbeute heim.

Sophie schmunzelt. Den köstlichen Duft in der Nase, der die Küche dann immer ausfüllte, wenn die Pilze schmorten, nähert sie sich dem gesteckten Ziel: Ihrem alten Lieblingsplatz.

Die Lichtung mitten im tiefen Wald hat eine besondere Anziehungskraft. Mit ein bisschen Glück gibt es noch diese alte verkrüppelte Eiche, von der man denkt, sie fällt jeden Moment um. Von Natur aus schief gewachsen, wurzelt der Baum großflächiger. Trotzt standhaft heftigen Stürmen, die im Laufe der Jahrhunderte in der Gegend wüteten. Der Hauptstamm ist so groß, dass drei Personen notwendig sind, um ihn zu umfassen. Das Alter schätzt Sophie auf über vierhundert Jahre, vielleicht sogar noch mehr.

Mehrere Bruchstellen am Stamm verwuchsen wieder in abstrakter Form miteinander. An einer Bruchstelle sprossen einst zwei weitere Spitzen, strebten zum Licht, umschlangen sich mehrmalig. Dadurch entstand ein natürlicher Hohlraum, in dem Sophie – jedenfalls als junge Frau – hinein schlüpfen konnte. Dort verbrachte sie träumerische Stunden in ihrer Welt.

Einmal überraschte die junge Sophie ein heftiges Gewitter. Dicke Hagelkörner brachen durch die Kronen, drangen bis zum Boden vor. Im Oval des Stammes war Sophie am sichersten. Unbeschadet überstand sie diese denkwürdige Nacht.

Inzwischen ist sie besagter Lichtung schon recht nah gekommen. Sie kann es kaum erwarten. Mechanisch werden ihre Füße immer schneller. Nach jahrelanger Abwesenheit, erfährt sie eine kindlich naive Erregung …

Da steht sie nun – endlich am einstigen Lieblingsplatz. Die Zeit bis heute verflog rückblickend betrachtet wie im Fluge. Als wär es gestern gewesen, holen Sophie damalige Gefühle ein. Der Tränen sich nicht bewußt, bemerkt sie es selbst erst nach einem heftigen Schluchzen, wie sehr sie ihn vermisst hat. Es ist eine Zeitreise auf Gefühlsebene. Verstohlen trocknet Sophie ihre Freudentränen. Hier schöpfte sie stets Kraft und Hoffnung, jetzt begrüßt sie der Ort wie eine alte Freundin. Als sei sie niemals weg gewesen!

Emotionsgeladen streichelt Sophies Blick liebevoll den Baum. Er steht noch. Jede seiner Narben könnte zahllose Geschichten erzählen. Wer genau hinhört, kann sie hören. Doch er berichtet nicht nur von Leid und Schmerz. Ebenfalls erzählt er von Freude und Liebe. »Knorpelchen« nannte sie ihn damals liebkosend. Und jetzt, im freudigen Augenblick des Wiedersehens, kehren alle früheren Eindrücke zurück.

Bedächtig geht sie näher heran. Streckt eine Hand aus, berührt ihn sanft. Schließt die Augen, und spürt ihn. Gedanklich kommunizieren sie miteinander. Des Baumes raue Rinde fühlt sich an wie Seide. Ruhe ausstrahlend, verfällt Sophie seinem Charme aufs Neue. Vergessen sind die Sorgen. Sie sind eins im Sein.

Ein Geräusch lässt Sophie die Augen öffnen. Es ist nicht zuzuordnen. Ähnlich einem dumpfem Schlag. Ohne weiter darauf einzugehen, klettert sie am Stamm empor.

»Lang it's her«, stößt sie hervor. »Früher wars es eindeutig leichter …«

Häufig rutscht ein Fuß ab, findet nur schwer Halt. Ein weiteres Problem eröffnet sich ihr: Die Höhe! Eigentlich ist sie schwindelfrei. Wie gesagt – eigentlich. Auf dem nach oben hin verjüngenden Stamm, dessen Oberfläche rund und nicht gerade ist, und dann wiegt sie auch keine dreißig Kilo mehr. Unbeholfen klettert sie weiter.

Fünf Meter noch.

Schweißperlen überziehen Stirn und Nacken. So unwohl fühlt sie sich schon lang nicht mehr. Der Schwerkraft ohne Sicherung ausgeliefert, bekommt sie *Schiss* vor der eigenen Courage. Jeder noch vor ihr liegender Zentimeter stellt sie wiederholt vor die Herausforderung, sich zu entscheiden. Aber so leicht wirft Sophie nicht die *Flinte ins Korn.*

Eine halbe Stunde balanciert sie aus und wägt ab. Schließlich schafft sie es und atmet auf. Durch die schmale Öffnung sich hindurchzwängend, erreicht Sophie das Innere des Baumovals. Verstreut liegen in einer seitlichen Einwölbung wenige Nüsse oder ähnliches. Wahrscheinlich nutzte ein Eichhörnchen dies als Bau.

Allein die Aussicht entschädigt Sophie. Es ist schon ein Unterschied, in der Erinnerung zu schwelgen oder es live und in Farbe wieder zu erleben!

Glücklich nimmt sie die Eindrücke auf. Ihr Blick schweift hinab in die Lichtung. Durch die Sonneneinstrahlung entstehen verträumte Lichtpyramiden. Geheimnisvoll entsteht so die Atmosphäre, die kleine Mädchenherzen höher schlagen lässt.

»Fehlt nur noch der Prinz«, flüstert sie angetan. Sophies Augen beginnen versonnen zu leuchten. Sie denkt an einen Mann, der für sie unerreichbar geworden ist. Dieser Traum bleibt unerfüllt … Sie seufzt.

Etwas allerdings wirkt störend. Gut, wirklich stört es nicht, dennoch ist etwas anders. Anders im Sinne von anormal. Sophie lässt den Blick auf dem Rande der Lichtung ruhen. Irgendwas übersieht sie. Bloß was?!

Ein Vogel zwitschert munter. Ob freudig oder weil er aufgeregt ist, kann sie nicht beurteilen. Manchmal schlagen Flügel flatternd gegen das Geäst, das dann schwankt. Das sind die Geheimnisse eines Waldes! Von überallher dringen Geräusche, aber zu sehen ist nichts.

Sophie behält die Lichtung weiter im Auge. Plötzlich wird das Flattern stärker. Der Vogel fliegt aufgescheucht im Zick-Zack-Kurs durch die Luft. Wild schimpfend will er wohl unten landen. Ohne ersichtlichen Grund bleibt das Tier mitten in der Luft mit weit gespreizten Flügeln wild atmend *stehen*, um gleich darauf senkrecht hinab zu gleiten.

Was ist das denn? Unterliegt sie einer Sinnestäuschung?

Das irritierte Tier hockt erschöpft mit aufgerissenem Schnabel am Boden. Wie es scheint, hat es sich wehgetan. Aber es gibt kein Hindernis?

Ihre Augen brennen. Lang auf ein und denselben Fleck starren ist nicht gerade empfehlenswert. Sophie zwinkert bewußt.

›Schon besser‹, denkt sie noch. Da sieht sie, was ihr bisher verborgen blieb. Die Lichtpyramiden werden an bestimmten Stellen, ohne ersichtlichen Grund unterbrochen.

›Wie abgeschnitten!‹

Zwischen zwei sich umschlingenden Stämmen gibt es ein größeres Loch, durch das sie sogar den Kopf stecken kann. Sophie greift nach einer der vorhin entdeckten Nüssen und zielt.

Daneben! Also noch einmal …

Erst der dritte Versuch gelingt. Die harte Baumfrucht prallt an einem unsichtbaren Hindernis ab und springt seitlich weg.

Sophie kann sich einen Überraschungsausruf nicht ganz verkneifen. Gänsehaut lässt sie frösteln. In ihrem Kopf überschlagen sich die Gedanken. Was ist hier los? Geht jetzt ihre Fantasie völlig mit ihr durch? Ist dieser Platz etwa doch *verzaubert*?

Ihr rauscht das Blut durch die Adern. Sie muss sich anlehnen. Alles beginnt mit der Schnelligkeit eines Karussells zu drehen. Trotz geschlossenen Augen nimmt der Schwindelanfall dramatisch zu. Würgend zieht Sophie den Kopf zurück, findet festen Halt. Durch die Übelkeit wird ihr schwarz vor Augen …

Stimmen holen sie aus der unendlichen Schwärze eines traumlosen Schlafes. Die Erinnerung versagt. Wo befindet sie sich? Ihr ganzer Körper wiegt schwer wie Blei. Ein Wunder, dass unter ihr der Boden nicht nachgibt, und die Erde sie kurzerhand verschlingt. Als nächstes spürt sie ihren Schädel, in denen zig Presslufthämmer gleichzeitig in Aktion sind. Doch von weither dringen Stimmen ins Bewusstsein.

»… nicht gut«, ereifert sich die eine.

»Wo kann sie sein?«

»Hoffentlich noch auf diesem Planeten.«

Komisch, diese Stimme kommt Sophie verdammt vertraut vor.

»Was, wenn nicht?«

»Darüber denken wir dann nach, wenn es soweit ist. Mich interessiert viel mehr, wer die Typen sind?«

Die zwei Männer stehen genau unter dem Baum. Sophie

dreht sich auf die Seite, um nachzuschauen.

»Vielleicht sollten wir von hier verschwinden?«

»Nein. Hier sind wir vor der ›Sternenbruderschaft‹ sicher.«

Hat sie jetzt richtig gehört? Von ihrer derzeitigen Lage aus kann sie nur einen jüngeren Mann sehen, den sie nicht kennt. Gern würde sie wissen, wer der Andere ist. Was Sophie aber viel mehr zu denken gibt, ist die ›Sternenbruderschaft‹!

»Gehen wir erst mal hinein«, sagt die ältere Stimme. »Irgendwie hab ich das Gefühl, nicht allein zu sein.«

Der Ältere wendet den Kopf. Sophie traut dem nicht, was sie gerade sieht. Mit angehaltenem Atem mustert sie ihn. Vom Körperbau könnte er der sein, den sie nicht vergessen kann. Nur die langen, zu einem Zopf zusammengebundenen grauen Haare und der ebenfalls lange Bart passen nicht.

»Hoffen wir, dass es nur unsere *Kleine* ist …«

Er wendet sich um und für einen Bruchteil einer Sekunde erkennt Sophie in ihm Waylon Latham. Karoline hat also nicht gelogen! So fantastisch es sich auch anhörte, stimmt es. Hätte Sophie es nicht eben selbst gesehen, würde sie ihre Rivalin weiterhin für verrückt halten. Doch ist nicht alles verrückt, seitdem sie auf dem Stützpunkt war? Steht seither die Welt nicht auf den Kopf?

Sophie kann den Blick nicht abwenden. Der alte Waylon zieht ein flaches Gerät aus der Hosentasche, richtet es auf die Stelle der Lichtung, an der die Lichtpyramiden abgeschnitten werden. Schemenhaft wird ein dunkles Gefährt sichtbar. Eine Luke wird automatisch geöffnet und gibt den Weg hinein frei.

Zur Sicherheit schaut Waylon nochmals in alle Richtungen. Erst als er nichts auffälliges bemerkt, folgt er seinen Kumpan. In der Öffnung stehend, wirft er einen weiteren prüfendenden Blick hinaus. Abschließend hebt er den Kopf und für einen winzigen Moment glaubt Sophie, ihre Blicke träfen sich. Schnell zieht sie den Kopf ein. Als sie nachsieht, ist Waylon mitsamt dem Gefährt verschwunden.

Dreiundzwanzig

Angerührt hat Karoline bisher von dem Tablett nichts. Nach wie vor steht es unberührt auf dem anderen Stuhl neben der Tür, die selbstredend abgeschlossen ist und außerdem keine Innenklinke hat. Vermutlich trauen die Herschafften ihr einiges zu. Eigentlich ein Grund zum Lachen, doch verständlich, dass ihr nicht danach ist.

Viel eher spürt sie kaum zähmbare Wut. Alles klein schlagen könnte sie! Aber Karoline zügelt sie. Wer weiß, wozu man sie später vielleicht braucht!

Neben zwei Stühlen besteht die Einrichtung nur noch aus einer klappbaren Liege, die aus alten Armeebeständen stammt. Gerade mal so breit wie sie und unbequem hart. Was bildeten die sich ein, so mit einer Dame umzugehen? Unmögliche Manieren haben die!

Nicht einmal auf die Toilette kann sie gehen. Im Raum befindet sich keine, nicht einmal ein Waschbecken, und sie hat keine Lust zu betteln! Womöglich würden die nicht einmal den Anstand besitzen, Karoline allein zu lassen. Sie mag nicht einmal daran denken! Angeekelt schüttelt sie sich.

Zwischen Stuhl, Liege und ständiges Gehen wechselnd vergehen die Stunden zäh. Mit einer speziellen Atemtechnik beugt sie der erwarteten Angstphobie des Alleinseins entgegen; bisher erfolgreich.

Unregelmäßig und brachial beschleichen sie trübe Gedanken. Ihnen dann gnadenlos ausgeliefert, kämpft Karoline mit den Tränen. Hilflos jemanden ausgeliefert zu sein, fällt unter die Rubrik »Höhere Gewalt« und ist schrecklich genug. Also letztendlich liegt es nicht in der Hand des Opfers was geschieht. So weit, so gut. Schlimmer sind die Vorhaltungen gegen sich selbst! *Was hätte ich tun können, um zu verhindern?!*

Es ist ein geistiges *Selbstzerfleischen*, das unmittelbar einsetzt, wenn man ein wenig zur Ruhe kommt. Wenn die Gedanken soweit geordnet sind, um Fragen zu stellen, die die Situation beleuchtet und dadurch nicht völlig die Nerven zu verlieren.

In ihrem Fall wußte sie um die mögliche Gefahr! Sie verließ sich auf ein Versprechen eines Mannes, den sie einmal liebte! Wie konnte er nur versagen?

Sie gibt den Tränen freien Lauf, was sie noch wütender, noch aggressiver werden lässt. Doch ihr sind die Hände gebunden! Willenlos legt sie sich auf die Liege. Karoline muss aufpassen, um nicht durch eine unüberlegte Drehung herunterzufallen.

An mehreren Stellen drückt das Holzgerüst durch die sehr dünne Auflage. Ruhe findet sie so keine, selbst wenn man von den Umständen absieht, die sie noch belasten. Genervt steht Karoline wieder auf.

Bewegung ist das einzig Wahre in dieser verzwickten Situation. Sie spannt die Muskeln und gibt dem Drang nach, etwas zu tun. Jedoch nimmt die Sinnlosigkeit bereits nach wenigen Schritten erschreckende Konturen an …

* * *

Sophie hingegen ist im Baumoval zur relativen Unbeweglichkeit verdammt. Zwar kann sie sich ein wenig strecken, doch das reicht bei weitem nicht. Zumal sie geplättet von ihrer Entdeckung ist, und sich nicht traut, den Schlupfwinkel zu verlassen. Kein Mensch kann sagen, wie der ältere Waylon reagiert sie zu sehen, noch dazu, dass Sophie das Versteck jetzt kennt!

Vorsichtig lugt sie aus dem Oval. Die Lichtpyramiden sind genauso »abgeschnitten«, wie vorher. Angepasst an die Oberfläche des vorhin nur kurz sichtbaren Gefährtes, was aussah wie eine aus einem alten SF-Film entsprungenen Einmann-Flugzeuges. Alt und doch moderner als Heutige. Wenn Waylon es unsichtbar machen kann, was kann das Teil dann noch alles? Durch die Unterhaltungsindustrien aufgeklärt, vermutet sie auch, dass es möglich ist, die Umgebung durch Sensoren abzutasten. Sophie kann also keinen Schritt machen, ohne bemerkt zu werden und einen Alarm auszulösen!

Heikle Situation!

Ihre Fantasie malt schreckliche Bilder. Automatische Laser eröffnen ohne Vorwarnung das Feuer, sobald sie erfasst wird. Sie sieht sich schwer getroffen und um Hilfe bettelnd, während Waylon grimassenhaft hämisch grinst und sie als naiv beschimpft. Da kommt Sophie der Verdacht, Waylon ist nicht mehr »der Alte« Waylon, indem sie sich heimlich verliebt hatte!

Sollen die Jahre ihn dermaßen verändert haben?

Er hat sicherlich einiges durchgemacht. Erfolg scheint er keinen gehabt zu haben, denn sonst wäre er nicht hier!

Sophie entfährt ein tiefer Seufzer. Wie nun weiter? Ratlos versinkt sie in ihre Gedanken. Da wird sie durch ein auffälliges Kratzen aufgeschreckt …

* * *

In kühleren Breitengraden ist die Vegetation mit der Tropischen natürlich nicht vergleichbar. Dennoch fühlt sich das Mohrenmaki-Weibchen hier ziemlich wohl. Es gibt ausreichend zu fressen, in den Bäumen findet er Schutz vor nächtlichen Räubern. Das Tier liebt den Wald. Vieles gibts zu entdecken. Andere Bewohner, die das Maki-Weibchen auf Uridräo lange suchen musste, sorgen für reichhaltige Abwechslung. Ganz oben in den Baumkronen hat er einen besonders guten Überblick. Und zu sehen gibt es immer was.

Wenn das Zwielicht herrscht, wird es besonders interessant. Am Boden beginnt dann ein Rascheln, das die Herrscher der Lüfte anlockt. Das Maki-Weibchen ahnt instinktiv, dass mit denen nicht zu spaßen ist und hält sich versteckt. Geräuschlos rauschen sie heran, ihre scharfen Krallen bohren sich in das Fleisch des Opfers und im nächsten Augenblick fliegen sie wieder davon.

Das Wiedersehen mit dem Dakota hat alles geändert. Das Maki-Weibchen kehrt ab da nicht mehr zum Stützpunkt zurück, verbringt seitdem die Zeit hier im Wald. Auf der Suche nach einem geeigneten Schlupfwinkel, fand das Weibchen das Baumoval, indem heute eine Überraschung wartet.

Das Maki-Weibchen hat Tage vorher genau von diesem Platz Waylon Zwei gesehen. Kurz vor Karolines Auftauchen saß das Äffchen mit treuem Blick und demütig vor dem Gleiter. Leider kam Riley hinzu und verjagte es. Den darauffolgenden Streit zwischen den beiden Männern bekam es nur verbal mit; die Stimmen schallten weithin.

Das Vertrauen ist angeknackst. Das Weibchen versteht die Reaktion nicht, erfuhr es doch von Menschen bisher nur Zuneigung. Offensichtlich gelingt es Waylon seinen Kumpan vom Gegenteil zu überzeugen. Riley gibt sich alle Mühe, dem Tier zu beweisen, dass alles nur ein Irrtum ist. Am nächsten Tage um die Mittagszeit folgt dann das Maki-Weibchen Waylon in den Gleiter.

Rileys Frieden nicht ganz trauend, verschwindet es immer wieder in den Wald. Wäre Waylon allein, würde das Weibchen bleiben.

Den Baumstamm empor klettert das Maki-Weibchen in rasanter Geschwindigkeit. Wendig balanciert es über dünne Äste, für die sein Gewicht keine Rolle spielt. Ein gut ausgeloteter Sprung bringt das Tier ans Oval-Äußere. In der Nacht hatte es geregnet, dadurch greifen des Weibchens Krallen nicht sofort und es rutscht ab. Instinktiv stößt es sich wieder ab, bekommt unterhalb besseren Halt. Dann kommt es sicher zu der Öffnung, die das Weibchen als Eingang nutzt.

Den Kopf bereits im Oval, verharrt es plötzlich. Ein Augenpaar schaut ihm ängstlich entgegen.

* * *

Weder weiß sie, wie spät es ist, noch was nun auf sie zukommt. Karoline hat einige Minuten Schlaf gefunden, den man allerdings nicht erholsam nennen kann. Bleiern und *neben der Spur* fühlt sie sich im Moment wie im falschen Film. Draußen hört sie nachhallende Schritte.

Gleich wird die Tür aufgehen und der, der sich Callum nennt, eintreten! Was sie dann erwartet, steht in den Sternen.

Doch nichts geschieht. Die Schritte entfernen sich wieder und Karoline bleibt allein.

* * *

Was hatte die singende Stimme noch gesagt? Neun Uhr? Waylon sieht auf die Uhr. Noch nicht einmal sieben! Alle paar Minuten sah er auf den Zeitmesser. Und genauso oft schalt er sich! Es ist etwas anderes, wenn die Zeit nicht vergehen will, wenn sie es denn soll! Unter anderen Umständen rennt sie. Braucht man sie oder möchte etwas genießen – *klack* – sind die Minuten oder Stunden nur so dahin geschmolzen. Ungerecht!

Neun Uhr! Eine leidliche Herausforderung für seine Nerven!

Starke Kopfschmerzen plagen ihn dazu. Der Kaffeekonsum schnellte in den letzten Stunden rapide in die Höhe. Sein Magen rebelliert. Eigentlich müsste er etwas essen, und der Körper schreit nach *richtiger* Flüssigkeit. Widerstrebend sucht Waylon nach einer Kleinigkeit. Er braucht einen klaren Kopf, keinen *schlabberigen*! Hoffentlich reicht dafür die Zeit …

Ein Gedankensplitter löst sich aus dem ansonsten geistigen Kauderwelsch. Waylon erstarrt.

»Wo ist der verdammte Treffpunkt?!«, schreit er hysterisch.

So gut es geht, versucht er sich an den genauen Wortlaut des Anrufers zu erinnern. Leider misslingt dies. Ihm wird nichts anderes übrig bleiben, als abzuwarten.

* * *

Was, um alles in der Welt, ist das? Ein behaartes rundes Gesicht mit einer zuckenden Nase kommt direkt neben ihr zwischen zwei weniger starken Ästen, auf Höhe ihres Kopfes, zum Vorschein! Ihr Herz macht einen Hüpfer, droht auszusetzen. Vor Schreck geht sie automatisch zur Schnappatmung über, die wiederum sie noch kurzatmiger werden lässt.

Geh weg!, will sie rufen. Vergebens! Auch die Stimme versagt. Dem *Ungetüm* ausgeliefert, presst sich Sophie so fest wie es geht an den Baum, dass es fast schmerzt.

Wild zuckt die Nase hin und her und her und hin. Das Spiel geht eine geraume Weile so weiter. Irgendwann kann Sophie wieder logisch denken.

»Du tust mir doch nichts, oder?«

Das Näschen unterbricht seinen hüpfenden Schnuppertanz und die zwei braunen Augen ruhen auf ihr.

»Du wirst mich nicht …«

Mit einem Ruck schlängelt sich der Maki ganz durch die Öffnung, kommt auf Sophies Schoß zu sitzen. Ein Raubtier würde jetzt knurren, die Lefzen fletschen. Doch das Äffchen schaut nur treuherzig und beginnt mit der Fellpflege.

Noch immer ist die wie paralysiert. Jedoch je länger Sophie dem Tier zuschaut wird sie lockerer. Und dann dämmert es ihr.

»Du bist doch die *Kleine* von Waylon …«

Ungeachtet aller Vorsicht lacht sie ein ihr untypisches, krampfhaft befreiendes Lachen.

Vierundzwanzig

Punkt acht Uhr neunundfünfzig klingelt das Mobilteil. Sofort hebt Waylon ab.

»Ja?«

»Wie ich höle, sind Sie da! Das fleut mich, Mistel Latham.«

»Wohin soll ich …«

»Nul die Luhe. Ich bin gleich bei Ihnen.«

»Aber Sie wissen doch nicht …«

»Alles in Oldnung, Mistel Latham. Wie ich beleits sagte, bleiben Sie luhig. – Ach ja, Mistel Latham. Bitte setzen Sie sich und schließen Sie die Augen!«

»Aber …«

Klack!

Waylon versteht die Welt nicht mehr. Was soll das denn werden? Ein Versteckspiel? Warum sonst soll er die Augen …

Die Antwort erfolgt genau um neun Uhr. Mit dem Rücken zur Wand stehend, leuchtet es im Wohnzimmer grell auf. Begleitet wird das gleißende Licht durch einen untertourig Vibrationston, der insbesondere im Magen zu spüren ist. Nicht einmal die Hand schützt gegen das nicht vergehen wollende grelle Licht. Erst viel später wird Waylon klar, dass die Rezeptoren der Augen überfordert waren und die Sehkraft nur allmählich zurückkehrt. So bleibt er blind, als sich aus dem Lichtball die Form eines Transmitters herausschält und eine bekannte Statur aussteigt.

»Sie hätten auf mich hölen sollen, Mistel Latham«, erklingt die mysteriöse Singstimme, die ewig gut gelaunt scheint. »Abel keine Angst. Wild gleich bessel.«

Der Eindringling hat nicht gelogen. Allmählich lässt die Helligkeit nach, verschwommene Umrisse nehmen ursprüngliche Formen an. Immer mehr kristallisiert sich die Statur heraus, die Waylon wirklich nicht erwartet hat.

Blinzelnd versucht er ein schärferes Bild zu bekommen.

»Callum?«

»Sie kennen mich?« Der Fremde ist sichtlich erstaunt.

»Na klar! Von Uridräo.«

Der Asiat macht eine nachdenkliche Miene. »Intelessant, wilklich sehl intelessant.«

Auch Waylon ist verwirrt. Weshalb erkennt Callum ihn nicht? Doch was Waylon noch mehr beschäftigt ist dessen seltsamer Akzent.

»Wie geht es Jayden und Claire?«

»Jayden? Clail? Wer soll das sein?«

»Deine … unsere Freunde …«

Callum verzieht das Gesicht noch mehr. Offensichtlich hat der keine Ahnung, was Waylon meint.

»Nun komm schon, Callum. Du kannst doch nicht alles vergessen haben!«

»Sie elstaunen mich, Mistel Latham. Sie wollen mich nul velwillen.«

Hat der alte Wächter etwa durch die Flucht vom Mond Uridräo einen Blackout erlitten? Außergewöhnliche Ereignisse verändern nicht selten die Psyche eines Menschen. Also auszuschließen ist das nicht.

»Und dieser Aiden?« Kaum wagt es Waylon die Frage zu stellen.

Ein eigenartiges Blitzen in Callums Augen verrät einiges.

»Aiden geht es gut, Mistel Latham. Danke del Nachflage.«

Was geht hier vor? Soweit Waylon sich erinnert, würde der Callum den Waylon kennt, anders reagieren.

»Und die ›Sternenbruderschaft‹?«

Das aufgeflammte Blitzen verschwindet.

»Mistel Latham! Ich weiß nicht, was Sie fül ein Spiel spielen! Sie wollen mich kennen, und ich kann mich nicht entsinnen, mit Ihnen jemals eine Untelhaltung gefühlt zu haben. Besinnen wil uns stattdessen auf unsel heutiges Anliegen, und lassen Flüheles luhen!«

Waylon überlegt kurz und beschließt, vorläufig mitzuspielen.

»Du … Sie haben Karoline?«

»Lichtig.«

»Sie sprachen davon etwas von mir zu wollen, Callum.«

»Exakt.«

›Wenn der nicht bald sein blödes Grinsen lässt, gibts was auf den Schirm‹, denkt Waylon ärgerlich.

»Wil wollen das Altefakt, Mistel Latham.«

Welches Artefakt?

»Sie wissen genau welches, nicht wahl?«

»Ehrlich gesagt nein, Mr Callum.«

Die Miene des Asiaten verfinstert sich, dennoch bleibt rin Hauch dieses süffisanten Lächelns.

»Ich helfe Ihnen geln auf die Splünge. Sie fanden es untel einem Baum, einen sehl alten Baum.«

»Ich weiß nicht …«

»Denken Sie an Ihle Flau.«

»Sie meinen meine Ex-Frau!«

Erneut überfliegt ein Schatten des Unverständnisses über Callums Gesicht.

»Was nicht heißt, sie ist mir egal«, fügt Waylon hinzu.

»Unselen Beobachtungen zufolge leben Sie zusammen und sind velheilatet!«

Wiederum stutzt Waylon.

»Ich war es, doch das ist lange her.«

Endlich erlöscht das Lächeln des Asiaten Callum.

»Abel Sie haben vorgestern doch Ihle Leise beendet …«

»Nein, Sie irren sich, Callum. Karoline und ich leben getrennt. Sie hat später wieder geheiratet.«

Diese Aussage sitzt! Wenn dieser Typ hier nicht *der* Callum ist, und wenn er ihn für einen anderen hält, dann kann das nur eines bedeuten: Die Zeitirritation ist inzwischen weiter fortgeschritten! Irgendwann war etwas geschehen, was zu einer Vermischung der Ebenen führte. Aus der Literatur kennt Waylon dieses Phänomen als Paralleluniversum.

»Abel Sie sind Mistel Latham?«

Die Verunsicherung in Callums Stimme ist unüberhörbar.

»Ja, Sir. Genauso wie *Sie* Callum sind, den ich kenne.«

Die beiden Männer schauen sich gegenseitig tief in Augen. Jeder will wissen woran er ist.

»Was ist mit dem Altefakt?«

Waylon räuspert sich.

»Welches Artefakt?«

Der Asiat kämpft mit sich.

»Ich welde es Ihnen sagen, Mistel Latham. Sollten wil uns getäuscht haben, möchte ich Ihnen schon jetzt mein auflichtiges Bedauern hielmit kund tun.«

Waylon atmet innerlich auf und deutet ein Nicken an.

»Also gut. Es geht um das Altefakt einel alten Legende.«

»Und was soll ich damit zu tun haben?«

Nach einer kleinen Pause beginnt Callum sich zu erklären.

Die Legende ähnelt der vom Dakota. Es geht um seltsame Kreaturen, die vom Mittelpunkt des Universums aus intelligentes Leben überall hin brachten. Überliefert wurde, dass von diesen Wesen ein kristallisiertes Artefakt in Form einer ›Träne‹ existieren soll, die durch die Weite der Unendlichkeiten jede Galaxie durchquerte. Dabei blieb jeweils ein Stück in ihnen zurück, um nach einiger Zeit aktiv zu werden. Aus unerklärlichen Gründen verschwand es spurlos. Weder die Kreaturen noch das Artefakt selbst wurden je wieder gesichtet. Der Legende nach hat die ›Träne‹ ihr Ziel erreicht. Nachdem in jeder Galaxie ein Teil des *Lebenden Lichts* war, flog der Rest den letzten potentiellen Lebensplaneten an und soll dort noch heute sein.

Waylon hört bald nur noch mit einem Ohr zu. Die Geschichte kennt er. Was ihm weitaus mehr beschäftigt ist Karolines zweiter Mann: Ryan Fryer! Dieser Ryan hat mehr damit zu tun, das ist schon mal sicher. Wieso hatte Waylon sonst die Vision mit dem ›Mutterkristall‹? Und dann die Ortsbezeichnung *Yucatán 1983.*

Sollte vor fünfundsechzig Millionen Jahren der Asteroid, der ein Massensterben auslöste, dass dadurch die viel kleineren Säugetiere den Planeten erobern konnten, aus denen später der Mensch hervorging, das Artefakt sein?

Erneut droht die Welt sich um Waylon zu drehen. Ihm wird übel.

»Alle Anzeichen deuten dalauf hin, dass es hiel auf del Elde zu finden ist«, schließt Callum seinen Bericht.

»Warum ausgerechnet auf unseren Planeten?«, stöhnt Waylon.

»Weil el del letzte Planet wal, zu welchem sein Weg es fühlte, Mistel Latham.«

Der letzte Planet! Das hieße ja, die Menschheit wäre das jüngste Geschlecht der intelligenten Rasse!

Waylons Magen krampft, er muss würgen.

»Ist Ihnen nicht gut?«

Er kann keine Antwort geben, denn er befürchtet, dann sich übergeben zu müssen. Waylon hebt entschuldigend die Hand und wankt in die Küche. Alles was er jetzt braucht ist frisches Wasser und Luft!

Das Fenster aufreißend und den Wasserhahn anstellen ist eins. Jetzt rächt sich, dass er nicht ausreichend gefrühstückt hat! Doch wie konnte er auch, da er Karoline in Gefahr glaubte?!

»Was wird aus meiner Ex-Frau?«

»Ihl wild nichts geschehen. Wal nie beabsichtigt, glauben Sie mil.«

Jetzt kommt Waylon eine Idee.

»Bringen Sie Karoline her. Dann reden wir weiter. Vielleicht finden wir ja gemeinsam einen Weg.«

Callum scheint nachzudenken.

»Untel diesen Umständen ein möglicher Weg. Ich sehe, was ich tun kann.«

Da die Übelkeit noch immer Waylon im Griff hat, nickt er

nur leicht. Etwas Wasser aus dem Hahn trinkend, bemerkt er nicht sogleich Callums Verschwinden.

Fünfundzwanzig

Ebenfalls um neun Uhr morgens sitzt Sophie im Gleiter, ihr gegenüber Waylon II und ein Unbekannter, dessen Namen ihr allerdings bekannt ist. Schweigend sehen sie sich an. Auf Waylons Schulter thront der Maki, der sichtlich die Liebkosungen genießt.

Sie kann nicht anders, als Waylon musternd zu betrachten. An seinem Augenglanz glaubt Sophie wenigstens Sympathie zu erkennen. Ansonsten schaut er grimmig drein. Erfreut über ihr Auftauchen ist er selbstredend nicht.

Das lange weiße, streng zu einem Zopf gebundenes Kopfhaar verleiht ihm einen Touch eines japanischen Samurai-Kämpfers. Dagegen wirkt der längliche Bart ungepflegt.

»Ich hätte nie geglaubt, dich wieder zusehen, Sophie«, durchbricht Waylon die gespannte Stille. »Wie hast du mich gefunden?«

»Purer Zufall«, antwortet Sophie schüchtern mit belegter Stimme. Auch sie hätte niemals für möglich gehalten, jemals mit ihm zu reden. Für sie war er abgehakt.

»Ich hab's doch gleich gesagt, dass uns hier jeder finden kann!«, herrscht Riley dazwischen. »Du und deine *Vorsicht*!«

Waylon ignoriert den Einwand, auch wenn dieser berechtigt ist.

»Zufall?«

Sophie nickt. Der Kloß im Hals will einfach nicht weichen.

»Erzähl!«

Sie schluckt hart. Mit leiser Stimme erzählt Sophie stockend wie es dazu kam. Die Männer hören aufmerksam zu, ohne sie nur einmal aus den Augen zu lassen. Im Mittelpunkt steht sie nicht gern. Selbst vor engen Freunden hält sie sich bedeckt.

»Also weiß niemand von dieser Lichtung?«

»Nein, woher auch.«

»Okay«, meint Waylon gedehnt. »Darauf können wir aufbauen.«

Sie zieht ihre Augenbrauen zusammen.

Statt Waylon II spricht Riley weiter, der ihre unausgesprochene Frage beantwortet: »Sie bleiben bei uns, Miss!«

* * *

Etwa zeitgleich kehrt der Transmitter zurück und materialisiert direkt im Wohnzimmer. Ihm entsteigt neben Callum auch Karoline. Als sie erkennt, wo sie gelandet sind, fällt ihr ein Stein vom Herzen.

»Wo ist Way?«, fragt sie, da er nirgends zu sehen ist.

»Ich bin hier«, ruft er aus der Küche.

Erleichtert geht sie zu ihm. Und noch erleichterter ist sie, dass sie endlich frei ist und ihn in den Arm nehmen kann. Sofort laufen ihr fiel Tränen über die Wangen.

»Ich hoffe, Mistel Latham, Sie halten Ihl Velsplechen?!«

»Lassen Sie uns setzen, Callum.«

Lächelnd folgt der Asiat Waylons freundlich gemeinter Geste. Und er meint es auch wirklich so, denn er verspürt keinen Groll. Wozu auch!

»Laut der Legende, von der Sie mir erzählt haben«, beginnt Waylon nachdenklich, als sie sich gegenüber sitzen, »war das Ziel des *Lebenden Lichts* die Erde.«

»Ja, das stimmt.«

»Und vorher durchreiste es das gesamte Universum?«

»Ja, auch lichtig.«

»Stimmt dann auch, dass wir dann auf der Erde die zuletzt

entstandene Spezies sind, die eine Intelligenz haben?«

Wieder bejahte Callum.

»Wie sicher sind Sie sich, dass es tatsächlich so ist? Könnte es nicht sein, dass das Artefakt weiterflog?«

Callum lächelte.

»Unsele Wissenschaftlel sind felsenfest übelzeugt davon. Übel viele Jahlhundelte haben sie gefolscht und gelechnet.«

»Aber *möglich* wäre es schon?«

Callum atmet tief ein. Ausschweifend erklärt er die wissenschaftlichen Vorgehensweise auf Arimea und deren Erfolge. Die der irdischen Technologie weitaus überlegene Arimeas arbeite präzise und schnell. In nur wenigen Jahren der arimeanischen Zeitrechnung, gelang es das Universum zu erfassen und zu katalogisieren. Mithilfe der Zeittransmitter besuchten sie alle Planeten, auf denen ein Stück des Artefaktes einst niedergingen. Diese Bruchstücke sollen eine Indifferenz in der Zeit beherrschbar machen, in denen Zeitirritationen auftreten, mit verheerenden Folgen.

»Stellen Sie sich vol, velgangenes geschieht zeitgleich mit zukünftigen! Fatale Folgen fül das Gegenwältige!«

Waylon horcht auf. Das ist neu für ihn. Im Grunde genommen unvorstellbar. Wie soll das gehen? Kommt dann Cäsar etwa angeritten und kämpft gegen Raketen?

»Del betloffene Planet behelbelgt dann alle Lebewesen gleichzeitig, die el im Laufe seinel Existenz helvolgeblacht hätte!«

Waylon runzelt die Stirn.

»Alle auf einmal?«

»Und nicht nul das. Sie müssen sich volstellen, Anfang und Ende ist gleichzeitig! Also auch del Planet und ein gewisses Umfeld, was wiedelum von del Masse des Himmelskölpels abhängt, sind betloffen.«

Ungläubig verzieht Waylon das Gesicht. Karoline vergräbt ihr Antlitz in den Händen.

Allein die Vorstellungskraft reicht nicht aus, um annähernd

ein authentisches Bild zu erhalten. Callum eröffnet beiden, selbst einmal Augenzeuge gewesen zu sein. Er erlebte den Wechsel aller früheren, jetzigen und späteren Zustände. Aus sicherer Entfernung sah er, wie sich alles verdüsterte. Zeit war bedeutungslos geworden. Haltloses Chaos beherrschte bald die kleine Galaxie. Sie sog alles um sich herum spiralförmig auf.

»Was wurde aus den …« Karoline scheut sich die Frage zu Ende zu stellen.

Callum lächelt nicht mehr. Obwohl er nichts sagt, spricht sein Blick Bände.

Entsetzt schlägt sie die Hände leise schluchzend vors Gesicht. In ihrem Kopf tobt ein gewaltiger, bestialischer Film, den menschliche Vorstellungskraft hervorbringen kann. In der Wirklichkeit, die – hoffentlich – niemals ein Menschen einholen mag, ist alles noch weitaus drastischer und bedrohlicher. Dort hat Leben keine Chance. Und niemals will das auch jemand erleben *wollen*!

Waylon hadert. Soll er seine Vision mit dem Asteroiden Callum mitteilen? Oder das Bild erwähnen, das Karolines Ex-Mann in Yucatán zeigt? Beides sind eindeutige Indizien dafür, dass die Legende stimmt.

Der Callum, der sich ihnen als dieser vorstellte, hat etwas an sich, was Waylon als nicht vertrauenswürdig einstuft. Was genau ihn stört ist nicht auszumachen. Aber da ist etwas!

So entscheidet Waylon vorläufig, darüber zu schweigen. Karoline ist mit dem Nerven am Ende, von ihr ist nicht zu erwarten, dass sie sich verplappert.

Während die beiden über das soeben Gehörte nachsinnen, schweift Waylon gedanklich ab. Er braucht einen Plan! Mithilfe der Glaskabine ist es bis Yucatán ein Katzensprung. Der gigantische Krater des damaligen Einschlags ist noch immer gut zu erkennen. Nur wie kommt er in die Tiefe? Er kann nicht glauben, dass der ›Mutterkristall‹ einfach so daliegt. Darüber wäre ausgiebig geschrieben und berichtet worden. Oder die zuständige Regierung hätte es als *Top Secret* unter Verschluss gehalten!

Verschwörungstheorien gibt es zuhauf. Nein, damit will er nicht auch noch was zu tun haben! Nicht auszudenken …

»Haben Sie eine Idee, Mistel Latham?«

Waylon zuckt auf. Mit gerunzelter Stirn verneint er. Callum scheint ihm ebenfalls nicht zu trauen! Er muss höllisch aufpassen, was er tut!

»Ich Frage mich nur«, sagt Waylon gedehnt, »was mit der Erde geschieht, wenn das hier auch so eintreten sollte …«

»Es wild dann Ihle Galaxie nicht mehl geben! Weithin wild sich die Enelgie, die fleigesetzt wulde, vom Untelgang zeugen.«

Es ist etwas anderes, wenn man über Dinge philosophiert, die in unvorstellbaren Entfernungen stattfinden. Im Maßstab des Universums sind es vielleicht nur ein paar Meter. Nun bekommt auch Waylon ein *beschissenes* Gefühl! Unsagbare Angst ergreift den sonst pragmatisch Denkenden. Ihm verschwimmt vor den Augen alles.

Ereilt Waylon gleich wieder eine dieser Visionen? Nicht gut! Denn dann könnte er Callum nichts mehr vormachen. Dann müsste er Farbe bekennen. Waylon kämpft dagegen an, schließt seine Augen.

»Luhen Sie sich aus, Mistel Latham. Sie und ihle Ex-Flau.«

Waylon kann das Glück gar nicht fassen. Der will gehen?!

»Und was wird aus dem Artefakt?«

»Wil suchen weitel. Und Sie welden uns dabei sichellich helfen, nicht wahl?«

»Wenn ich dazu fähig bin, gern.«

Callum steht auf.

»Ich melde mich bei Ihnen.«

Drei Stunden sind vergangen. Waylon ist wie durch den Wind, kaum dass er Karoline sein Vorhaben plausibel erläutern kann.

»Und du meinst, dass ist eine gute Idee?« Karoline klingt

besorgt.

»Ich habe dir doch die Vision erzählt«, antwortet Waylon bestimmt. »Es *kann* nur so sein!«

»Und was wird aus mir?«

»Du gehst zu Elionor. Sie ist die Einzige, die das versteht.«

»Wenn aber der Kerl auch dort auftaucht?«

»Karoline«, er umfasst mit beiden Händen ihre Schultern. »Er wird dir nichts tun. Er ist wenn, dann hinter mir her.«

Bedrückt senkt sie den Blick.

»Alles wird gut«, flüstert er. »Wir können alles wieder in Ordnung bringen. Und dann ist der Spuk vorbei.«

»Glaubst du?«

»Ja.«

»Ich meine – glaubst du, *du* schaffst es?«

Waylon schaut sie eindringlich an.

»*Wir* schaffen das.«

Er umfasst zärtlich ihr Kinn.

»Und du kommst wieder?«

Waylon lächelt sanft. Statt einer Antwort küsst er sie.

Sechsundzwanzig

Eine Zukunft mit Waylon! Wie oft hat Sophie davon geträumt? Jetzt sollte dies *Knall auf Fall* Realität werden. Ihr Leben wird auf dem Kopf gestellt, was an sich nicht schlimm ist. Nur hätte sie gerne selbst diese Entscheidung getroffen! Stattdessen entschied Riley. Sie mag den Typen nicht sonderlich. Was der für eine Rolle spielt bleibt ihr verborgen. Anscheinend hat das etwas mit Waylons ursprünglichen Plan zu tun, der mit dem Versprechen an Claire zu tun hat.

Sophie ist eindeutig überfordert; mit Riley, Waylon, mit sich und der Situation sowieso. Der neue Weg ist eingeschlagen, da lässt sich nichts mehr ändern. Was ihr bleibt ist die Zuversicht, das Beste daraus zu machen. Langsam arrangiert sie sich damit. Wie gesagt: Da muss sie nun durch!

Bisher hat Waylon noch nicht viel dazu gesagt, wie es weiter gehen soll. Überhaupt kommt er ziemlich mürrisch und in sich gekehrt rüber. Von Optimismus fehlt jede Spur! Kein Vergleich zum *alten* Waylon.

Der Gleiter bietet nur wenig Annehmlichkeiten für einen dauerhaften Aufenthalt. Wie gesagt: Sophie ahnt nichts von Waylons Plänen und irgendwie hat sie die Befürchtung, dass er es selbst ebenfalls nicht weiß.

Die Luke zischt auf.

»Bis zum Abend bin ich wieder da«, hört sie Riley sagen.

»Bleib vorsichtig«, redet Waylon ihm ins Gewissen. »Er darf nichts bemerken!«

Nach kurzer Stille wird die Luke wieder geschlossen. Sophie hofft auf nähere Informationen, wird jedoch enttäuscht. Waylon zieht sich zurück ohne ein Wort mit ihr zu wechseln.

›Der ignoriert mich!‹

Weitere Minuten vergehen. Nervös beißt Sophie auf die Fingernägel.

›Der will nicht, dass ich da bin!‹

Wiederum ertönt ein Zischen. Sie schrickt aus ihren traurig-düsteren Gedanken auf, sieht erwartungsvoll auf den eintretenden Waylon.

»Hi«, flötet sie leise.

»Hi.«

›Er lächelt nicht einmal …‹

»Möchtest du etwas trinken?«

Ihr Blick verrät nach mehr, als nur einen Drink.

»Riley sondiert die Lage. Weiß Elionor wo du bist?«

»Nein«, antwortet sie ebenso leise wie vorher.

»Du musst verstehen. Mir gefällt es auch nicht. Glaub mir! Aber das Risiko ist einfach zu hoch.«

»Welches Risiko?«

»Niemand darf erfahren, dass es mich gibt!«

›Zu spät, Way!‹

»Wir wissen nicht, was dann passiert.«

›Na nichts!‹

»Besonders mein Pendant aus dieser Zeit darf nichts erfahren! Sonst verändert er unsere Zukunft.«

›Die hast du schon verändert!‹

»Leider musst du mitkommen.«

»Und wenn ich nicht will?«

Waylon sieht sie ernst an.

»Sperrst du mich dann ein? Oder bringst mich auf diesen Stützpunkt und überlässt mich wilden Bestien?«

»Auf Uridräo gab es keine Bestien.«

»Und was war das mit dieser Kreatur?«

»Sophie. Die Dinge haben sich verändert. Den Mond gibt es nicht mehr. Und die Kreatur demzufolge auch nicht mehr.«

Sophie ist bestürzt.

»Ich habe über Jahre nachgeforscht, was passiert ist. Soweit ich herausgefunden habe, trägt Aiden keine Schuld daran. Ebensowenig wie die ›Sternenbruderschaft‹ selbst.«

»Wie konnte das dann …«

Waylon zuckt mit den Schultern. »An Stelle des Mondes

gibt es da jetzt ein Schwarzes Loch.«

Einiges hat man darüber gehört, und auch bewiesen. Eine große *aufschreiende* Diskussion gab es in den Medien, als in der Schweiz CERN den Betrieb aufnahm. In einem knapp siebenundzwanzig Kilometer langen Ringtunnel werden Protonen auf Lichtgeschwindigkeit beschleunigt, und kollidieren miteinander. Man befürchtete die Entstehung eines kleinen Schwarzen Lochs, das jedoch ausgereicht hätte, die Erde einzusaugen. Es geschah nichts dergleichen. Nach neun Tagen wurde der Beschleuniger wegen eines Defektes für ein Jahr still gelegt.

Denkbar allerdings wäre es, dass es Menschen in einigen hundert Jahren gelingen wird, derartige intergalaktische Phänomene nicht nur zu verstehen, sondern auch selbst zu erzeugen.

»Es hat etwas mit dem Gewahrer zu tun«, spricht Waylon weiter. »Da fresse ich den Besen, wenn es anders wäre!«

Sophie lässt das Gehörte kurz sacken.

»Rebecca hat alles kaputt gemacht …«, stammelt sie vor sich hin. Deswegen war Waylon aufgebrochen, um sie daran zu hindern.

»Cloe oder bürgerlich Rebecca hat damit nichts zu tun«, wirft Waylon ein. Diesen Irrglauben konnte er widerlegen.

Sophie verzieht das Gesicht.

»Es ist viel komplizierter«, redet er weiter. »Der alte Dakota selbst hat ›Dreck am Stecken‹, wie es so schön heißt. Ich habe herausgefunden, dass er mit der ›Sternenbruderschaft‹ auf Kriegsfuß stand. Die Gründe dafür liegen irgendwo im Dunklen. Die Bruderschaft hegt nur das eine Ziel: Intelligentes Leben zu einen! Wie wir aus der eigenen Geschichte wissen, geht es meist nur um Machterhalt. Dafür geht man über Leichen. Schürt Misstrauen, die in verheerende Kriege münden. Die Welt ist voll davon.

Anderswo in den Galaxien ist das nicht anders. Arimea, der älteste Planet überhaupt, erfuhr in seiner Frühgeschichte mehrmalig die ultimative Zerstörungswut. Die Arimeaner haben Beweise gefunden, dass ihre Zivilisation dutzende Male aufstieg. Ihr Niedergang riss beinahe den gesamten Planeten ins Verderben.

Auch im All existieren Intelligenzen, die sich zwar so nennen, weil sie ein Bewusstsein besitzen und dieses auch einsetzen. Doch auf eine Weise, die sie selbst weiterbringen. Dagegen kämpfen die Arimeaner. Oft erfolgreich.«

Waylon erzählt von der uralten Legende, die auf Arimea ähnlich den heiligen Schriften auf der Erde gestellt ist. Sophie erfährt so vom ›Mutterkristall‹ und seiner urzeitlichen Reise. Sein Stellenwert bei den Arimeanern ist gottgleich, nur sie beten ihn nicht an.

»Aiden befehligt ein Heer von Millionen Soldaten, die mit allen Mitteln die Ziele der ›Sternenbruderschaft‹ schützen. Auch mit Gewalt und den daraus resultierenden Konsequenzen.«

»Aber was hat der Dakota damit zu tun?«

»Alle Kontaktaufnahmen seitens der Arimeaner zu uns wurden entweder falsch gedeutet oder ignoriert. Man könnte meinen, die Menschheit wäre noch nicht soweit. Dabei spielen Interessen eine gewichtige Rolle. Wie gesagt, wer die Macht hat entscheidet. Der Dakota muss irgendwann als Gewahrer mit der Gegenseite in Kontakt gekommen sein. Wer *die* sind, entzieht sich meiner Kenntnis. Als Rebecca ihm über den Weg lief, war sie ein leichtes Opfer. Alte Mysterien sind immer reizvoll! Gib einem Urmenschen eine Handfeuerwaffe und Schau zu, was passiert. Anfangs hat er vielleicht noch Angst, doch bald wird er sie beherrschen. Er wird ihre Vorzüge erkennen. Die Waffe wird eingesetzt zur Beschaffung von Nahrung. Und dann ist der Weg geebnet, um auch zu töten. Gewalt erzeugt Gegengewalt!

Rebecca handelte ebenso, auch wenn der Vergleich hinkt. Sie lernte die arimeanische Technik kennen und lieben. Wie eine Droge. Eine Frage der Zeit, alles auch für eigene Belange einzusetzen.«

Dieser Gesichtspunkt eröffnet völlig neue Einblicke. Sophie schwirrt der Kopf.

»Mr Dako, wie er sich auf seinen *Morgenreisen* gern nennt, hat den Kodex als Erster untergraben …«

Waylon legt eine Pause ein. Sein Mund ist ausgetrocknet und er trinkt vom blauschimmernden Saft.

»Was hat er denn gemacht?« Von Neugier ergriffen, kann Sophie kaum erwarten, wie es weitergeht.

»Er hat ein Kind.«

»Er hat ein Kind?«

»So ist es. Und dadurch geriet alles durcheinander.«

»Und jetzt?«

»Ich war nicht untätig, Sophie. In der Legende bin ich fündig geworden. Das hat was mit dem ›Mutterkristall‹ zu tun. Nur der kann die Zeitdivergenz beseitigen.«

Ihr Kopf fühlt sich an, als wüten Tausende von Hornissen darin.

»Für mich sind inzwischen Jahre vergangen, die nicht spurlos an mir vorbei gegangen sind.«

Jetzt kann Sophie ein Lächeln nicht verkneifen.

»Eine Rasur täte dir ganz gut«, sagt sie unüberlegt, beißt sich auch sofort auf die Unterlippe.

»Und ein ziviler Haarschnitt«, stimmt er ihr schmunzelnd zu. »Bisher, also seitdem du mich das letzte Mal gesehen hast, lebte ich nur dafür, meine Mission zu erfüllen. Und mein Versprechen an Claire.« Plötzlich verfinstert sich sein Gesicht. »Deshalb ist Riley bei mir. Doch an Rebecca kommen wir nicht heran …«

Das die Glaskabine über Eigenschaften verfügt, die eigentlich unvorstellbar sind, wußte Sophie bereits. Das jedoch auch ein Zukunftsschau-Modus integriert ist, erstaunt sie abermals. Und sie erfährt weiter, dass Waylon es gelang seine Visionen zu steuern. Beides zusammen eine perfekte Grundlage, um bereits im Vorfeld zukünftige Vorhaben zu bewerten.

»Alle Bemühungen scheinen vergebens zu sein, um Rebecca da heraus zu bekommen. Es ist mühselig. Die Spirale ist nicht bezwingbar.«

In seiner Stimme schwingt Traurigkeit mit. Ihm geht alles doch näher, als Sophie es dachte. Der Kern des alten Waylon ist also noch vorhanden!

»Weißt du, wer das Kind von Dako ist?«

Waylon deutet ein bejahendes Nicken an. Er hadert gerade damit, ihr die ganze Wahrheit zu sagen.

»Und möchtest du es mir nicht …«

Seine Augen blitzen unmerklich auf, die zeitgleich mit einem erschreckenden, ebenso unscheinbaren Schatten überzogen werden.

Ungläubig starrt ihn Sophie an.

»Du meinst doch nicht etwa …«

Er senkt ertappt den Blick.

Sophie schnappt hysterisch nach Luft …

Siebenundzwanzig

Yucatán! Halbinsel zwischen dem Golf von Mexiko und dem Karibischen Meer. Einstige Heimat der Maya. Archäologen haben hier viele ihrer Stätten, wie Chichén Itzá, Uxmal, Tulúm und Edzná, gefunden, die über sechs Jahrhunderte eine wichtige Rolle spielten. Im Jahre 1517 landete Francisco Hernández de Córdoba an der Küste Nähe Cabo Catoche. 1547 konnte das Gebiet der spanischen Krone angeschlossen werden, dessen Eroberung Francisco de Montijo des Älteren zugeschrieben wird. Die Zuständigkeit wechselte mehrmals zwischen Neuspanien und Guatemala. Letztendlich schloss es sich 1822 dem neugegründeten Staat Mexiko an.

Einer Hypothese zufolge, schlug in der Phase des Überganges von der Kreidezeit ins Paläogen der Asteroid im karibischen Meer, an der Nordküste, ein. Heute nennt man den Krater »Cenotenring«, dessen Gesteinsanalyse ein Alter von mehr als fünfundsechzig Millionen Jahre ergab.

Im Süden gibt es dichte Regenwälder, während im Norden es dagegen sehr trocken ist. Die ebene Landschaft ähnelt einer Savanne oder Steppe, die durch karge, trockene Wälder unterbrochen wird.

Hier landet Waylon mit dem Zeittransmitter. Die Gegend lädt einen Europäer nicht gerade ein, um längere Zeit zu verweilen. Weit und breit kein Wasser. Eine Vertiefung, ein Einbruch im Kalkstein, erweist sich als wasserlos. Diese sogenannten ›Cenotes‹ gibt es in Yucatán häufig. Verantwortlich dafür sind eingestürzte Höhlendecken, die meist unterirdische Wasserläufe beherbergen.

In den Zeiten der Maya galten die Löcher als Eingang in die Unterwelt – *xibalba*. Forscher vermuten, dass eine Verbindung besteht zu dem wahrscheinlich größten Unterwasserhöhlensystem des Planeten, mit einer zurzeit bekannten Länge von fast elfhundert Kilometern.

Doch deswegen ist Waylon nicht vor Ort. Es gilt den ›Mutterkristall‹ zu finden! Alles andere ist nebensächlich.

Geübt aktiviert er die virtuelle Tastatur. Zuerst will er den näheren Umkreis abscannen, um sicherzustellen, dass etwas zu finden ist. Aus seiner Vision weiß er um die gigantische Größe des ›Mutterkristalls‹. Wenn er beim Aufprall nicht völlig pulverisiert wurde, würde die Glaskabine interne Technik ihn oder dessen Überreste finden.

Als Waylon die Tastatur vor sich sieht, macht er eine Entdeckung. Neben den bisherigen Symbolen, glimmt ein Neues auf, das zu schweben scheint. Es ist das Zeichen für Unendlichkeit umgeben mit einem flammenden, sich ständig in der Farbe wechselndem Kreis.

»Na sieh mal einer an!« Leise pfeift Waylon anerkennend. »Da sind wir gar nicht mal so falsch.«

Die Erbauer haben ganze Arbeit geleistet und an alles gedacht! Seine Achtung kann er kaum zurückhalten. Gern hätte er persönlich mit denen gesprochen. Doch leider liegen Jahrtausende zwischen ihnen! Aber man weiß ja nie, schließlich kann die Glaskabine weit in die Vergangenheit zurück …

»Eins nach dem anderen«, sagt er im Selbstgespräch. »Erstmal scannen.«

Der Vorgang dauert maximal zehn Minuten. Dazu kommen nochmals zehn für die automatische Auswertung, die eine Visualisierung beinhaltet. Diese sollte – wenn seine Überlegungen stimmen – wenigstens die Umrisse des Kristalls zeigen. Darauf ist Waylon besonders gespannt.

Am Himmel ist eine riesige Wolke zu sehen. Durch den Aufwind türmt sie sich spektakulär auf. Die eine Seite bescheint die Sonne, wodurch die Kanten sich scharf vom Himmelsblau abgrenzen. An der anderen Seite grenzen grauschwarze Wolken, die durch die auftreffenden Sonnenstrahlen dunkler wirken, als sie wirklich sind. Eine eigenartige Struktur verleiht dem Himmel einen surrealistischen Eindruck.

Er bekommt den Wetterumschwung erst mit, nachdem der

Wind an der Glaskabine rüttelt. Einige Böen sind so stark, dass sie den Transmitter ins Wanken bringen.

»Was ist das denn!?«

Genau über ihn ist ein Strudel am Entstehen. Sein Zentrum bildet augenähnlich eine Lücke im Gewölk, die den Blick freigibt ins tadelloseste Blau. Es bilden sich schräge Lichtpyramiden, in denen feinste Eispartikel das Licht regenbogenfarben widerspiegelt. Zu den Rändern hin herrscht ein Blaugrau vor, abgewechselt von türkisenen Streifen und schmutzigem Schwarz. Einige Wolkenabschnitte bilden nach unten führende Kuppeln. Das gesamte Gebilde rotiert um das blaue Zentrum.

Waylon überprüft den Visuelasierungsfortschritt.

»Komm schon, komm schon«, drängelt er. »Lass mich nicht hängen!«

Unterdessen verschwindet das »Blaue Auge«. An seiner Stelle tritt eine Verwirbelung.

»*Shit*«, schreit Waylon. Wird er Zeuge eines Hurrikans?

Endlich liegen die Ergebnisse des Scann's vor. Vor ihm wird die Visualisierung aufgebaut. Deutlich sind Brüche und Verwerfungen im Kalksteinboden zu sehen. Den längst verschütteten ursprünglichen Krater bilden gut nachvollziehbar diese Öffnungen nach. Von einem Kristall keine Spur.

Enttäuscht lässt er den Kopf hängen.

Eine weitere Bö erfasst die Glaskabine. Der heftige Stoß schiebt sie einpaar Meter vor sich her. Waylon muss etwas tun, will er nicht als *Spielball* des Sturmes enden! Viel Zeit bleibt nicht; erste Anzeichen machen deutlich, dass es nicht mehr lang dauert, und der Rüssel bildet sich!

Im Untergrund bemerkt Waylon eine große, weitreichende Höhle, die keine ›Cenotes‹ haben.

»Also gut, Scotty«, murmelt er sarkastisch. »Auf gehts!«

Die Koordinaten übernimmt er dem System. Sekunden später verschwindet der Zeittransmitter augenblicklich, und taucht am gewünschten Ort wieder auf. Angespannt lauscht Waylon, was heißt: Die Außengeräusche werden ins Innere übertragen.

Vor dem Sturm braucht er keine Angst mehr zu haben. Er atmet auf.

In Schulterhöhe schlagen leichte Wellen gegen die Glaskabine. Die Überprüfung ergibt einen Wasserstand von ein Meter siebzehn. Süßwasser, das trotz der Mikroben und Bakterien trinkbar ist. Kristallklar und gerade Mal zwölf Grad.

Ihm schüttelt es. Normalerweise würde Waylon die Umgebung nicht sehen können. Nur durch die Projektion und Verstärkung des Restlichts bekommt er einen Einblick.

Er wiederholt den Scann. Während er geduldig auf die Analyse wartet, fällt ihm der Wasserstand auf. Seit seiner Landung stieg das Wasser um drei Zentimeter! Außerdem schlagen noch immer Wellen gegen die Wand.

Alles ist in Bewegung!

Ein Signal ertönt. Ein zweites schwebendes Bild erscheint und zeigt ein olivgrünes Gebilde. Daneben wird die Zusammensetzung aufgeschlüsselt, die Waylon allerdings nicht weiter interessiert. Dafür fehlt ihm sowieso nötiges Fachwissen.

Ganz in der Nähe davon befindet sich ein Hohlraum. Der scheint vollkommen leer zu sein. Ein Fingertouch genügt und der Transmitter ändert den Standort.

Der Hohlraum umschließt eng die Kabine. Und er ist leer. Verdammt leer! Denn in ihm gibt es nicht einmal atembare Luft. Ein luftleerer Raum mitten im Planeten? Waylon wird anders zumute. Welche Geheimnisse verbirgt die Erde denn noch?

»Wie tief sind wir eigentlich?«

Erstarrt schaut er auf die Ziffern. Eins – zwei – sieben – vier – acht! Er reibt sich die geschlossenen Lider. Zwölfhundert Meter im Erdmantel!

Wow!

Wenn jetzt die Glaskabine bricht …

Unerwartet führt das System ohne sein Zutun einen weiteren Scann durch.

»Was ist denn jetzt los?!«

Vier, nein fünf schwebende Bilder erscheinen zusätzlich vor Waylons Gesicht. Alle gut einsehbar. Mit gekräuselter Stirn beobachtet er die darauf stattfindenden Sequenzen. Ein eigentümliches Brummen wird laut. Er bekommt ein sehr schlechtes Gefühl bei dieser Sache. Die Außenhaut des Transmitters beginnt zu glimmen.

Das seltsame Eigenleben geht weiter. Neben dem Brummen sind deutlich Vibrationen spürbar, die einem bestimmten Muster folgen. Kurze Lichtblitze erhellen den luftleeren Raum draußen.

Er bekommt Angst! Schreckliche Angst, die lähmender nicht sein kann! Ist dies das Ende?

Dann folgt unerwartet ein derber, heftiger Stoß. Alle virtuellen Bilder verschwinden auf einem Schlag. Dunkelheit umgibt Waylon. Nur die Konsole leuchtet matt. Doch auf ihr fehlen sämtliche Symbole, die bis eben noch aktiv waren. Außer eines am rechten unteren Rand.

Die Form gleicht der *Ornamentblüte*, die sich selbstständig formte, nachdem der Kristall in die Öffnung der Pyramide glitt.

Der Rückweg war abgeschnitten! Jedenfalls ist das die Botschaft, die er daraus liest. Ist er bereit für den nächsten Schritt? Es könnte unter Umständen sein Letzter sein!

Ist es das wert?

Den einstürmenden Gedanken und Fragen, die allenfalls weitere Fragen folgen würden, muss er entfliehen. Antworten gibt es bestimmt keine. Alles Deuten würde ihn absolut nichts bringen!

So steht längst sein Entschluss fest.

Er verspürt plötzlich endlosen, inneren Frieden.

»Ich komme«, flüstert er lächelnd.

Der Zeigefinger berührt das vertraute Symbol …

Achtundzwanzig

Zehn Minuten in der Vergangenheit.

Riley ist zurück. Aufgeregt will er unbedingt Waylon II sprechen – allein!

»Sophie weiß Bescheid«, erklärt Waylon gelassen. »Wir können in Ruhe reden.«

»Und das findest du gut?« Riley ist aufgebracht. »Sollen noch mehr alles wissen?«

»Wenn sie bei uns bleibt, besteht kein Grund für Misstrauen.«

»Das sagt du.« Ein vernichtender Blick trifft Sophie. Riley mag sie nicht!

»Ich kenne sie! Und es war *dein* Vorschlag!«

»Dein Wort in Gottes Ohr.«

»Also?«

Mehrere Anläufe benötigt Riley, um sich durchzuringen.

»Der hier ansässige Waylon verhält sich nicht auffällig.«

»Und weiter?«

»Mehr war nicht herauszufinden. Ich konnte nur noch diese Karo beobachten, wie sie sein Haus verließ und diese alte Schachtel besuchte.«

»Das ist meine Mum!«, ereifert sich Sophie. »Nenne sie noch einmal so, und du lernst mich kennen, Ignorant!«

Riley hebt die Schultern, was wohl einer halbherzigen Entschuldigung gleichkommen soll.

»Und was mache ich?«

»Was weiß ich! Ich konnte ja schlecht bei dir einbrechen!«

Waylon überlegt. Ein Unding, dass Karo allein zu Elionor geht. Da musste etwas dahinterstecken! Allerdings ist es lange her. Kaum dass er sich an Einzelheiten erinnern kann. Und er müsste sich erinnern, das ist nunmal Fakt. Denn sein Pendant wird immer mit ihm verbunden sein, egal was »Way-One« (wie er *ihn* nennt) macht, wird »Way-Two« im Erinnerungsschatz haben. Jedoch fällt es im Alter schwer aus diesen zu schöpfen.

»Du bist der Sache nicht mehr gewachsen, Waylon«, zischt Riley zwischen den Zähnen hervor. »Dein Hirn ist alt, du bist alt!«

Möglich. Aber er hat noch einen Trumpf in der Tasche. Nur hat er sich bislang gescheut, ihn auszuspielen. Und nur er kennt die »Flashback-Maschine«. Vor drei Jahren – aus seiner Zeitsicht – auf Uridräo entdeckt. Er wählte einen Zeitraum aus, während »Way-One« auf Kreuzfahrt war. In den Unterkünften des Gewahrers fand er einen geheimen Zugang zu der Apparatur. Aus Neugierde probierte er sie aus und war überrascht über das Ergebnis. Nicht nur das er sich weit zurück erinnern konnte. Auf einem *Schwebebild* war alles haargenau als Video abgespeichert. Und nur der Besitzer kann es aufrufen.

Schon oft bereut er, Riley gesucht und mitgenommen zu haben. Was diese Rebecca an ihn findet ist nicht nachvollziehbar. Riley ist herrisch und geht es nicht nach ihm, wird er schnell unberechenbar. Für gewisse Bodengänge gut brauchbar, menschlich gesehen aber ein *Schwein.*

Wenn er die »Flashback-Maschine« nutzen will, muss er Riley loswerden! Daran führt kein Weg vorbei! Sophie hingegen wäre eine Stütze! Zeit, um sich Gedanken darüber zumachen – ernsthafte wohlgemerkt!

»Ich mag alt sein«, gesteht Waylon ein. »Aber ohne mich wärest du nicht mehr am Leben!« Sein Unterton klingt hart, verfehlt auch nicht die Wirkung.

»Dann beweise es, dass du erreichen wirst, was du erreichen wolltest!«

»Worauf du dich verlassen kannst?«

Beide sehen sich wütend an. Keiner gibt nach. Sophie spürt den Hass der Männer. Sie glaubt, gleich einen handfesten Schlagabtausch zu erleben.

Urplötzlich blitzt es vor Sophies Augen grell auf. Die Helligkeit ist hundertmal stärker, als die der Sonne! Geblendet verliert sie den Halt. Ein gewaltiger Ruck geht durch ihren Körper, der in einem heftigen Aufschlag endet. Sie stöhnt auf vor Schmerz. Übelkeit und Schwindel rauben ihr die Besinnung.

Spät am Abend kommt sie wieder zu sich. Der Kopfschmerz ebbt allmählich ab. Als sie sich verwirrt umsieht, braucht sie etliche Momente um zu begreifen, wo sie ist.

›Bin ich etwa eingeschlafen?‹

Das Letzte, an was sie sich erinnert, ist ihr Lieblingsplatz oben im Baum. Ist sie nicht abgerutscht? Als sie aufstehen will und den heißen Schmerz im Steiß spürte, wird ihr klar: Sie *ist* abgestürzt ...

* * *

Nachdem Waylon mit dem Zeittransmitter aufbrach, schließt Karoline sorgfältig und gedankenreich die Terrassentür. Sie spürt unendliche Leere. Es fühlt sich an, als sei das Band zwischen ihnen zerrissen. Wie *amputiert!* Der Mann fehlt ihr schon jetzt! In der Gewissheit, Waylon für immer verloren zu haben – die innere Stimme suggeriert Karoline jedenfalls beängstigend derartige Gefühle –, will sie einfach nur weg von hier. Raus aus dem Haus, das einmal ihr Zuhause war und vielleicht wieder geworden wäre.

Eine einsame Träne abwischend, verlässt sie Haus und Grundstück. Sie hat sich vorgenommen, keinen Blick zurückzuwerfen. Es wird keinen sentimentalen Abschied im herkömmlichen Sinne geben. Schwer genug alles zu akzeptieren wie es jetzt gekommen ist.

Zielgerichtet schreitet sie zu Elionors Haus.

»Komm herein!«, ruft die alte Dame mit dünner Stimme, nachdem Karoline klingelt. »Ich bin in der Küche!«

Ohne Zögern tritt sie ein. Aus der Küche strömt ein köstlicher Duft frisch gebackenen Kuchens.

»Hallo Elionor.«

Sichtlich überrascht schaut Elionor auf.

»Oh, Karoline. Ich dachte, es wäre Sophie.«

»Tut mir leid«, entgegnet Karoline. »Bin nur ich.«

»Du weißt hoffentlich, dass du immer willkommen bist? – Und Waylon natürlich auch!«

»Ja«, lächelt Karoline.

»Bin grad am Backen. Der Kuchen muss jeden Augenblick aus dem Ofen. Du bleibst doch und isst ein Stück mit uns?«

»Ich … gern«, stottert Karoline wortkarg.

»Sophie kommt sicherlich auch gleich. Sie ist früh weggegangen. Wer weiß schon, was in einem jungen Kopf so vorgeht.«

»Elionor …«, beginnt Karoline traurig. »Waylon ist weg …« Nun kann sie die Tränen nicht länger zurückhalten.

»Was ist denn passiert?«

Schluchzend und mit tränenerstickter Stimme erzählt Karoline. Es sprudelt nur so aus ihr heraus. Noch vor ein paar Tagen hätte sie anders reagiert – nüchterner, rationaler. Heute ist das völlig anders und sie schämt sich ihrer Gefühle nicht.

Elionor holt das dampfende Blech aus dem Herd. Schon beim Anblick läuft Karoline das Wasser im Mund zusammen. Für einen winzigen Moment vergisst sie alles andere.

An der Tür klopft es laut.

»Wer ist das denn?«

Das Klopfen wird stärker.

»Würdest du vielleicht …«

»Ich geh schon, Elionor.«

Rasch geht sie in den Flur, öffnet.

»Hallo, Miss Kaloline. Ich bin auf del Suche nach …«

Weiter kommt er nicht. Mitten im Satz erfüllt Karolines Blickfeld ein gleißendes Licht.

Fast zeitgleich mit Sophie schlägt sie die Augen wieder auf. Sie steht mitten in der Einkaufspassage an einer Wand gelehnt.

»Brauchen Sie Hilfe, Miss?«

Was für eine Frage! Natürlich *nicht*! Sie hebt abwehrend

die Hand und geht, noch ein wenig unsicher, weiter.

* * *

Durch den alten Baum im Stadtpark geht ein Ächzen. Kleine Rindenstücke platzen grundlos ab. In der Baumkrone sitzende Vögel flattern aufgeschreckt davon. Ein Regen aus saftigen, grünen Blättern überdeckt den Rasen in unmittelbarer Nähe mit seinem Laub. An der Stelle, an der Waylon den Kristall fand, entsteht ein unscheinbares Loch. Keinen der Vorbeigehenden fällt dies bewußt auf. Nur ein kleiner Mischlingshund, der gerade seine Markierung setzt, bellt aufgeregt einen glänzenden Gegenstand an, der aus dem Boden herausragt.

»Was hast du denn, Jacky«, grunzt ein verwahrloster Mann.

Jacky kläfft weiter. Springt zu dem Gegenstand, beißt kurz hinein, um das Spiel zu wiederholen.

»Hast was gefunden, was?«

Der Obdachlose beugt sich vor. Eine Brille kann er sich nicht leisten, obwohl er sie dringend braucht. So muss er seinen Händen trauen.

»Was ist das denn?«

Ein glatter, länglicher Gegenstand? Was die Leute heutzutage so alles wegschmeißen …

Achtlos läßt er das Fundstück in die Manteltasche gleiten. Dann pfeift er.

»Komm Jacky. Ab nach Hause …«

Jacky kläfft noch eine Weile die Beule in der Manteltasche an, die der Gegenstand verursacht. Eine unsichtbare Macht geht von ihm aus. Und Jacky will sein Herrchen davor warnen. Doch die Menschen haben seltsame Gebaren, wenn sie etwas finden. Und scheinbar besitzt sein Herrchen auch keinen Instinkt mehr.

Neunundzwanzig

Das grelle Licht durchflutet seinen Körper. Er weiß nicht, ob er die Lider offen oder geschlossen hat. Der Orientierung beraubt, kann er auch keine Richtung bestimmen. Ob oben oder unten, links oder rechts – es ist bedeutungslos. Von dem Licht geht eine angenehme Wärme aus. Es behütet ihn wie ein Neugeborenes. Die Geborgenheit schenkt ihm nie gekannte Glücksgefühle. Er ist eins mit dem Licht …

Bisheriges verliert an Einfluss, rückt in den Hintergrund der Unscheinbarkeit. Nur das Sein, im *Jetzt* und *Hier*, ist existent. Es trägt ihn in einer Leichtigkeit, die atemberaubend schön und unvorstellbar illusionär erscheint.

Willkommen daheim, schwirrt eine sehr angenehme, warmherzige, geschlechtsneutrale Stimme an ihn heran.

»Hallo«, erwidert Waylon erfreut.

Du warst nicht lang fort.

Wahrlich, auch ihn kommt es so vor, erst gestern hier gewesen zu sein. Dabei spielt die Zeit absolut keine Rolle mehr.

Weshalb bist du schon jetzt gekommen?

Die Frage ist berechtigt. Waylon weiß darauf keine Antwort.

»Vielleicht trieb mich die Sehnsucht …«

Dein Weg ist noch nicht zu Ende gegangen, Waylon!

»Weshalb nennst du mich so?«

Weil dies dein Name ist.

Seltsam! Er kann sich nicht daran erinnern!

Besinne dich auf deinen Weg, Waylon. Sie brauchen dich! Nur du kannst das drohende Schicksal abwenden.

Allmählich kann er grob die nähere Umgebung erkennen. Überall funkelt es. Eine kristallene Struktur umgibt ihn; hüllt ihn ein wie ein alles abwehrender Kokon. In der Struktur wabert fließendes Licht.

»Welches Schicksal meinst du?«

Die Stimme schweigt. ›Vermutlich irrt sie‹, denkt Waylon. Anders ergibt es keinen Sinn. ›Schicksal! Das gibt es nicht! Alles folgt in vorgeschriebenen Bahnen. Was geschieht ist unabwendbar und unumkehrbar.‹

Dein Blick ist getrübt. Schwingt da etwa Traurigkeit mit? *Du verschließt ihn vor Tatsachen, denen du dich entzogen hast! Öffne deinen Geist!*

›Mein Geist war noch nie geschlossen!‹

Öffne deinen Geist und erschaue das Unheil!

Der Kristall-Mantel seines Kokons erlischt abrupt. Vor seinen Augen entsteht interstellare Urschwärze, die vor Jahrmillionen das Universum gebar.

Erinnere dich, Waylon. Überwinde die Schranken deiner Neugenetisierungen!

Was sagt die Stimme da? Neugenetisierung?

Hast du vergessen, dass du diesen Begriff prägtest?

»Ich?!«

Ja! Wehre dich nicht und öffne deinen Geist!

›Wenn es denn sein muss!‹

Mit hadernden Widerstreben lässt er sich fallen ...

Stecknadelgroße Lichtpunkte beginnen einen Reigen zu tanzen. Im zunächst wilden Durcheinander des Ur-Chaos sortieren sie sich im Zeitraffer zu einem Lichtpunktbogen. Nachdem der letzte Punkt seinen Platz eingenommen hat, wird die Intensität ihres Lichtausstoßes extrem stärker. Jeder dieser Punkte sendet zu allen anderen Punkten einen Lichtstrahl. Das dadurch entstehende Geflecht aus Licht überstrahlt die Schwärze.

Er lächelt während des Betrachtens. Das Symbol des Lichtgeflechts ist der Inbegriff allen intelligenten Lebens! Seine Kraft reicht bis ans äußere Universum. Die Unendlichkeit überbrückend, erstrahlt im ewigen Hell erleuchteter Dunkelheit.

Aus der bisherigen zweidimensionalen Darstellung treten einzelne der verflochtenen Strahlen plastisch hervor. Plötzlich ist er mittendrin. Wirkten die diagonal verlaufenden Lichtstrahlen bisher glatt und eben, werden nun einzelne Fasern der aufleuchtenden Fadenblitze erkennbar. Immer tiefer dringt er ein. Aus den Fäden werden gigantische, pulsierende Plasmaströme. Und ihre Formen ändern sich in Bruchteilen eines jeden Wimpernschlages.

Auf einmal bricht ein Plasmagebilde nach dem anderen zusammen. Statt des Lichtgeflechts erwächst im Zentrum des Bogenreigens ein neuer, weitaus pompöserer Lichtpunkt, der bereits die Kraft einer spektakulären Entstehung beherbergt.

Durch den Lichterbogen sind wir gekommen.

Ohne das es die Stimme hätte laut aussprechen müssen, weiß es Waylon. Eine einsame Träne läuft ihm sanft über die Wange. Noch ehe sie verdunsten kann, kristallisiert sie.

Der Augenblick der Geburt des Universums steht kurz bevor. Ein Licht erlischt, dann noch eines und noch eines. Als das Letzte den Lichtreigen auflöst herrscht gespannte Stille. Im ehemaligen Zentrum beginnt sich die Kraft zu intensivieren. Und dann geschieht es …

Für einen winzigen Moment einer Nano-Sekunde zieht sich der Punkt zusammen, um direkt in einer gigantischen Explosion *aufzugehen*. Eine neue Ära kosmischer Existenz war geboren!

Eine weitere Träne aufwallenden Glücks stiehlt sich aus seinem Auge. Auch sie kristallisiert augenblicklich.

»Wunderschön«, flüstert Waylon gerührt. »Atemberaubend und fantastisch!«

Das sagst du jedesmal.

Der ganze Kokon erstrahlt im Glanz anwachsenden galaktischen Nebels, der gierig totales Nichts erobert. Aus dem Nebel erwächst Materie, die wiederum in einzelne Atome zerfällt und den Weg freimacht für erstes Ur-Gestein. Es folgen milliardenfache Kollisionen, die den Grundstein legten für die Sternenbildung.

An Waylon fliegen gerade Gesteinsbrocken vorüber. Er

bräuchte nur die Hand auszustrecken, dann könnte er sie berühren. Und wieder entsteht ein Tränenkristall.

Aus menschlicher Sicht brauchte es viele Millionen Jahre, aus galaktischer sind nur Sekunden vergangen.

Menschen? Schon will er fragen, doch die Stimme kommt ihm zuvor.

Du bist einer von ihnen!

Sofort verschwindet die ihn umgebende Szenerie. Stattdessen wird ein wolkenloser, tiefblauer Himmel gezeigt.

Deine Heimat, Waylon. Die Erde!

Ein Schwenk später umgibt ihn der Blaue Planet.

»Meine Heimat.« Voller Ehrfurcht und mit einem Hauch Erstaunen nimmt er das Antlitz des Planeten in sich auf. »Aber meine Heimat das bist *du*!«

Deine Heimat ist die Erde. Ich bin dein Zufluchtshort.

Vor seinem Auge entstehende Landmassen zeigen dramatische Veränderungen in der Geschichte der Erde, die nicht nur ihn selbst veränderten, sondern auch die Saat des Lebens aufgehen ließ.

Ohne Übergang sieht er in das Gesicht eines Babys, das babbelnd und mit Glubschaugen ihn ansieht. Einen Augenblick später erblickt er Mum und seinen Dad. Vage kommt seine Erinnerung wieder. Es blitzen weitere Bilder im Kokon auf, die er längst vergessen hatte. Aus seiner Kindheit und Jugend. Augenblicke des Lachens und Weinens. Szenen von Liebe und Leid. Er begreift, dass er war, wer er war. Doch er will nicht wahrhaben, dass er *ist*!

Kehre zurück und beende deinen Weg, Waylon Latham!

»Ich kann nicht«, haucht er. »Ich gehöre dort nicht hin.«

Eine Erinnerung macht ihm Angst. Auf der Erde fühlte er nicht diese Geborgenheit wie hier! Dort war er allein. Wird immer allein sein; gefangen vom eigenen ›Ich‹!

Dort kennst du Seelenverwandte. Du kannst ihnen vertrauen!

»Wen meinst du?«

Denk nach, Waylon!

Bei aller Anstrengung fällt ihn niemand ein, zumal die irdische Erinnerung nur bruchstückhaft zu Waylon zurückfindet.

Du wirst sie erkennen, bist du wieder dort! Sei dir sicher.

»Du schickst mich wieder fort?«

Er kann es nicht glauben.

Ja.

»Warum?«, fragt er kleinlaut und weinerlich. »Was hab ich getan?«

Frage danach, was du nicht getan hast!

Ungestüm laufen ihm die Tränen herab, die sich sogleich darauf verflüchtigen.

»Ich habe alles getan, wozu ich in der Lage war!«

Nein, Waylon.

»Nein?!«

Die Antwort bleibt aus. Noch immer umgibt ihn die Welt in der er lebt. In der er siebenundsechzig Jahre verbracht hat, mit allem, was das Leben bietet. In der Reminiszenz hielt er sich tapfer, ließ sich niemals unterkriegen.

Auf der ihn ummantelnden Kristallhaut blitzen Standbilder vertrauter Personen auf. Elionor Pepper, Herbert, Karoline, einige wichtige Arbeitskollegen und Mrs Dewey. Seine Großeltern, denen er glückliche Stunden verdankt. Die Eltern, die ihm so fehlen. Einige Kameraden aus der Army. Und schließlich Sophie.

»Du hast Recht«, stößt er erleichtert hervor.

Kehre an den Punkt in deinem Leben zurück, an dem du die Weichen neu stellen kannst.

»Und was wird aus Dako und dem Asiaten?«

In dem Moment, an dem Du zu mir kamst, verschwanden auch sie aus deiner Welt.

»Sie verschwanden? Weshalb?«

Erinnere dich!

»An was soll ich mich erinnern?«

Du bist der Spross eines Gewahrers.

»Ist das so?«

In deiner Welt ja, Waylon.

»Was bedeutet das?«

Denk nach!

Zum wiederholten Mal wechselt das Bild. Es zeigt die Szene, in der Mr Dako ihm eröffnete, dass Waylon sein Sohn ist. Und im selben Moment *weiß* er.

»Ich bin der Erstgeborener eines Gewahrers!«

Kein Wunder, dass er in Rebeccas Leben nicht eingreifen konnte! Der Erstgeborene muss den ›Mutterkristall‹ aufsuchen, damit verhindert wird, dass die Zeitirritation fortschreitet! Erreicht sie einen gewissen Punkt, dann wäre alle Müh vergebens.

»Es lag alles offen. Ich hätte nur die Puzzleteile in die richtige Reihenfolge bringen müssen!«

Du hast bis jetzt alles richtig gemacht, Waylon. Jedenfalls was mich betrifft.

»Nein, habe ich nicht. Ich habe versagt!«

Dein Versagen, wie du es nennst, liegt außerhalb meines Bereiches. Den solltest du ändern.

»Aber wie?«

Die Antwort trägst du in dir!

Erneut wechselt an der Innenseite des Kokons die Szenerie. Es wird ein auslaufender Frachter gezeigt. Die Menschen an Bord tragen durchgehend schäbige Kleidung des neunzehnten Jahrhunderts. Nur zwei fallen auf. Zum einen ist es der Käpt'n des Schiffes und zum anderen eine junge Frau.

»Rebecca«, flüstert er. Zärtlich streckt er seine Hand nach ihr aus, um sie zu berühren. Ihre zarte Schönheit ergreift ihn. Wie gern hätte er sie näher kennengelernt! Er seufzt.

Plötzlich tobt ein Sturm. Wellenberge schlagen gegen den Bug, reißen einige der Matrosen mit sich. Blitze schlagen unweit ins aufgewühlte Meer. Dann überrollt eine Monsterwelle das Schiff. Momente bangen Wartens vergehen. Nach der Riesenwelle treiben nur ein paar Holzplanken auf dem Wasser.

»Nein, Rebecca!«, schreit Waylon hilflos.

Dies ist ihr Schicksal in der ihren Welt, Waylon.

»Aber ich habe Claire doch versprochen …«

Trenne dich von dem was du glaubst, es sei geschehen. Denn nichts davon ist wahr.

»Aber all das habe ich doch nicht nur geträumt?«

Dein Erscheinen hier hat alles gegenwärtige ausradiert, denn du kehrst nicht mehr zurück!

»Sagtest du nicht gerade etwas anderes?«

Du wirst zurückgehen.

»Ich denke nicht?!«

Öffne deinen Geist! Der Ausgangspunkt ist der entscheidende. Alles was mit mir in deiner Welt zu tun hat, fand ein Ende. Diese Welt wird für Tausende von Jahren sicher sein vor – um mit deinem Wortschatz zu sprechen – Divergenzen. Die Zukunft liegt allein in der Hand der auf ihr beheimateten Intelligenz. Also auch in deiner …

»Und wann werde ich zurückkehren?«

Sobald du soweit bist.

»Und wie?«

So wie stets …

Die Hülle des ›Mutterkristalls‹ beginnt ein wahren Lichtertanz. Vertraute Farben wechseln im Rhythmus seines Herzschlages. Schneller werdend im Farbenspiel gewinnt grelleres Licht rasant die Oberhand. Geblendet vom gleißendem Schein verschwinden alle Einzelheiten mangels Kontrast. Und dann spürt er einen übermächtigen Ruck …

Der Erste seiner Art
Aus der Legende Arimeas

Achthundert Jahre waren seither vergangen. Immer öfters kam es zu interessanten Himmelserscheinungen. Den Orbit des Riesenplaneten passierten beinahe täglich mehrere Kometen. Selbst die Atmosphäre geriet in Wallung. Je öfters die kosmischen Gesellen am Planeten vorbei flogen, umso wärmer wurde es. Das Meer wurde aufgewühlt. Wellen schlugen machtvoll ans Ufer. Luft flimmerte über den Boden. Gegen Sonnenuntergang kam Wind auf. Dieser trug immer heißere Luft mit sich, was das Leben erschwerte.

Seitdem er das erste Mal das Land erblickt hatte, liebte er es innig. Unten in der Höhle, mit dem wundersamen Licht, schlüpfte er einst wohlbehalten. Wuchs rasch heran und verließ den Unterschlupf neugierig. Einsamkeit verspürte er nicht, doch ihm war, als wird er bald nicht mehr allein sein.

Draußen empfing den Jungbasilisken eine beinahe gleißende Sonnenflut, bedenkt man das dagegen fahle Licht in der Höhle. Leicht rauschte der Wind in Bäumen, die ihn nur wenig überragten. Schnüffelnd sog er würzig-warme Luft durch die Nüstern. All dies gehörte ihm – dem Ersten der Basilisken-Dynastie, die er bald gründen sollte. Doch bis dahin hatte der kleine Basilisk noch ausreichend Zeit.

Die Natur hatte doch so viel Neues zu bieten. Kleine Bachläufe, dessen Wasser köstlich schmeckte. Büsche, deren Beeren den Hunger stillten. Wenn die blaue Sonne unterging begab er sich in die Höhle und beim ersten Lichtstrahl war er bereits wieder unterwegs.

Manchmal zitterte der Boden und erschrocken legte er sich hin. Dann fiel ihm auf, dass der kleine Bach den Lauf verändert hatte, oder ein Graben neu entstanden war. Im Verlauf seines Lebens nahm er viele solcher Veränderungen wahr. Doch

Angst hatte er keine.

Immer weiter wagte der Jungbasilisk sich ins Land. Erklomm die ersten Anhöhen, steckte erste Niederlagen ein. Einmal gelang es ihm nicht, rechtzeitig dem Unwetter zu entkommen und musste notgedrungen im Regen übernachten. Daraus lernte er mit den Widrigkeiten seiner Heimat umzugehen. Aufmerksam beobachtete er den Himmel und entschied, was er unternahm. Bebte die Erde suchte er auf der Ebene Schutz. Alles in allem ein zu meisterndes Leben.

Zweihundert Jahre mochten vergangen sein. Bisher war er noch keinem Wesen begegnet. Dies sollte sich jedoch schlagartig ändern …

Der Basilisken-Jüngling ging, wie so oft, am Ufer entlang. Dabei genoss er den Anblick des aufgehenden Zentralgestirns. Neue Kraft aufnehmend wartete ein neuer Tag. Was würde er wohl heute alles erleben?

So etwas wie eine Vorahnung beschlich ihn. Leidenschaftlich schnaubte er. Ein ungutes Gefühl hatte er noch nie gehabt; eine neue Erfahrung, die dem Basilisken wahrlich nicht gefallen wollte. Somit verwundert es nicht, dass er aufmerksamer die Umgebung betrachtete als gewöhnlich.

Erregt hob er den Kopf. Dabei wippte der Jungbasilisk rhythmisch. Ohne weitere Anstrengung schnellten die Schwingen auseinander und er erhob sich in die Lüfte. Je höher er flog umso klarer war die Sicht. Gut bei Kräften beschloss er einen ausgedehnten Erkundungsflug zu unternehmen. Es war an der Zeit, genau informiert zu sein über die Landschaft und Gegebenheiten.

Hier oben ging es dem Jungbasilisken schon besser. Nichts konnte hier geschehen. Er fühlte sich frei und stark!

Unten flog die Landschaft nur so dahin. Wechselte ihr Angesicht, war fremd und doch irgendwie vertraut. Den wahren Horizont konnte der Basilisk nicht erkennen. Zu weit war er davon entfernt. Stunden vergingen, ehe der Jungbasilisk eine wirkliche Änderung bemerkte.

Erst unscheinbar wuchs aus der weitläufigen Ebene plötzlich ein monströser, steil in die Höhe schießender Berg. Nur eine riskante Kehrtwende bewahrte den Basilisken vor dem Zusammenstoß. Aus sicherem Abstand beäugte er das Steinmassiv.

Die Wände waren glatt, dass die blaue Sonne sich darin spiegelte. Dies erklärte, dass es dem Basilisk unmöglich war, es frühzeitig zu erkennen. Mut fassend flog er weiter, stets ausreichend Abstand haltend. Vielleicht konnte er das Hindernis ja umrunden? Doch es kam anders.

Soweit das Auge reichte gewahrte es die steilen Wände. Nach oben hin wie zu den Seiten. Im Vergleich war der Basilisk wie ein winziges Staubpartikel. Erneut ergriff ihn Angst. Er holte tief Atem. Während er die Panzerschuppen glatt anlegte ging er in den Sturzflug. Kurz über den Boden änderte er die Flugbahn erneut, indem er den Schwanz als Ruder einsetzte, sodass dem Basilisken auf diese Weise ein rasches Aufsteigen gelang. Gleichzeitig konnten vermeintliche Gegner abgehängt werden. In Wahrheit aber schüttelte er nur seine Angst ab!

Mit kräftigen Flügelschlägen erklomm er mehr und mehr an Höhe. Bereits jetzt verschwanden Details unter ihn. Ohne weitere Überlegungen flog er weiter; immer die steile Wand nicht aus den Augen verlierend. Anhaltspunkte gab es ansonsten keine. Irgendwann bemerkte er feuchtere Luftmassen, bald verdeckten sie die freie Sicht gen Boden. Unbeirrt dessen schraubte er sich weiter in die Höhe. Des Basiliskens Odem verließ nebelhaft die Nüstern. Um ihn herum wurden die Wolken dichter und somit dunkler. Weitere anstrengende Schwingen-Schläge später klarte der Himmel auf. Hier oben erstrahlte die blaue Sonne klarer und reiner. Zwar war der würzige Duft vom Boden nur erahn bar, dennoch empfand der Basilisk dies nicht als bedrohlich. Wahrlich: Eine Reise, die sich gelohnt hatte!

Nur wenig höher erkannte er das steinerne Plateau. Kurzerhand steuerte der Basilisk es an. Erst jetzt spürte er, wie seine Kräfte schwanden. Erschöpft, erleichtert und stolz, doch gleichzeitig auch beeindruckt, setzte der Jungbasilisk auf. Eine neue Welt lag ihm zu Füßen.

In unmittelbarer Gegend glich die Landschaft beinahe der am Boden. Und dennoch gab es winzige Unterschiede. Eine Tatze nach der anderen erschloss sich der Jungbasilisk neue Eindrücke. Farben, nie vorher erblickt, machten das Bild erträglicher. Da waren die olivgrünen baumartigen Sträucher, deren Zapfen gelb heraussteachen. Samtener Boden dämpfte den Schritt, ließ weich auftreten und angenehm stehen. In einiger Entfernung plätscherte Wasser. Als es der Basilisk erblickte und davon trank schmeckte das kristallene Nass köstlicher, als das was er kannte. Siebenblättrige ovale Pflanzen zierten den Wasserlauf. Sein jetziger Standpunkt schien scheinbar der Höchste. Von hier ab – etwa sechshundert Schritt vom Landeplatz ging es allmählich bergab.

Eigenartige Laute erfüllten die Luft mit Leben. Jeder weitere Schritt des Basilisken rückte weitere unglaubliche neue Dinge in den Blickmittelpunkt. Orangener Blätterwald tat sich vor ihm auf. Es raschelte ohne Unterlass. Überall war Bewegung.

Verwirrt verharrte der Jungbasilisk. Stieß mehrere unsichere Schnaub-Stöße aus. Unter dem auf Abwehr getrimmten Schuppenpanzer klopfte ein großes Herz den Takt der Furcht. Adern schwollen unter Stress an, den der Basilisk mental verspürte. Und doch gab es hier andere, die noch mehr Angst hatten und Deckung suchten.

Auf einer kahlen Anhöhe nahm der Basilisk Platz. Müdigkeit kämpfte mit neugieriger Anspannung. Das beruhigende Plätschern und das vom Wind sanft zum Rauschen gebrachte Laub ließen alle Vorsicht schwinden und er schlief zufrieden ein.

Ein seltsames Kitzeln um die Nüstern – dies waren der empfindlichste Teil eines Basilisken – weckte ihn auf unorthodoxe Weise. Ohne gleich zu wissen, was los war, entlud sich das Kitzeln in ein heftiges Niesen. Tränenden Auges blinzelte der Jungbasilisk schniefend und erneut verwirrt. Schläfrig wollte er bereits wieder die Augen schließen. Doch ein wiederholtes Kitzeln ließ ihn aufschrecken. Mehrmals nieste er hintereinander. Weder das Schütteln des Kopfes noch der Versuch mit der Tatze blieben erfolglos.

Vor Erschöpfung fiel es ihm schwer zu stehen. Gebeutelt von Attacken artigen Niesanfällen, setzte er sich hilflos aufs Hinterteil.

Da ertönte unbemerkt direkt neben seinen Ohren ein Schwirren. Tränen verhinderten ungetrübte Sicht. Krampfhaft holte er Atem. Und plötzlich – das Kitzeln war verschwunden und der Basilisk konnte frei atmen!

Nachdem er wieder klare Sicht hatte gewahrte er erschrocken direkt vor den Augen in der Luft schwirrend zwei kräftige, den heutigen Insekten ähnelnden, Lebewesen. Sie hielten ein anderes, ebenfalls unbekanntes Wesen mit ihren dünnen Beinen fest. Später wusste der Jungbasilisk, dass es sich hierbei um zwei *Dickflügler* und einem Lippenläufer handelte. Letzterer geriet in den Sog, welcher durchs einatmen unwillkürlich entsteht. Ohne Halt landete er in die Nüstern des Basilisken.

Die *Dickflügler* ließen den leicht mit Schleim überzogenen Lippenläufer zu Boden, wo sich dieser sofort unter den Steinen versteckte und endlich säubern konnte. Im Laufe weniger Tage ging die Lippenläufer eine Art Symbiose mit dem Basilisken ein. Diese Population ernährte sich ausschließlich von Ablagerungen und Bakterien, die sie unter Steinen, in feuchte-warmen Löchern oder gar im Kot anderer Arten fanden.

Zwischen den unzähligen Schuppen des Basilisken-Panzers, hatten sich viele dieser unmerklichen Plagegeister angesammelt. Und seitdem es die Lippenläufer gab, verspürte der Basilisk auch eine wohlige Erleichterung und Reinheit. Stundenlang lag er reglos in der Sonne und ließ die Lippenläufer gewähren.

Es war friedlich auf dem Plateau. Beinah vergaß der Basilisk die *Untere Welt*, wie er sie still nannte. Und tatsächlich würde er nur noch einmal zu ihr hinabtauchen …

Das Plateau war unwahrscheinlich groß und ebenso vielfältig. In den Tälern lebten *Hornsechsbeiner*. Zwischen zwei Fühlern ragte ein unförmiges Horn empor, welches die Tiere bei Kämpfen und zur Nahrungssuche einsetzten. Sie reichten den Basilisken bis zur Schulter. Diese Tiere fraßen ausschließlich Gräser und Wurzeln. Flink und ausdauernd waren sie obendrein.

Kleinere Arten blieben für das Auge des Basilisken so gut wie unsichtbar. Auffallend dagegen waren Wesen, die fliegen und ständig ihn angriffen. Ihre Form ähnelte einer Kugel mit vielen dünnen langen Stacheln, die sie bei Bedarf abschossen. Dem Basilisken konnten sie nur insofern gefährlich werden, wenn sie seine Augen beziehungsweise die Nüstern trafen. Von den Stacheln ging ein schmerzhafter Reiz aus. Und es dauerte mehrere Tage bis die Wirkung nachließ. Diese kleinen Monster nannte er, einer Eingebung folgend, *Flugstachler*.

So lernte der Basilisk jeden Tag neues kennen. Überdruss befiel ihn nicht. Seine Ausflüge führten den Neugierigen auf weite Wege. Manchmal waren sie verschlungen, oft gleichmäßig eben. Ein Ende des Plateaus war nicht in Sicht.

Neben den Lippenläufern, die dem Jungbasilisken ständig begleiteten, umschwirrten ihn weitere Wesen, die weitläufig an heute lebenden überdimensionalen Libellen erinnern. Ihre blauschimmernden durchsichtigen Flügel gaben leichte Summ-Geräusche wieder, die beruhigend wirkten.

Er liebte die Ausflüge. Die Welt des Riesenplaneten gab immer wieder Neues preis, was es zu erkunden galt. Müde wurde er nicht. Tagein und tagaus war er unterwegs …

Die Zeit schien für den Basilisken stehen geblieben zu sein. Änderten sich oft die Umgebungseindrücke, blieb es doch stets gleichbleibend warm. Und nicht nur er genoss das Klima.

Eines wunderschönen Abends machte er eine interessante Entdeckung. Tief im Inneren spürte er, dass sie mit seiner Zukunft zu tun hatte. Im Moment jedoch blieb es nur eine im tiefen Nebel der Zeit irrende Ahnung.

Quer über den abendlichen Himmel wuchs ein Lichtpunkt. Von des Basilisken Standpunkt aus bewegte der Lichtpunkt sich beinah unscheinbar. Nur seinem scharfen Blick und das erwähnte Gefühl ließ ihn das Geschehen weiter beobachten. Die halbe Nacht mochte vergangen sein, als es einen ohrenbetäubenden Knall gab. Plötzlich war aus dem kleinen Punkt eine wahre, nach allen Richtungen ausbreitende Feuersbrunst entstanden. Merklich wurde es schwüler.

Der Jungbasilisk sprang auf. Angst durchlief ihn. Heftige kurze Atemstöße ließen die Nüstern vibrieren. Angespannt stieß er Warnrufe hervor.

Dann ging alles sehr schnell.

Er wusste um die Gefahr! Mit kräftigen Schwüngen hob er ab. Kreiste im flachen Bogen, der ihn bis an den Rand des geliebten Plateaus brachte, um anschließend im Sturzflug hinab zu der Höhle zu gelangen. Hier unten blieb die Nacht kalt. Zeit zum Verschnaufen ließ er sich aber kaum. Behände schlüpfte er in die Höhle. Ehrfürchtigen Schrittes trat er an das Licht, welches, je näher er kam, kleiner wurde, bis der Basilisk vor einem aus dem Inneren heraus pulsierendem Diamanten stand. Ein tiefer Ton der Überraschung entfuhr seiner Kehle. Dann nahm er den Brennenden Stein an sich und schob diesen unter seinen Schuppenpanzer.

Kaum das der Diamant seine Haut berührte, durchfuhr den Basilisken ein heißer, ihn zu verbrennen drohender Schlag. Er fühlte sich gelähmt. Eine gähnende Ohnmacht verschlang ihn im tiefen Schlund totaler Schwärze.

Als der Basilisk die Augen aufschlug, war die Höhle erfüllt vom lodernden Licht. Kraftvoll wie nach einem tiefen Schlaf stand er auf und verließ das Berginnere. Noch war es Nacht. Doch es war ebenso warm geworden wie auf dem Plateau. Irgendwo hinter dem Horizont zuckten breite Blitze. Und jetzt wusste er, was er tun musste.

Er stellte sich auf die Hinterbeine und ließ einen lautstarken, lang an haltenden Schrei los. Dann stieß der Basilisk sich ab und entschwand durch die Lüfte.

Immer höher stieg er hinauf. Durchstieß ohne großartige Anstrengungen die Atmosphärenschichten, bis er schließlich auch den Orbit des Planeten verlassen hatte. Dank des ihn schützenden Lichtdiamanten gelang dem Basilisken die Flucht. Denn nichts anderes war es – eine Flucht. In wenigen Stunden schon würde der Sauerstoff des Planeten verbrennen, dann die Vegetation und schließlich der ganze Planet Opfer einer kosmischen Katastrophe werden. Er wusste nicht, woher diese Bilder in seinem Kopf kamen. Er wusste nur, dass es sie gab. Und noch etwas kannte er: Das neue Ziel …

Epilog

Er öffnet geblendet die Augen. Die Morgensonne scheint ihm direkt ins Gesicht. Warum ist die Jalousie nicht geschlossen? Genervt dreht er sich um. Was für eine Nacht! Schlecht geschlafen bedeutet in den meisten Fällen auch einen ebenso gearteten Tag. Und das kann er nicht gebrauchen! Warum muss auch die Sonne ihn wecken? Gerade jetzt, wo er einen wundervollen Traum hatte?! Doch alle Mühe nützt nichts – jetzt ist er wach!

Schwungvoll kommt er auf dem Rand vom Bett zum Sitzen. Er muss gähnen. Weit reißt es ihm den Mund auf, dass er schon befürchtet, der Unterkiefer renkt sich aus. Und tatsächlich knirscht es verdächtig.

»Du bist schon wach, Darling?«

Waylon fährt herum. Wer ist das? Eindeutig eine Dame, schon mal gut. Aber welche? Die Frau liegt mit dem Rücken zu ihm. Vorsichtig legt er sich daneben.

»Ja, die Sonne hat mich geweckt.«

»Es ist doch erst Viertel vor sechs.«

Diese Stimme kennt er! Doch irgendwie scheint er nicht richtig wach zu sein.

»Ich mach schnell die Jalousie zu«, sagt er und springt elastisch aus dem Bett. Am Fenster stehend staunt er nicht schlecht über die vollkommene Leere.

»Aber wir haben doch noch keine Vorhänge, Way. Mum bringt sie uns doch erst im Laufe nächster Woche vorbei!«

Verschlafen und mit zerknittertem Gesicht blinzelt sie Waylon an. Der kann noch immer nicht begreifen, wie er glauben kann, er hätte Jalousien montiert. Verstört dreht er sich um. Jetzt sieht er *sie*. Ihr nussbraunes, schulterlanges Haar ist dermaßen vom Liegen zerwühlt, dass sie wild und verführerisch zugleich aussieht.

»Karoline?!«

Nun blickt sie seltsam.

»Ja?!«, sagt sie langgedehnt.

Er lächelt sie verliebt an.

»Was ist? Du schaust, als sähest du ein Gespenst!«

»Alles gut«, sagt er schnell. Jetzt bemerkt er eine starke Erregung. »Und ich muss kurz für ›Kleine Jungs‹.« Spricht's aus und verschwindet ins Bad.

Ein kurzer Aufschrei ertönt, als er versucht, sich den Slip auszuziehen und feststellt, er hat gar keinen an! Nach dem frühmorgendlichen Geschäft beim Händewaschen erblickt er im Spiegel ein recht frisches, glatt rasiertes Antlitz. *Wow!*

Irgendwie ist er durcheinander heute Morgen. Es scheint eine gute Idee zu sein, wieder ins Bett zu gehen.

Im Flur wartet bereits Karoline. Ebenso splitterfasernackt wie er! Waylon schaut schnell weg, bevor er seinen Anstand verliert. Außerdem kann er sich absolut an nichts erinnern, was am Vorabend passiert ist. Gerade er, dem sonst nichts entgeht!

Gegen zehn sind sie mit dem Frühstück fertig. Anschließend geht Waylon ins Wohnzimmer. Er glaubt, ihn trifft der Schlag! Hier stapeln sich eine Menge Kisten!

Karoline schiebt sich an ihm vorbei.

»Hilfst du mir?«

»Wobei?«

»Du willst doch nicht alles deiner Frau überlassen?«

Sonderbare Gefühle bemächtigen sich seiner. Frau? Dann die Kisten! Was zum Henker ist hier los?!

»Du hast es gestern Abend selbst gesagt!«

Ihm wird heiß! »Was hab ich gesagt?!«

Sie bläst die Wangen auf.

»Was ist denn los«, sie gibt sich Mühe, um ruhig zu bleiben. »Es kommt mir vor, als ist dir das alles zuviel.«

Krampfhaft überlegt er. Aber weiß Gott: Ihm fehlt die Erinnerung!

Um Karoline nicht doch noch zu verärgern, brummt er: »Ich hab einfach nur schlecht geschlafen, dass ist alles ...«

Sie mustert ihn genau.

»Du hast doch keine ›kalten Füße‹ bekommen?«

Was möchte sie ihn damit nur sagen?

»Du hast sie bekommen, nicht wahr?!«

»Nein ... ich denke ...«

Argwöhnisch schnalzt sie mit der Zunge.

»Karoline, ich hatte einen blöden Traum ... Der war so ... so reell ... Ich war allein ... Und war alt ...«

»Und dein altes Hirn hat dich mich vergessen lassen ...«

»Nein, natürlich *nicht*! Es war nur so ... seltsam eben ...«

»Du bekommst ›kalte Füße‹«, grinst ihn Karoline an. »Wir sind seit einen Monat verheiratet und haben endlich dieses Haus gefunden, Waylon. Unser Zuhause, darin sind wir uns doch einig ...« Sie umschlingt seinen Hals und schmiegt sich an ihn.

»Es darf nie zu Ende gehen, Darling!« Seine Augen streicheln traurig die Ihren.

»An mir soll es nicht liegen!«

»Karo, mir ist es ernst. Das ist wie ein ... Fingerzeig. Wie eine Warnung ...«

»Bist du unter die Wahrsager gegangen? Hallo! Karo an Way!« Ihr Grinsen gefriert. »Dir ist es wirklich ernst!«

Er nickt.

»Dann lass uns beginnen daran zu arbeiten, dass es doch bleibt wie es ist ...«

Nachmittags klingelt es an der Tür. Gleich darauf noch einmal. Waylon geht hinaus.

»Hallo, Herr Nachbar! Ich bin Ihre Nachbarin. Pepper, Elionor Pepper. Ich heiße Sie hier recht herzlich willkommen!« Mit freundlicher Mine und einem alles einnehmbaren Lächeln empfängt sie Waylon.

Ein Frösteln geht durch Waylon hindurch. Ihm ist, als gab es das schon einmal.

»Frisch gebackener Apfelkuchen. Ist noch warm.« Dabei nickt sie auffordernd.

Langsam geht er ans Gartentor. Mrs Peppers Erscheinung, wie die schaut und sich gibt … Ein Déjà-vu?

»Hier, Mr Latham.« Fröhlich hält sie das Begrüßungsgeschenk über den Zaun.

»Das ist sehr freundlich von Ihnen ...«

»Ich war bei meiner Tochter. Kam erst gestern spät Abend nach Hause.«

Karoline steckt den Kopf aus dem Küchenfenster, winkt ihnen lächelnd zu.

»Lassen Sie es sich's und Ihrer Frau schmecken« lässt Mrs Pepper los und winkt zurück. »Kommen Sie beide doch einmal rüber. Dann schnacken wir gemütlich bei einem Tässchen Kaffee.«

Die Dame wird Waylon sogleich sympathischer, trinkt sie doch anscheinend auch lieber Kaffee und bricht mit der altenglischen Tradition des Teegenusses.

»Gern, Mrs Pepper.«

»Ich muss wieder. Also bis demnächst? Bye!«

Eine nicht zu verstehende Vertrautheit liegt in der Luft. Lang sieht er ihr gedankenversunken nach …

Auf Waylons Nachttisch beginnen zum Zeitpunkt Elionors Erscheinen drei kleine tränengleiche Kristalle auf mysteriöse Weise zu leuchten. Später wird er sie in zwei Ringe einfassen lassen, wobei zwei Steine seinen zieren werden, die Karoline und Waylon als Zeichen ewiger Verbundenheit zeitlebens tragen werden.

E ∞ N ∞ D ∞ E

Dank

Ein Buch zu schreiben, benötigt einiges an Zeit, die dann auch noch viel zu schnell vergeht. Beweggründe sich eines Themas anzunehmen, mit ihm notgedrungen »schwanger« zu gehen, gibt es zahlreiche. Darüber philosophieren und diskutieren ist ebenfalls Zeitfüllend. Ich möchte nicht versäumen, an dieser Stelle allen zu danken, die mit mir durch diese Zeit gingen, mich erduldeten, die mich selbst allerdings immer wieder auf den Boden der Tatsachen stellten.

Alle namentlich aufzuführen, würde den Rahmen einer Danksagung völlig sprengen. Deshalb möchte ich neben meinen Testlesern, die sich durch so manchen eingeschlichenen Fehlern arbeiteten und mir unzählige, wertvolle Tipps und Anregungen geben konnten, auch meinen Vater speziell danken für die akribische Ruhe bei der Durcharbeitung meiner zu Papier gebrachten Gedanken.

Vielen Dank an Udo S. für die vielen Gedankenanstöße und »Disputationen«, die nicht nur interessant waren, sondern auch sehr unterhaltsam. Nicht vergessen möchte ich meine Lektorin, Frau Schaar. Akribisch arbeitete sie sich durch den Text, entdeckte Ungereimtheiten. Durch Fleiß und Ausdauer hat sie mir so manchen Weg geebnet.

Finley Mountain, August 2014

UND SO GEHT ES WEITER …

DER MORGENKRISTALL[4]
~ *INTERVENTION* ~
FINLEY MOUNTAIN

Mehr als ein halbes Jahr ist nach den letzten Ereignissen vergangen. Nach seiner Rückkehr aus dem Mutterkristall wacht Waylon dreißigjährig neben Karoline, im vor kurzem neu bezogenen Haus, auf. Mit dem Leben zufrieden, ahnt er nichts vom bisherigen Geschehen, das ihn, von seiner Sicht aus, erst in knapp vierzig Jahren ereilen wird. Doch dem frisch Vermählten Paar erwartet eine unruhige Zukunft. Was sucht ein Trupp Söldner nachts im Wald? Welche Entdeckung macht eine junge Polizistin? Wohin verschwindet Waylon? Wer ist der Nackte Mann? Viele Fragen, deren Antworten eine Spur zum Neunten Kristall offenbaren.

AB 2016 IM HANDEL